Evelyn Schlag

Die große Freiheit des Ferenc Puskás

Roman

Paul Zsolnay Verlag

1 2 3 4 5 15 14 13 12 11

ISBN 978-3-552-05516-2

Satz: Eva Kaltenbrunner-Dorfinger, Wien
Druck und Bindung: GGP Media GmbH, Pößneck
Printed in Germany

Die große Freiheit des Ferenc Puskás

Er trägt seine Schultasche mit den guten Noten drin. Wenn du bessere Noten willst, wirfst du den Koffer einfach weg, sagt die Mutter. Ein weites Feld mit aufgeweichten Ackerrillen, ein Pferd müsste man sein, die Rillen sind für Hufe gemacht. Der Schuh sitzt im Matsch. Das Ziehen ist so schwer, so schwer, und in den Oberschenkeln steckt ein Muskelkater aus Eisen. Keine Stimmen, nur leises Jammern und »Psst!« Nicht rufen, nicht reden, immer dem Vater nach. Und hinten die Mutter. Wieder der helle Schein, der Fliegemond, der Mann im Mond. Die Socken sind nass. Hier ist kein Klo. Er steigt einen Schritt zur Seite und lässt die Hose hinunter. Schnell, damit die Mutter es nicht bemerkt, wenn sie vorübergeht. Der Mond holt sich kleine Jungen. Jetzt ist Reden erlaubt. Ein Mördersoldat schnappt ihn, und er will schreien, aber nur Reden ist erlaubt. Wo sind deine Eltern? Der Mörder spricht Russisch-Ungarisch. Die werden nicht weit kommen. Du warst ja nicht allein unterwegs, oder? Wir nehmen dich jetzt mit. Papa! Hinein mit dir. Wo sind deine Eltern? Da sitzt ein kleines Mädchen und spielt Karten mit einem Soldaten. Seine Mütze liegt auf dem Tisch. Schnapsen. Das kleine Mädchen hat ein fröhliches Gesicht. Es lacht den Soldaten an, und der sagt russisch-ungarische Worte. Das Mädchen zeigt seine Milchzähne, es ist viel zu klein fürs Kartenspielen. Es schaut den Soldaten an und lacht mit seinen Milchzähnen. Warum willst du nicht mit uns Karten spielen?

Mai 2008

Valentin schwenkt nach rechts auf das Gelände der Tankstelle, bei der er auf dem Weg in die Hinterbrühl oft tankt. Heute stellt sich niemand an, dabei hat er heute keine Eile. Katharina wird schon eingecheckt haben. Er durfte sie nur zum Flughafenzug bringen. »Damit bin ich in sechzehn Minuten draußen, das schaffst du nie.« Kaum aus dem Auto, hatte sie das Handy am Ohr. Probenbeginn ist erst morgen, soviel weiß er, aber er ist wieder nicht dazugekommen, den Bühnentext zu lesen, der auf seinem Nachttisch liegt. Den Namen des jungen Autors in Zürich hat er vergessen. Er kann sich arabische Namen nicht merken. Bald werden seine Sätze in der Wohnung auftauchen, verschlüsselte Mitteilungen. Läse er den Text, würde er sie verstehen. Am Anfang drehte sie ihm sein Juristendeutsch im Mund um, verschloss seine Lippen mit einem Kuss. Sie küsste seine Spielereien mit.

Merkwürdige Ruhe, niemand stört ihn bei seinen Gedanken. Die Zapfsäulen, das bemerkt er jetzt, sind nicht mehr in Betrieb. Keine Person in der Glashütte, deren Wände von vielen Regengüssen gestreift sind. Jemand hat die Fußmatte gegen die Tür gelehnt. Die ausgebleichte Fahne der Mineralölfirma flattert weiter an ihrer Stange im Wind. Am Rand des Geländes liegen Autoreifen übereinander gestapelt, mannshoch. Plastikplanen darüber, mit ein paar Reifen bedeckt, damit sie nicht wegfliegen. In ihren Senken steht altes Wasser. Auf dem Boden plattgefahrene Coladosen, da toben sich Kids mit ihren Mofas aus.

Ein gelber Volvo aus den Siebzigerjahren biegt ein, das Gelb wie heller Honig. Ein Mann steigt aus, öffnet den Tank und hängt einen der Schläuche ein. Mit holzsteifen Armen in den Jackentaschen geht er auf und ab, wartet, dass sich der Tank fülle. Ein Geist, der an einer Geistertankstelle tankt. Endlich schaut er auf die Anzeige der Zapfsäule, schaut zu seinem Wagen, hin und her, stapft zu der Glashütte und schirmt die Augen mit den Händen seitlich ab, um hineinzublicken.

Na, begreifst du's endlich? Der Mann sieht zu ihm her. Nein, sagt Valentin, ohne die Lippen zu bewegen.

Er klopft an sein Fenster. Valentin steigt aus.

Wo sind die Arbeiter? fragt der Mann.

Die Tankstelle ist geschlossen.

Der Mann richtet sich auf, hebt die Arme und lässt sie in Verzweiflung fallen. Braucht er einen Kanister? Kann man aus dem Tank Benzin in einen Kanister füllen? Valentin stellt sich vor, wie aus seinem mühsam gekippten Auto ein Strahl Benzin in die Öffnung des Kanisters schießt. Okay, sagt er zu sich, schaltet den Motor ab und steigt aus.

Der Mann weicht ein paar Schritte zurück. Er sieht benommen aus, aber nicht betrunken. Nicht zornig. Vielleicht sediert.

Soll ich Ihnen helfen?

Mich müssen Sie nicht missionieren. Ich bin schon fertig. – Er versucht, den Zippverschluss seiner Lederjacke einzufädeln. Seine Hände zittern, sie führen die zwei Hälften so unbeholfen gegeneinander, dass es nicht gelingen kann.

Ist Ihnen kalt? Soll ich Ihnen helfen?

Der Mann schüttelt entschieden den Kopf. Es sieht aus, als verwerfe er alle sich aufdrängenden Wörter.

Wollen Sie jemanden anrufen?

Dieses Mal nicht. – Er dreht sich um und geht zu seinem Wagen zurück. Sein Gang ist normal, ein bisschen weich in den Knien. Als Valentin durchs Fenster in den Wagen hineinblickt, hat er eine Salzstange in den Mund gesteckt und zeichnet mit ihr in der Luft auf und ab. Er schaut Valentin betrübt an, nimmt die Salzstange aus dem Mund und klopft sich damit an die Stirn. Er öffnet die Autotür. – Siebzig Cent! Das sind hundert Schilling!

Zehn, sagt Valentin. Aber das ist auch zu viel. – Er selbst weiß nicht, was das Gebäck kostet, das er am Samstagmorgen fürs Frühstück kauft. Auf der Stirn des Mannes steht Schweiß.

Ich besuche meinen Vater, sagt Valentin. Er ist Diabetiker. Er muss manchmal Traubenzucker essen.

Ich nicht.

Sicher nicht?

Nein.

Valentin überlegt, ob er einen Notarzt rufen soll. Sein Vater wehrt sich bei einer Unterzuckerung am meisten gegen das Essen. Als habe die Krankheit ihn so gepolt, dass er das einzige, was ihm helfen kann, bekämpfen muss. Schreckliche Vorstellung, einen Feind im Körper mitzuschleppen, ein Anti-Ich. Wie etwas Künstliches, Geklontes, Eingepflanztes, das einen immer wieder überrumpeln will, nicht nachlässt, immer dieselbe Taktik. Jedes Mal gerade noch bezwungen. Kampf, Kampf, Kampf waren die Worte des Vaters, als Valentin ihn zu der Selbsthilfegruppe begleitete, an der der Vater danach nie mehr teilnahm. Auf das Gerede könne er gern verzichten. Es gebe da nichts psychisch zu erklären.

Mein Name ist Görtz, sagt Valentin. – Sofort bereut er es. Keine Veranlassung, dem Fremden seinen Namen anzudienen. Streckt dem Mann sogar die Hand hin. Der ergreift sie aus dem Auto mit der freien Hand, in der anderen hält er nach wie vor die Salzstange. Seinen Namen gibt er nicht preis. Essen Sie ruhig weiter. Ich rufe meinen Vater an. Er wartet auf mich.

Der Mann zieht die Augenbrauen hoch und wischt die Krümel von seiner Hose, ehe er ein weiteres Stück von der Salzstange abbeißt. Gut so, und noch einen Bissen. Und noch einen.

Frau Görtzs Geburtstag, sagt der Mann mit kauendem Mund. Wie alt wird sie werden?

Sie ist tot. Meine Mutter ist vor drei Jahren gestorben.

Nicht die. Die andere Frau Görtz.

Valentin braucht ein paar Sekunden, bis er begreift, dass seine Exfrau gemeint ist. Was will er von Ingeborg?

Ach so. Meine Frau ist ... war voriges Jahr siebenundfünfzig. – Wieso sagt er das?

Der Mann lächelt. – Ein schönes Alter.

Valentin will das Gespräch weghalten vom Persönlichen. Diesen Mann hat das Leben nur etwas schräg angelegt, mit einem kleinen, aber managebaren Defekt versehen. Vielleicht ist er gar nicht Diabetiker. Dachte bloß, die Tankstelle sei geöffnet, was sie bis vor kurzem ja war.

Ich rechne nach, sagt der Mann. Als meine Mutter sich unter die Erde legte, war sie nicht einmal vierzig.

Das tut mir leid.

Das wird – mir auch noch leid tun.

Wie?

Dass sie sich unter die Erde gelegt hat. Mit nicht einmal vierzig.

Beinahe hätte Valentin gefragt, »von selbst?« Das merkwürdige Reden wirkt ansteckend. Man kann doch nicht fragen, ob jemandes Mutter Selbstmord begangen hat. Er blickt zu Boden, hofft, die Tote würde verschwunden sein, wenn er wieder aufschaut. – Schrecklich, sagt er leise. – Der Mann steigt aus und fährt sich mit dem Ärmel übers Gesicht. Seine Finger zittern immer noch. – Es ist zu spät! Wollen Sie meinen Ausweis sehen? – Der Mann greift in die Jackentasche und zieht seinen Führerschein heraus. Valentin schämt sich, als er ihn öffnet und den Namen liest. László Földes. Jahrgang 1946. Vier Jahre älter als er. Er klappt den Ausweis schnell zu und gibt ihn zurück. Seine ganze sogenannte Performance hier ist eines Rechtsanwalts unwürdig. Ihn erinnert alles, was er tut, an die Polizei.

Nun? Wie heiße ich demnach?

Földes.

Földesch László.

Földesch László, ja. – Valentin fällt ein, dass die Ungarn den Familiennamen zuerst schreiben. – Angenehmen Vormittag noch, Herr Földesch. Ich muss jetzt zu meinem Vater fahren.

Und –???

Und?

Ihrer Frau zum Geburtstag gratulieren.

Valentin drückt zwei Finger gegen seine inneren Augenwinkel, zwei Punkte beginnen miteinander zu funken. Sie blenden ihn fast aus. Er muss sich entscheiden. Ins Auto und weg. Er denkt: Dann – auf Wiedersehen. Die Worte werden nicht laut. Seine Hand, die er zum Gruß hinstrecken wollte, hört sich die Entscheidung nur an, führt keine Bewegung aus. Es ist nicht nötig. Földesch treibt ihn nicht an, der hat endlos Zeit. Der Verkehr läuft mit gleichmäßigem Geräusch an ihnen vorbei. Niemand zweigt in den Abbiegestreifen herein, nur sie beide haben es getan. Der Staub auf dem Boden ordnet sich ständig neu im Wind, der von den Autos hergeworfen wird. – Ich hole mir etwas, sagt er.

Valentin geht zu seinem Auto und schiebt das Handy in die Tasche seiner Jacke. Aus dem Handschuhfach nimmt er den Autoatlas. Dabei fällt sein Blick auf Katharinas Seite. Eine Packung Manner-Schnitten steckt im Fach. Genau das Richtige.

Földesch steht an sein Auto gelehnt, die Arme verschränkt, und beobachtet ihn. Valentin winkt vorsichtig mit dem Autoatlas.

Was haben Sie vor? fragt Földesch. – Valentin blättert im Autoatlas, ohne wirklich etwas zu suchen, schlägt Südosteuropa auf. – Was passt nicht?

Valentin reicht ihm stumm den Atlas und nimmt so beiläufig, wie er kann, das Päckchen aus der Anzugtasche. Zieht an dem roten Streifen, bricht vorsichtig eine Schnitte von der ersten Reihe ab. Er versucht die oberste dünne Waffelschicht mit entblößten Zähnen herunterzulösen, wie Katharina das gern tut. Ein komischer Laut kommt aus seiner Kehle. Er schiebt das ganze Stück in den Mund, um sein Schluchzen zurückzudämmen. Während die Schnitte in seinem Mund zergeht, breitet sich die Vorstellung, Katharina betrüge ihn, machtvoll aus. Wenn dieser Földesch von seinen Schnitten isst, wird alles gut. Der arme Kerl mit seinem dreckigen Volvo, wenn der von seinen Schnitten isst.

Sie werden doch nicht krank werden? fragt Földesch.

Valentin hält ihm die Packung hin. – Schon möglich.

Földesch steckt zwei auf einmal in den Mund. Auf seinen Lippen kleben Waffelpartikel. Er nimmt Valentin die Packung aus der Hand und verschlingt die restlichen im Nu.

Alle österreichischen Diplomaten lassen sich die Schnitten ins Ausland schicken, sagt Valentin. Ohne die Schnitten könnten sie ihren Verpflichtungen gar nicht nachkommen.

Schnitten ja, Tabak nein. – Földesch wischt sich mit dem Ärmel über den Mund.

Du bist zu früh dran, sagt der Vater zur Begrüßung, auf den Steintreppen zum Hauseingang. Tadellos gekämmt, grauer Anzug, mit einer Hand hält er sich am Geländer an. – Der Sachverständige kommt erst in einer halben Stunde.

Valentin schwenkt ein weißes Paket.

Was ist da drin?

Ein Geschenk von Tina. Wollte ich dir letztes Mal schon geben. – Valentin springt die paar Stufen hinauf und umarmt seinen Vater mit der Schachtel auf dessen Rücken. Ihm kommt vor, der Geruch in seinem Elternhaus werde seit dem Tod der Mutter schneller alt. Im Vorraum Dunkelheit, kein Licht aufgedreht. Den Fleckenteppich hat Barbara, die Haushaltshilfe und Betreuerin, austauschen dürfen. An seiner Stelle haftet nun ein Läufer am Parkettboden, der nicht verrutscht. Der Vater geht voraus in die Küche und reißt die Verpackung auf.

Und das ist was?

Das sind Holzrollen für die Fußsohlen, die massieren dich.

Ich probier sie, wenn du wieder weg bist. Hol mir ein Glas Brombeermarmelade aus der Kammer, zweite Reihe von oben, rechts. Ich mache uns einen Kaffee.

Valentin schiebt den Riegel der weißgestrichenen Holztür auf. Sein Blick geht über die Reihen von Gläsern in verschiedenen Größen, runde und sechseckige. Ohne Mühe langt er zu den obersten Gläsern. Brombeeren 2005. Der Deckel ist mit solidem Staub bedeckt, eine verfestigte Schicht. Im Glas steckt ein geschrumpfter schwarzer Zylinder, eine kostbare Kultur, der letzte Jahrgang, den die Mutter eingekocht hat. Mit Fruchtzucker. Für ein paar Augenblicke sieht er sich als Buben, seine dunkelvioletten Fingerkuppen, an denen die Mutter mit ihren Lippen sog, so dass er Angst hatte, sie könne davon abbeißen, eine mit Lachen und Geschrei inszenierte Mischung aus Gefahr und Lust, Ahnung einer gespielten Welt, weil die Mutter sich so übertrieben über die Lippen fuhr und schmatzte, wie sie es sonst nie tat, und ihr neuerliches weichmäuliges Schnappen nach den Fingern.

Der Vater steht bei der Kaffeemaschine, will den Griff zum Durchpressen des heißen Wassers umdrehen. – Ich glaube, ich habe keine Kapsel eingesetzt. – Er dreht mit der anderen Hand ungeschickt herum. Valentin nimmt ihm den Halter aus der Hand.

Wenn ich dran denke, geht es nicht, sagt der Vater. Das ist so bei automatischen Handgriffen. – Er schiebt das Marmeladeglas auf der Arbeitsfläche hin und her. – Die hat sie vor drei Jahren noch –

Die Stimme des Vaters bricht jäh ab. Valentin dreht sich um. Dem Vater laufen Tränen über die Wangen. Er räuspert sich und hustet. Valentin füllt ein Glas mit Wasser, lenkt den Gefühlsausbruch ins Körperliche, als habe der Husten das Augenwasser herausgedrückt. Wie wenig da in jede Richtung fehlt. Als er mit den beiden Kaffeetassen ins Wohnzimmer kommt, sitzt der Vater in seinem knallblauen Ledersessel, den Dominik ihm vor ein paar Jahren zu Weihnachten geschenkt hat.

Ich schlage vor, du lässt mich das alles besprechen. Du brauchst nicht einmal mit hinauszugehen.

Wie sieht das aus? – Der Vater wendet den Kopf ab. Er lässt sich im Halbprofil betrachten, den Kopf erhoben, der Blick auf die Wand mit den alten Glasschränken gerichtet. Dort stehen seine Gesamtausgaben mit dem unleserlich gewordenen Kleindruck, die Schillerausgabe mit ihren Lederrücken und den Querbünden darauf, die wie arthritische Gelenke den Inhalt umklammern.

Wo ist deine eigenartige Freundin?

In Zürich. Wieso fragst du?

Man wird sich doch erkundigen dürfen. Vorige Woche war sie auch in Zürich, als du dir den Schaden angesehen hast. Die Kinder sind aus dem Haus, oder?

Tina ist in London. Weißt du doch.

»Aus dem Haus« heißt: sie können für sich sorgen. Sie sind nicht mehr abhängig von dir. Und ...

Lilli ist mit einer Freundin auf der Seidenstraße unterwegs.

Der Vater seufzt. Er trinkt einen Schluck, hält die Tasse mit beiden Händen. Auf dem Tisch liegt ein Stapel alter Akten, von denen er sich nicht trennen konnte. Valentin zieht an der zuoberst liegenden und schlägt sie auf. Diplomingenieur Gustav Weitmann.

Gib her. Das war kein Ruhmesblatt für mich.

Hast du den Prozess verloren?

Nein. Gewonnen. Ich hätte den Fall nicht annehmen sollen.

Und warum hast du? – Der Vater zuckt die Achseln. – Ach so. Alte Freundschaft. Oder noch ältere Freundschaft?

Der Vater reißt ihm die Akte aus der Hand und schlägt damit auf den Stapel. – Hör doch auf mit deinen ewigen Verdächtigungen. Leichte Körperverletzung, eine peinliche Sache, weil es vor einer einschlägigen Bar passierte. Ich habe damals erreicht, dass er nicht einmal vor Gericht aussagen musste.

Wieso ist er dann bei deinen Lieblingsfällen?

Das sind nicht nur meine Lieblingsfälle.

Welche Leichen hast du im Keller, will er spaßeshalber sagen, verbeißt sich den Satz aber der toten Mutter wegen. Er schaut auf die Uhr. – Ich geh schon voraus in den Garten. Lass dir Zeit.

Er öffnet die Tür zur Veranda und tritt ins Freie. Wie ich diesen Tag hasse, sagt Valentin leise. In zwei Stunden wird Katharina ihre Wohnungstür auf dem Zürichberg aufsperren, die große Tasche in den Flur schieben, erleichtert, in ihrer eigenen Wohnung zu sein, wo sie nach ihrem Zeitplan leben kann. Sie erträgt sein langsameres Lebenstempo nicht.

Sie sieht jedes Mal aus, als habe sie jemanden auf einer Intensivstation zurücklassen müssen.

Das wird mir auch noch leid tun, hat Földesch gesagt. Im letzten Moment von »Ihnen auch noch leid tun« abgelenkt.

Als meine Mutter sich unter die Erde legte.

Der Belgier hätte tot sein können, hört er die Stimme des Vaters von der Vorderseite des Hauses. – Da biegt er mit dem Sachverständigen um die Ecke. – Mein Sohn, Dr. Görtz. Und das ist der Herr Diplomingenieur.

Valentin muss sich die Geschichte des belgischen Radsportbetreuers erneut anhören. Dieser war mit seinem Auto über die Vorrangtafel hinausgefahren und in einen der Pfeiler des Lattenzauns gekracht.

Gewaltig. – Der Sachverständige steigt auf den im Rasen liegenden Pfeiler und geht darauf entlang. – Wann wurde der Zaun gebaut?

Das war 1962, als das Haus renoviert wurde, sagt Valentin.

Und seither wurde er nicht mehr erneuert?

Nein. Warum auch? Bisher ist nie ein Belgier hineingefahren, sagt der Vater.

Wir haben zwei Varianten. Sie können den Pfeiler gleich erneuern, sobald wir das mit der belgischen Versicherung verhandelt haben, oder sich die zu schätzende Summe ablösen lassen. Wenn Sie ohnedies vorhatten, den Zaun zu erneuern oder es später richten zu lassen, bekommen sie die Ablösesumme. Die ist meistens etwas niedriger.

Valentin, das wäre doch eine Option?

Wir haben das schon besprochen, es kommt natürlich nicht in Frage. Der Pfeiler muss so rasch wie möglich ersetzt werden. Niemand will hier ein Loch.

Der Diplomingenieur klickt mit seinem Handy den Schadensbereich ab, klettert über die mitgerissenen Holzplanken auf den Gehsteig hinaus.

Vater, du lässt uns das jetzt allein zu Ende bringen. Ich möchte keine Zwischenrufe mehr. Ich erledige das. Haben wir uns verstanden?

Der Vater kaut an einer Antwort herum, aber es bleibt bei einem Schmatzen, das zu einem ganz anderen Typ passen würde, nicht zu dem auf Noblesse und Anstand bemühten Rechtsanwalt in Ruhe.

Viermal ruft Valentin vom Büro aus Katharinas Handy an, jeweils am Ende eines langen Kämpfens mit seiner Ungeduld, seiner Sorge, seinem Stolz, bis er sich nicht länger beherrschen kann und die Nummer drückt. Nur die Mailbox dran, diese quälende, Normalität vortäuschende und vom letzten Stand der Dinge nichts wissende Stimme Katharinas. Am Nachmittag schickt er ihr eine SMS. Ich vermisse dich. XXX. Drei Küsse. Wenn er ein X drückt, kommen automatisch die nächsten zwei. Machen aus einem banalen Kürzel Routine.

Nimmst du dir einen mit, Földesch? – Tamás steckte einen roten Apfel in seine Tasche. – Da! – Er warf István einen zu, der ihn mit beiden Händen fing.

Zum Essen oder zum Werfen?

Schade um die Äpfel, sagte Tamás. Aber wer weiß?

Jeder der Männer steckte einen Apfel ein. Wie bei einem Schulausflug. Tamás marschierte ab. István nahm Sandor am Arm und blickte in seine hellen blauen Augen, um die tiefe Ringe lagen. Verloren, verloren. – Natürlich gehst du mit. Willst du alleine zurückbleiben?

Ich habe eine Tante in Györ, sagte Sandor.

Die haben wir alle. – Grobes Lachen der Illik-Brüder.

Das gilt nicht bei euch. Ihr habt zusammen nur eine Tante!

Was ist los, Sandi? fragte István. Überlegst du immer noch? Es wird niemand hierbleiben außer der Nottruppe für die Ställe. Deine Tante hört Radio in Györ. Bei uns bist du in der Familie. Also komm! So weit hinten will ich nicht gehen. – Das war genau, was man am Beginn brauchte, einen Hemmschuh, einen Zauderer, der sich nie entschließen konnte.

Frauen liefen an ihnen vorbei, wahrscheinlich, um möglichst nahe bei Tamás zu sein. Vilma einmal ohne Kopftuch, ihr blondes Haar, von dem man meistens nur die Zöpfe sah, war am Oberkopf gelockt, schon war sie weg, »uneinholbar«, fuhr es durch Istváns Kopf.

Es war alles sehr schnell gegangen. Die Radionachrichten heute früh: In Budapest hatte die Militärkommission bei einer Sitzung der Partei der Ungarischen Werktätigen gefordert, alles niederzuschlagen. Die Anweisung der Studenten, sie sollten losmarschieren und sich vor der Burg und der Landwirtschaftsakademie versammeln. In Istváns Herzen war seit Ausbruch des Aufstands vor drei Tagen Angst gewesen. Nun, als die Revolution auch in Mosonmagyaróvár losbrach, war die Angst eingemauert von seinem Zorn.

Sandor sagte die ganze Zeit über nichts. Wenn István zu ihm hinüberschaute, sah er das sorgenvolle Gesicht, die Schultern hochgezogen in seiner Arbeitsjacke, als friere ihn. Er schnupfte auf, wischte sich am Ärmel die Nase ab. Es klang trotzig, als wäre Sandor ein kleiner Junge und antwortete so seinem Vater, der ihn geschlagen hatte. Gar nicht so falsch.

Die ersten waren bereits auf dem Gelände. Man hörte lautes Reden, die Studenten riefen durcheinander. Zum Rathaus! In der Mitte standen auf engem Raum die Professoren. István konnte ein paar Gesichter erkennen, Etelkas Vater war nicht unter ihnen, Gott sei Dank. An Etelka durfte er jetzt nicht denken.

Die Arbeiter wurden von den Studenten mit ernsten Gesichtern begrüßt. Einige schüttelten einander die Hände. István sah seinen Neffen in einer Gruppe diskutieren. Als ihre Blicke sich trafen, nickten sie kurz, fremde Verwandte, die sich unter geschärften Vorzeichen trafen.

Keine Waffen! – Die Studenten sagten es jedem einzelnen von ihnen. – Wir machen eine gewaltlose Demonstration. Wir lassen uns nicht provozieren.

Tamás hob beide Arme zur Seite, um zu zeigen, dass er nicht bewaffnet war. István hätte gar nicht daran gedacht, einen Rechen oder eine Schaufel mitzunehmen. Aber das meinten die Studenten nicht. Man merkte ihnen an, dass sie am liebsten jeden nach Schusswaffen durchsucht hätten. Einer der Illik-Brüder griff sich an den Hosenbund und zog ihn hinauf. Ein Student ersuchte ihn, die Jacke auszuziehen. Als er das nicht tat, schrie der Student ihn an.

Das ist ernst!

János Illik ließ sich nicht aus der Ruhe bringen, hielt seine Arme in die Höhe und drehte sich einmal herum. Mit seinem Blick zog er einen Bogen über die Leute und zwinkerte seinem Bruder zu. Auch weiter weg Stehende hatten den Vorfall mitbekommen und schauten herüber.

Der Zug setzte sich in Bewegung, durchs Burgtor hinaus. Die Studenten marschierten vorne, dahinter Tamás mit einer Gruppe von Arbeitern. Er drehte sich mehrmals um, sein Blick streifte István, als kenne er ihn nicht. Überall die Hauptstraße hinunter reihten sich Menschen ein, die Gesichter zumeist ernst, angespannt und entschlossen. Viele hatten den Kragen aufgestellt, einen Schal um den Hals gebunden, dabei war es gar nicht so kalt. Zu unbequem, wenn man sich damit das Gesicht vermummen wollte. Der Gedanke daran war neu und beunruhigend. Beim Rathaus kamen sie zum Stehen. Die Fenster waren verschlossen. Ein Student las mehrmals die Forderungen vor. Aus dem Gebäude kam keine Reaktion. Ein paar Männer lehnten eine lange Leiter aus Stahl an, die von einem Feuerwehrwagen stammte. Einer kletterte so schnell hinauf, dass man meinen konnte, er laufe auf ebener Erde. In kürzester Zeit war er beim roten Stern angelangt und begann, mit dem Hammer einen Keil in den Spalt zwischen Hauswand und Stern zu schlagen. Es klang, als würde zum Letzten Gericht geläutet, regelmäßig, schwer, todernst.

Kennt Ihr den? Kennt den jemand? fragten Istváns Nachbarn einander. Als er den Nagel aus dem obersten Zacken herausgezwängt hatte, rief einer: *Éljen!* Das Rathaus wirkte unbesetzt. An keinem der Fenster war jemand zu erkennen.

Glaubst du, die stehen hinter den Vorhängen?

Wieso tun die nichts?

Sei froh!

Der zweite Nagel war abgesprungen. Bei den zwei nächsten dauerte es nicht so lange. Der Stern rutschte die Wand hinunter und blieb an seinem letzten Zacken hängen. Ein paar Schläge, und das verhasste Blechstück fiel zu Boden. Aus vielen Kehlen ertönte es.

Éljen! Éljen!

István schloss die Augen, ein Moment des Stolzes, der gestärkten, gepanzerten Hoffnung.

Aus dem Pulk direkt vor dem Rathaus kamen Rufe: Zur Kaserne! – Zur Kaserne! schrie István aus vollem Hals. Mit diesem Schrei überantwortete er die Herrschaft über seinen Körper einem größeren Herzschlag. Der fremde große Körper nahm Besitz von ihm. Aus seinem Hals kam eine Tierstimme, aller Zorn der Welt darin.

Keine Waffen! Wir demonstrieren friedlich! Nicht provozieren lassen! – Erstmals wurde ein Lautsprecher verwendet. Stimmen aus dem Lautsprecher gehörten den Russen, den ÁVO-Leuten, Geheimpolizisten, Offizieren. Jetzt gehörte die Stimme jedem der hier Versammelten. Sie setzten sich in Bewegung, weiter die Hauptstraße hinunter. István gelang es, eine Abkürzung zu nehmen, er kam ganz in Tamás' Nähe. Es war ein anderes Marschieren, die Kaserne bedeutete das äußerste Ziel, den Brennpunkt ihres Hasses. Dort würden sie sich befreien. Wäre es so undenkbar, dass die grünen Grenzschutzsoldaten zu ihnen überliefen? Schließlich wurden sie eingezogen, meldeten sich nicht als Freiwillige wie die blauen Geheimdienstler. Niemand war so verhasst wie die ÁVO-Leute mit ihren brutalen Methoden.

Eben waren sie am Czelley-Haus vorbeigezogen, er sah es noch aus dem Augenwinkel. Im Sommer war er mit Etelka und Laci drinnen gewesen. Etelka hatte die kunstgewerblichen Ausstellungsstücke bewundert, Laci seine Langeweile mit tiefem Stöhnen kundgetan. Die naturwissenschaftlichen Tafeln und Bilder über den Hanság waren für ihn totes Zeug gewesen, leblos wie die präparierten Vögel, für die das Seegebiet so berühmt war.

Mit ihnen verhandeln. Die lassen nicht mit sich verhandeln.

Tamás tat etwas Unglaubliches: Er polierte den Apfel an seinem Arbeitsanzug, bis er rundum glänzte. Als er hineinbiss, entblößte er seine Zähne, einen Moment lang sah István die Lücke im Oberkiefer. Etwas so Vernünftiges, einen Apfel essen, ehe es vielleicht zu einem Kampf kommt. Niemand konnte wissen, was in den nächsten Stunden passieren würde.

Neben István marschierte einer, der sich neulich beschwert hatte, weil er von den Weizenkörnern einen Ausschlag bekam. Da war nicht lange herumgeredet worden. Hände auf den Tisch! Der Mann schlug die Rechte mit der Linken nieder und die Linke mit der Rechten, das sah aus, als säßen zwei Frösche übereinander und trieben es. Der Vorarbeiter hatte die beiden Hände gefasst, die auf der Stelle galoppierten, und daran gezogen: Sieht da jemand einen Ausschlag? Die verbeulten Handflächen zeigten rote Wülste, Hornhautscheiben, beide Zeigefinger schienen zur Handfläche hineingewachsen, sie nagelten auf der Tischplatte weiter, als der Vorarbeiter die Hände losließ. Niemand half ihm. Keiner brachte den Mund auf. Harte Hände hatten sie alle, aber nicht jeder betrank sich so hemmungslos wie der.

Von den Fenstern der Wohnhäuser winkten vereinzelt Leute herunter. Eine junge Frau gebärdete sich seltsam, vom Fensterbrett hing die ungarische Flagge, sie darüber, was machte die da so weit hinausgebeugt? Die Fahne war in der Mitte abgewürgt, offenbar knüllte die junge Frau das kommunistische Symbol mit Hammer und Ähre von unten zusammen, als drehe sie ihm den Hals um, nein, als packe sie es an den Eiern.

Wenig später, bevor die Hauptstraße nach links abbog, kam der Zug zum Stehen.

Was ist los?

Freiheit für die politischen Gefangenen!

Was tut sich da vorn?

Ein paar sind hineingegangen.

Ins Gericht!

Die Politischen befreien!

Den Dieb aus der Textilfabrik! – Lautes Gelächter. Es war ein Spiel, Rollen wurden verteilt, die Guten und die Bösen, und ehe es ernst und gefährlich wird, ruft die Tante »Kakao und Kuchen, Kinder!« István wurde unruhig. Warum sich hier aufhalten. Wir haben ein Ziel und das heißt: Kaserne.

Vorne wurde es lauter. Sie hatten den Dieb herausgeholt, von dem István nur einen Haarschopf sah. Er wusste nicht einmal, wer er war. Hauptsache, es ging endlich weiter, wenngleich langsam, denn die Straße hatte sich verengt und wieder rückten die Leute zusammen.

Etelka. Wie viele Familien marschierten hier in den Köpfen? Etelka war nicht die Frau, die sich aus dem Fenster hängen würde. Selbst wenn Laci bei den Großeltern wäre, könnte István sich das nicht vorstellen. Die Frauen hier, das waren andere Frauen. Die genierten sich nicht, wenn sie Schweißflecken unter den Achseln hatten, beim Getreide mitstemmten, ihre Körper Bewegungen machen ließen, die Etelka nie in der Öffentlichkeit zeigen würde. Etelka schämte sich, wenn ihr in einem Geschäft etwas zu Boden fiel. Als Mädchen war sie einmal in dieser Hocke geblieben, ein paar Tropfen hatte sie verloren, immer ärger war die Scham geworden. Dass sie ihm das überhaupt erzählt hatte! Wie hypnotisiert war sie aufgestanden, hatte den winzigen Fleck mit dem Schuh verwischt und war mit aneinandergepressten Beinen aus der Hölle der Scham *gezeppelt*. Eins ihrer deutschen Wörter. Es klang ungarisch für ihn. Er konnte sehen, wie ihre Mutter und ihre Großmutter aus dem Wohnzimmer zeppelten, etwas, das alle Frauen der Familie kennzeichnete.

Da sind die Kühne-Arbeiter! schrie jemand. Sie kommen die Szent István herauf!

Ein langer Zug von Demonstranten wanderte auf die Kreuzung zu. Sie flossen ineinander, wurden immer mehr. István hielt Ausschau nach seinem Freund Miklós, konnte ihn nirgends erblicken. Sie mussten früher wegmarschiert sein, von der Kühne-Fabrik an der Mosoner Donau unten waren es gut zwei Kilometer.

Pischta! – Miklós winkte mit dem Arm, noch ein paar Männer zwischen ihnen. Sie kämpften sich zwischen den Körpern durch, bis sie Seite an Seite waren. Miklós sah aus, wie man nach einem flotten Marsch aussah, rote Wangen, »gut durchblutet«. Sein langes Haar, aus der Stirn gekämmt, fiel an den Seiten ins Gesicht, eine Bewegung, die zu Miklós gehörte, dieses Wegwischen der Haare. – Wir haben einen Anruf der Studenten erhalten. Wer nicht unbedingt gebraucht wird in der Fabrik, ist mitgekommen.

An Etelka und Laci darf ich gar nicht denken.

Es hat geheißen: keine Gewalt! sagte Miklós. Man weiß nie, ob nicht einer eine Waffe dabeihat. – István überlegte, ob er ihm von dem Auftritt mit Illik erzählen sollte. Die Ereignisse nahmen ihren Gang, das war es. Er hatte eine Ahnung von der Gefahr, die von Typen wie den Brüdern ausging. Der Funke Verdacht brannte und ließ sich nicht auslöschen.

Das mit den Kindern passt mir überhaupt nicht, warf Miklós ihm zu. Das ist zu riskant. – Er griff in die Tasche, zündete sich im Gehen eine Zigarette an, drehte sich dabei zu

István, die Hand über der Zigarette gewölbt. Als er den ersten Zug ausatmete, verzog sich sein Mund zu einem Grinsen. – Jetzt sind wir Revolutionäre, Pischta! Was sagst du dazu?

István zuckte mit den Schultern, grinste zurück. Das war Mikis Charme, solches Herbeugen, das nicht aufdringlich war, das Schauen, als werbe er um ihn, bei Frauen kam er damit besonders gut an. Er spürte, wie die alte Spannung zurückkehrte, sein Zorn auf die *pufajkas*, die Verräter mit ihren dicken russischen Jacken. Zorn und Zuversicht. Das eine nährte das andere. Es schien, als teile sich eine Regung sofort mit, springe über, weite ihre Kreise aus. Sie rempelten nicht, als wisse dieses zusammengewachsene Tier, dass es sich nicht selbst in den Rücken fallen durfte. Im Kopf hörte István einen Marsch, der lauter wurde und den Rhythmus vorgab, obwohl keine Kapelle dabei war, keine Musik von einem Lautsprecher übertragen wurde.

Nur das Gehen. In Istváns Umgebung redete niemand. Auf einem Turm sah er, dass es nach zehn Uhr war. Die ersten Abschnitte dieses Aufzugs hatten bereits ihre Überschriften, Versammlung vor der Akademie, der Sturz des roten Sterns, das Gericht. Kurze Kapitel.

Sie bogen rechts ab, in die Alkotmány. In der Kurve wurde István einige Reihen nach vorn befördert, und als sie auf das Gelände der Kaserne kamen, hatte sich sein Umfeld ausgetauscht. Vor ihnen der Übungsplatz, der sich rasch füllte. Aus allen Fenstern im Obergeschoss lehnten Soldaten mit Maschinengewehren im Anschlag. István konnte drei Kommandanten erkennen, die schräg neben dem Eingang postiert waren. Es wurde still.

Wir verlangen den roten Stern, kam die ruhige und laute Forderung des Studenten.

Der Arm eines Kommandanten hob sich und fiel wie ein

Beil herunter. Schüsse von überall. Wildes Geschrei. István schrie mit. An den Seiten waren Soldaten eingegraben, die losfeuerten. Die Menge brach an vielen Stellen ein, der da vorne, neben ihm sank einer nieder, andere warfen sich zu Boden und aufeinander. Abgesprengte Stücke aus den Pflastersteinen schossen vom Boden hoch. Da war Tamás, nicht weit von ihm, halb geduckt und auf gleicher Höhe wie er, dann riss es Tamás den Kopf hoch, er brach zusammen und verschwand unter dem, der über ihn fiel. Der Bogen einer Granate, sie flog direkt auf István zu. Ein dumpfer Schlag. Eine brennende Ohrfeige im Gesicht. Gleich darauf im linken Fuß. Der gab nach. Er stolperte und fiel auf seine Hände, bekam Druck von der Seite, kippte mitsamt dem fremden Körper nach links, da lag schon einer. Immer noch Schüsse, Pfeifen, Körper, viele Körper um ihn herum. Auf dem Boden, ach so, das war sein Blut auf dem Boden.

Das erste, was Etelka sah, waren die Krücken, die neben dem Bett eines jungen Mannes an der Wand lehnten. Ihr Blick jagte durch das Krankenzimmer, dort lag Pischti und reckte den Kopf und ließ ihn sogleich wieder fallen. Seine rechte Wange war weiß gepolstert. Kein Verband rund um den Kopf, wie einige andere in diesem Raum, er nicht. Sie trat zögernd ans Bett, beugte sich hinunter und nahm seine Hand an ihre Wange.

Pischti. – Sobald sie sich gesetzt hatte, griffen seine Finger nach ihren und fädelten sich ein. Etelka traute sich nicht, fester zu drücken, gab bloß leichte Bestätigungen ihrer Liebe weiter.

Was ist mit Laci? fragte er.

Ich habe ihn zu meinen Eltern gebracht.

Warst du schon Blut spenden?

Wenn ich weggehe, tu ich es. Pischti, gestern war es unmöglich, hier durchzukommen. Totales Chaos. Ich habe den Anruf bekommen, dass du verletzt bist, aber nicht in Lebensgefahr.

Wir haben das organisiert, eine Liste mit Telefonnummern.

Im Gesicht da ...

Das ist nicht arg. Die Splitter haben sie herausgeholt – von der Handgranate – stell dir vor, du wirfst eine Granate in die Menschenmenge. Sie haben auf ihre Mitbürger das Feuer eröffnet. Ungarn haben auf Ungarn geschossen!

Beruhige dich, Pischti. Bist du sonst wo verletzt worden?

István zog die Decke weg. Das linke Bein war am Oberschenkel und unter dem Knie dick verbunden, der Verband unsauber. Ob das Pischtis Blut war oder von jemand anderem?

Nur Splitter. Ich habe Glück gehabt.

Ist der Verband gewechselt worden?

Etti, die waren nicht vorbereitet hier. Damit hatte keiner gerechnet. Es gibt nicht genug Verbandsmaterial, nicht genug Betten. In unserem Saal liegen drei von uns, zwei aus der Textilfabrik und sieben von Kühne. Ich habe noch nicht herausfinden können, was mit Miklós passiert ist. Du musst –

Ja, sicher. – Sie wandte den Blick nicht von István. Besorgt sah er aus. Sie wollte glauben, dass die Verletzungen nicht lebensbedrohlich waren. – Ich werde Verbandsmaterial mitbringen. Ich kann ein Leintuch in Streifen reißen, das ist sauberer als diese Fetzen hier.

Das letzte, an das ich mich erinnern kann, ist, wie Tamás von einer Granate getroffen wird, einen Augenblick, bevor es mich trifft, es muss ihm die Brust aufgerissen haben. Ich habe ihn noch gesehen, wie bei einem Elektroschock aufgebäumt, den Kopf nach hinten.

Pischti, nicht daran denken. – Erst jetzt nahm Etelka die anderen Besucher wahr. Eine Frau nickte ihr zu. Eine andere sagte: Frau Földesch. Kennen Sie mich nicht?

Doch, Frau Gábor. Entschuldigen Sie, ich war ganz blind für ...

György hat es schwer erwischt, sagte István. – Etelka warf einen Blick zu Herrn Gábor, der seinen Kopf auf dem Kissen zu ihr drehte und sie traurig anblickte. Er hatte brünette Haare, die in Strähnen wild von seinem Kopf abstanden, man müsste ihn frisieren, so kann er nicht ... er sah sie an, als sei er zu Tode verliebt in sie, innig, hoffnungslos, es war peinlich. Sie hielt sich die Hand über den Mund.

Deine Schulter, ermahnte Frau Gábor ihn leise.

Auf Herrn Gábors Schlüsselbein waren drei schwarze Schnüre verknotet, eine führte über die Schulter, die andere unter seinem Kopf vorbei, schnitt ihm in den Hals, war zu straff gezogen, die dritte Schnur lief seinen Oberkörper hinunter. Sie wunderte sich, dass er den Kopf zu ihr hatte drehen können. Ein Fluchtversuch. Sie musste in seine Augen schauen, sein Blick war aus Traurigkeit gemacht, etwas Stilles, Langsames, das ihn keine Kraft mehr kostete. Als habe sich sein Blick aus Kenntnis der Schwäche in diese kleine Szene geflüchtet.

Istváns Finger drückten fester. – Drüben haben sie erzählt, dass auch von hinten in die Menge geschossen wurde. Plötzlich hörte das Feuer auf, und die Soldaten rannten in die Kaserne hinein, kamen mit Bahren heraus. Acht bis zehn Verletzte wurden hineingetragen.

Soldaten.

Nein. Von uns hat ja niemand geschossen.

Also –. Von euch, dachte sie. – Unsrige?

Muss wohl so sein. Hier weiß keiner, wer die waren. Wir haben über hundert Tote, und die Verletzten ...

Etelka sah, dass die Lade an Pischtas Nachtkästchen auf einer Seite weiter herausstand. Nicht dass das von Belang war. Es zeigte nur den Zustand der Karolina.

Alle sagen wieder Karolina, Pischti.

Stimmt, bestätigte eine Frau, die Etelka nicht kannte. – Überall heißt es: Gehen wir in die Karolina. Nicht: ins Krankenhaus. Wir haben alle gewusst, dass man Schwierigkeiten kriegen konnte, wenn man Karolina sagte.

Blöd waren wir, dass wir uns das gefallen haben lassen, kam es von Frau Gábor.

Die Tür wurde aufgerissen, und zwei Krankenschwestern traten ins Zimmer. Von der anderen Seite des Saals her fragte jemand, ob sie Neuigkeiten hätten.

Wir wissen nicht, wo uns der Kopf steht. Ihr habt keine Ahnung, wie es unten aussieht, mahnte die eine.

Keinen zusätzlichen Stress hier. – Die Dickere stand an Pischtis Bett. Sie hob seine Decke am Ende hoch und beutelte sie kräftig durch, ohne Rücksicht auf sein Bein zu nehmen. Etelka griff in die Decke und hielt sie so, dass sie nicht auf Pischti einschlug. Die Schwester ließ los und ging zum nächsten Bett. Bei dem nahm sie das schmutzige Handtuch weg, das über den Stäben des Kopfteils hing. Etelka verstand die Botschaft. Istváns Handtuch war genauso schmutzig und blutverschmiert. Die anderen schienen ihr zu vertrauen, scherzten mit ihr, bezogen sie als dicken Engel in ihre Verschwörung ein. Etelka konnte ihren Verdacht nicht unterdrücken. Mit dieser Schwester stimmte etwas nicht. István spürte ihre Unruhe, sah sie fest und stumm an. Er mochte das nicht, ihren Verdacht, das wusste sie. Sie war misstrauisch, ausgerechnet in einer Situation, wo man wichtige Leute nicht vergrämen durfte. Eine Krankenschwester hatte Macht.

Sie wollte diesen Besuch zu Ende bringen, ehe sie zu heulen anfing. Das bauschige, hohe Pflaster auf Pischtis Wange.

Seine Unbeweglichkeit im Bett. Kein Wort, wie es ihr denn gehe.

Sie streichelte seine gesunde Wange hinunter, bald würden ihn seine Bartstoppel stören. – Morgen bringe ich dir das Rasierzeug.

Ist recht, Etti.

Langer Blick. Verzeihst du mir, dass ich mitgegangen bin? dachte sie ihm den Satz vor. Er schluckte und sagte:

Ich werde mich hier nicht von einer unsauberen Rasierklinge umbringen lassen.

Das habe ich nicht gemeint. – Natürlich hatte sie das gemeint. Er dachte ihre Sorgen mit, aber es führte zu nichts. Er wurde deshalb nicht vorsichtiger. – Ich gehe jetzt Blut spenden. Brauchst du noch etwas, Pischti?

Nein. Außer Informationen brauche ich nichts. Dich brauche ich. Was hast du Laci gesagt?

Dass Leute durch die Stadt marschiert sind. Und dass du bei einem Freund übernachtest.

Das wird ihm nicht genügen.

Solange es geht, will ich ihn von allem fernhalten. Die Schule hat geschlossen, ich nehme an, auch die nächsten Tage. Ich werde ihn jedenfalls nicht hinausgehen lassen.

István nickte. – Er muss zuhause bleiben. Das ist noch nicht vorbei hier. – Er streckte beide Hände nach ihr aus und zog ihren Kopf zu sich. – Ich musste es tun, Etti. Verstehst du das?

Etelka nickte an seinem Kopf. Dann entzog sie sich seinem Griff. Angedeutetes Küssen, leises Verabschieden und Nicken in eine wieder namenlose Runde von Kranken und Angehörigen. Sie war froh, als sie die Tür hinter sich schließen konnte. Auf dem Gang lagen Verwundete, die sie vorher nicht bemerkt hatte. War Pischti doch schwerer verletzt, weil sie ihn in den Saal gelegt hatten?

Im Erdgeschoss stand eine Schlange von Menschen, die sich an die Wand lehnen mussten, wenn eine Schwester oder ein Arzt zu den Zimmern wollte. Die Schlange endete bei der letzten Tür in diesem Gang. An der Wand hing ein Stück Papier, oben und unten mit einem Pflaster angeklebt, auf dem eine Transfusionsflasche aufgezeichnet war. Jemand hatte mit einem Rotstift das Blut hinein gemalt.

Plötzlich ertönte Geschrei von draußen. Alle drehten sich um, ein paar Männer kamen ins Krankenhaus gestürmt und schauten wild um sich. Der vorderste hielt einen Zettel in die Höhe und schrie: Wo ist er? Wir haben Anweisung, ihn zu holen.

Ein Arzt und zwei Schwestern hielten die Männer an.

Ruhe, bitte! Ruhe! Wen wollen Sie holen?

Das weißt du genau. Wo habt ihr Steffkó versteckt?

Er ist verwundet.

Da. Lesen Sie.

Der Arzt sagte: Ich habe die Pflicht, Leben zu retten. Egal, welches.

Steffkó hat den Befehl zum Schießen gegeben. Hier steht es schwarz auf weiß, dass Sie ihn ausliefern müssen.

Ein paar Männer drängten herein und sagten: Los. Wir suchen ihn. – Sie rannten in verschiedene Richtungen, einer kam in ihren Gang. Als er sich an den Wartenden vorbeizwängte, streifte er beinahe Etelkas Gesicht. Sie kannte ihn nicht. Sein Atem roch nach Zigaretten und der Zahnpasta, die sie alle verwendeten. Aus der Blutabnahme hörte man Schreien, da kehrte er schon zurück, diesmal streifte er sie mit seinem Arm. Es war, als ginge ein Schauspieler direkt an ihr vorbei, den sie kennen musste. Er hatte etwas Gesteigertes, eine dichte Körperanwesenheit, die weit aufgerissenen Augen. Sogar seine Jacke war wie ausgesucht. Die zerrauften Haare auf Revolution frisiert.

Der Lärm verzog sich in den anderen Gang, und weiter nach hinten. Aus dem ersten Stock hörte man das Trommeln von Schritten, da war mehr als einer unterwegs. Wenn sie Pischti schreien hören sollte – würde sie so viel Kraft haben wie nie zuvor.

Dieses Schwein, sagte ein älterer Mann. Hoffentlich kriegen sie ihn.

Am liebsten würde ich suchen helfen, kam es von einer kleinen Frau.

Besser, Sie bleiben hier. Was wir tun können, ist, unser Blut zu spenden. Damit helfen wir unseren Leuten am meisten. Mein Sohn liegt hier.

Meiner auch, sagte eine Frau, die nicht viel älter als Etelka war.

Aus verschiedenen Ecken des Gebäudes hallte es. Vor Etelka warteten noch sechs Leute. Drinnen wurde offenbar zu zweit gearbeitet, weil die Abstände so kurz waren. Als sie in den Raum trat, bat eine Krankenschwester sie auf den Stuhl, Ärmel hoch, Oberarm abgebunden. Ehe die Schwester die Nadel einschieben konnte, wurde es vor dem Fenster laut. Der Arzt drückte seiner Spenderin einen Tupfer in die Ellbeuge und erhob sich. Auch die Schwester drehte sich um. Etelka sprang auf und sah draußen zwei Männer mit einer Tragbahre vorbeilaufen, zwei liefen an der Seite und drückten den Körper des Verwundeten nieder.

Ist das dieser Steffkó? fragte der Arzt. Wo hat sich der versteckt?

Die sollten ihn mit den Gurten festbinden, damit sie ihn nicht verlieren. – Etelka drehte sich mit den anderen zu der Spenderin, die kopfschüttelnd dastand, einen Finger in ihre Ellbeuge drückend, den Unterarm zur Schulter, als balanciere sie so ihr Gleichgewicht aus.

Warum redet Ihr nicht Ungarisch, klagte Laci. Ich verstehe nur die Hälfte. Was heißt »Kaserne«?

Etelka und ihre Mutter sahen erschrocken zu Laci. Sie hatten auf Deutsch getuschelt und alles vermieden, was den Jungen in eine logische Erzählung hätte hineinziehen können. Für die Karolina sagten sie K. Von István redeten sie in der dritten Person. Sonst war Etelka stolz gewesen, wenn Laci dem Deutsch seiner Großmutter und seiner Mutter einigermaßen folgen konnte. Wenn er selbst es sprach, klang er viel älter als seine zehn Jahre. Eine alte Sprache. Eine Großmuttersprache.

Sie hörten den Schlüssel an der Wohnungstür.

Endlich! – Etelka atmete tief auf. Laci stürmte vor ihr in den Gang. Er hüpfte vor seinem Großvater herum und beschwor ihn, ihm endlich zu erzählen, was die ganze Zeit los war. Etelka legte den Zeigefinger an die Lippen.

Geduld, László. Lass mich den Mantel ausziehen. – Der Großvater strich sich vor dem Spiegel über die Haare, glättete seinen ohnedies makellosen Oberlippenbart und ging ins Wohnzimmer. Immer in Straßenschuhen, die selten schmutzig waren. Ein Mann in Hausschuhen war kein Mann. Er setzte sich an den Tisch. Laci stellte sich zu ihm und rüttelte an seiner Schulter. Das Schulterkissen unter dem Anzug bewegte sich mit. Der Großvater nahm Lacis Hand weg und blieb stumm in seiner Position. Die Haut unter seinen Augen war durchsichtig blau, dünn wie die Haut, die ein rohes Ei hielt. Seine Lidränder hatten einen feinen roten Strich.

Ich war bei der Akademie. In der Aula sind sechs Studenten aufgebahrt.

Nicht vor dem Kind, bat die Großmutter.

Es hilft nichts, die Wahrheit zu verschweigen. Mein Enkel soll ruhig wissen, was Freiheitskampf bedeutet. Diese Männer, und viele andere, László, haben ihr Leben geopfert, um für die Freiheit in unserem Land zu kämpfen. Dein Vater war bei der Demonstration. Gott sei Dank hat er es überlebt.

Warum habt ihr mir das nicht gesagt? schrie Laci.

Etelka hielt sich die Hand vor den Mund, sie zitterte. Warum musste er so grausam sein, ihr Papa, ihr sanfter Papa mit dem feinen Gesicht, den schlanken Fingern. Etwas Grausames sprach aus ihm, als wollte er Laci von einer Sekunde zur anderen zum Mann machen. Ihm mit einem scharfen Hieb die Kindheit abhacken.

Ich möchte mit deiner Mutter reden, sagte Etelkas Vater. Du und Großmama, ihr bleibt hier. Wir haben keine Geheimnisse, wir wollen nur einiges besprechen. Du weißt, dass Kinder nicht bei allen Unterhaltungen dabei sind. Wir sind ja auch nicht bei euch im Kindergarten gewesen. Stimmst du mir zu?

Laci nickte. Etelka sah, wie er sich bemühte, nicht in Tränen auszubrechen.

Wie wäre es mit einer Runde Schnapsen? schlug Etelkas Mutter vor. Sollen die Erwachsenen alleine reden. – Meist widersprach Laci der Großmutter lange, sie musste betteln um seine Zustimmung, dann erst gestattete er ihr den Erfolg ihrer Überredungskunst. Heute folgte er sofort.

War das notwendig? zischte Etelka ihren Vater an, nachdem er die Küchentür geschlossen hatte. – Musstest du ihm das mit den Leichen in der Aula erzählen?

Der Vater hob die Hände schützend vors Gesicht. – Keif nicht so, Etti.

Keifen? Ich bin empört, Papa, ich keife nicht.

Koch uns einen Kaffee, bitte.

Sie hatte noch nie so zu ihrem Papa gesprochen. Er hatte die Regel gebrochen. In der Elternwohnung wurde aufeinander Rücksicht genommen. So hatte sie es von klein auf gelernt. Die Rücksichten waren zwar ungleich verteilt, die Mutter beklagte sich aber nie. Eine halblustige Bemerkung wie vorhin war das Höchste, was sie sich erlaubte.

Als ich die so liegen sah, aufgebahrt ... ich hab meine eigene Bahre gesucht. Die Professoren sind alle verschwunden, eingesperrt ...

Er holte ein Taschentuch aus seiner Hose, eins der alten weißen mit seinem gestickten Monogramm. Sie hatte die Taschentücher früher gebügelt, ehe sie mit Pischti zusammengezogen war. Die Farben des Buchstabens waren nicht verwaschen, die Fäden hielten stand. Er schneuzte sich laut.

István hat großes Glück gehabt. Die Leute, mit denen ich draußen sprach, haben alle einen Verwandten oder Freund verloren. Der Friedhof ist gesteckt voll, es werden dort auch Obduktionen durchgeführt. Bei der Kaserne haben sie, nachdem die Soldaten abgehauen sind, über hundert nicht explodierte Handgranaten gefunden. Dudas ist geflüchtet. Den haben sie nicht erwischt.

Ich dachte, Steffkó hat den Schießbefehl gegeben?

Nein, das war Dudas. Es standen drei Kommandanten dort. Einer davon war Steffkó, den du gestern gesehen hast. Sie haben ihn zur Evangelischen Kirche gebracht und zu Tode getrampelt. Ein fünfzehnjähriger Bub ist auf die Linde geklettert und hat ein Seil angeknüpft. Daran haben sie ihn hochgezogen.

O mein Gott.

Er hat nichts Besseres verdient.

Was denn – lynchen, Papa? Nie und nimmer hättest du so etwas gutgeheißen, nicht einmal nach dem Krieg hast du so geredet.

Du weißt nicht, was ich geredet und gedacht habe. Denk an deinen Pischta, würdest du lieber ihn opfern als diesen Mörder? Also. – Sie nahmen beide einen Schluck vom Kaffee. – Im Rathaus wurden zwei ÁVO-Offiziere festgehalten und bewacht, Vágí und ein gewisser Máthé. Man verhörte sie am Abend des 26. Gestern früh, als du gerade zu István unterwegs warst, verlangte eine Menschenmenge die Herausgabe der beiden Offiziere. Vágí muss sich wie verrückt gebärdet haben, er sprang aus dem zweiten Stock in den Hof, wurde hinausgezerrt, halbtot, die Leute traten auf ihn ein. Dann haben sie ihn gehängt. Der andere, dieser Máthé, hatte Glück. Jemand schickte die Menge zum Spital, weil sie Steffkó haben wollten.

Etelka versuchte sich in Erinnerung zu rufen, was sie von diesem Mann auf der Bahre gesehen hatte. Eine Figur unter einer grauen Decke, den Kopf, aber kein Gesicht, alles durchbrochen von den neben ihm laufenden Männern.

Bei der Kaserne ist ein Dritter aufgehängt worden, vielleicht war das Máthé. Es sind gestern noch Soldaten aus Györ gekommen, die die ÁVO-Leute entwaffnet haben. Angeblich sollen bald hochrangige Zivilisten eintreffen zum Verhandeln. Damit Ruhe einkehrt. – Der Vater hatte sich auf dem Küchentisch vorgelehnt und schaute sie eindringlich an.

Was –, was glaubst du, Papa? Wird sich jetzt etwas ändern? – Sie hatte das Gefühl, sie lasen einander aus den Blicken die Zukunft. Sie wusste aber gar nicht, was ihr Blick preisgab außer Sorge und Ungewissheit. Sie konnte sich selbst nicht vertrauen, traute der Realität nicht. Ein einziges Mal hatte sie ihrem Vater eine Zustimmung abgerungen, damals, als es darum ging, ob sie István Földes heiraten solle. Obwohl er lieber den anderen gesehen hätte.

So eine Hoffnung hat es seit der Machtübernahme nicht mehr gegeben, Etti.

November 1956

Etelka warf einen Blick zu Laci, der gezuckt hatte. István legte den Arm um ihre Hüften. Sie saßen auf seinem Bett. Von den anderen Notbetten her kam Schnarchen, da und dort flüsterte es. Ganz hinten im Saal der Feuerwehr glomm das Licht einer Zigarette auf. Es war verboten, hier zu rauchen, die meisten hielten sich daran, aber wer wollte einem Flüchtling, der fast nichts mehr hatte, den Genuss seiner Zigarette verbieten?

István streckte sein verwundetes Bein vorsichtig aus, zog es gleich wieder zurück.

Sehr viel weiter hättest du nicht gehen können.

Wenn der Umweg nicht gewesen wäre ...

Es ist ein Wunder, dass du dir den Verband nicht durchgescheuert hast.

Unser Leintuch, Etti. Ich hätte nicht gedacht, dass es auf diese Weise in die Freiheit kommt.

Sind wir wirklich in der Freiheit?

Ganz bestimmt. Schau, wie Laci schläft. – Seine Unterlippe war vorgeschoben, der schöne Schwung seiner Oberlippe wurde dadurch nicht beeinträchtigt.

Unser fescher Laci, flüsterte Etelka. Für dich haben wir das getan. – Sie schluchzte leise. – Mir will das Mädchen nicht aus dem Kopf. Es war allein unterwegs.

Es hat sicher seine Verwandten verloren. Wenn ich mir vorstelle ... – Etelkas Stimme stieg im Flüstern auf einen nicht mehr wahrnehmbaren Ton. Sie hielt ihr nasses Taschentuch an die Nase. – Die wandert vielleicht noch immer herum. Wenn ich mir vorstelle, dass wir Laci verloren hätten ...

Sie legte den Kopf an Istváns Brust und weinte. Wenn sie Luft holte, bemühte sie sich, keinen Laut von sich zu geben, nicht aufzuschluchzen. Ein Krampf würgte sie so stark, als wolle er sie nicht mehr freilassen, ehe er ihren Körper gelähmt hatte. Ihren Papa verloren. Ihre Mama verloren. Die beiden alten Leute in der Wohnung zurückgelassen. Davon würde sich ihr Vater nicht mehr erholen. Man hatte ihm zuvor bereits seinen Beruf, seine Ehre, seine Anerkennung genommen.

Ihr Weinen hörte auf, als habe sie sich befohlen, die Richtung zu ändern. Sie hob den Kopf.

Hoffentlich kann ich morgen unsere Mäntel waschen. Dieses Kriechen im Schlamm, auf allen Vieren, ich blieb dauernd stecken.

István zog ihren Kopf wieder zu seinem hin. – Das ist ja fast zum Lachen, flüsterte er, und sie merkte, wie er sein Lachen zurückhielt. Er ruckte fest mit dem Oberkörper. Zog so leise den Rotz auf, wie sie es bei ihm noch nie gehört hatte. Er schaute einen Augenblick weg, um sich die Nase mit dem Ärmel abzuwischen. Etelka spürte, wie es sie beutelte. Sie durfte gar nicht an diese eine Szene denken, als sie sich mit den Knien im Mantel verfing und mit dem Gesicht in den Schlamm fiel, die Angst vor den Russen, deren beleuchtetes Zelt sie plötzlich sahen. Und jetzt so eine hysterische Reaktion.

Deine Wange, Pischti. – Sie tupfte das frische Pflaster an. Eine Frau vom Roten Kreuz hatte die Wunde gereinigt, Pischti auf einem Stuhl, das Gesicht zu ihr hinauf gewandt. Etelka erschrak jedes Mal, wenn sie die blau-rote Einbuchtung sah.

Etti, ich muss hinaus, Luft schnappen. – Pischti nahm ihre Hand und legte sie in ihren Schoß. – Ich bin in ein paar Minuten zurück.

Er nahm seinen schmutzigen Mantel vom Boden und schlich damit durch die Reihen von Betten hinaus, ohne irgendwo anzustoßen. Laci atmete regelmäßig, mit seinem winzigen Schnarchen. Mund zumachen, Laci, flüsterte Etelka im Kopf. Er wird eine gewaltige Verkühlung bekommen. Er wird Halsweh bekommen und nicht reden können, er wird die ersten Tage in diesem Land stumm sein müssen. Er wird kranke Augen haben, niesen, zu wenig zum Anziehen. Fieber und Tee.

Sie legte sich auf das Bett, drehte sich zu ihm. Die dicke Unterwäsche, die man ihnen gegeben hatte, tat wohl, trotzdem überfiel ein Zittern ihren Körper. Wenn sie die Kiefer einen Spalt öffnete, klapperten die Zähne, sie zwang sich zu zählen wie oft, um ihre nervösen Muskel zu überlisten, das Klappern hörte kurz auf. Sie zog die Decke fester an ihren Körper, rollte sich nach links und nach rechts, um die Ränder einzuschlagen. Der Kopf wuchs ihr zu, Laci sank weit weg, in den Schlamm, in die Nacht, hoffentlich hielt Pischti ihn an der Hand. Sie bemühte sich, gleichzeitig zu laufen und Laci zu finden, das ging auseinander. Pischti hält vor ihr an, da ist ja Laci, ein schreckliches Gesicht hat er, den Mund ganz nach unten gezogen wie ein Hase, bist du so enttäuscht, dass wir flüchten müssen.

Jemand stöhnte. Etelka wusste nicht, war sie das gewesen? Ein paar Betten weiter drehte sich ein Mann um und fiel schwer in seinen Schlaf zurück. Sie streckte die Hand nach Laci aus und streichelte die Luft über seinem Kopf. Beim Ausatmen sprach eine leise Stimme in ihrem Kehlkopf mit. Wie die lange Taste bei der Schreibmaschine, alles flach und tief. Sie gähnte, dann gähnte sie sich wach.

In der übernächsten Reihe ging ein Mann zu seinem leeren Bett zurück. Er flüsterte mit einer Frau. Etelka beobachtete mit halbgeschlossenen Augen, wie er den Kopf der Frau an seine Brust zog und ihr über die Locken strich, ihre zerrupfte Frisur andeutungsweise ordnete. Es war wie im Kino. Sie war stolz auf den Unbekannten, weil er eine Flucht und wer weiß was alles hinter sich hatte und ihm die Frisur seiner Frau so wichtig war. Vor zwei Wochen hatte sie bei der Nachricht, vier ungarische Regimenter seien angeblich geschlossen zu den Revolutionären übergelaufen, geweint vor Stolz. Eine Welle hatte sich in ihr überschlagen.

Pischti hatte seine Granatsplitter in der schiefen Lade des Nachtkästchens aufbewahrt. Zuhause hatte sie sie entdeckt, sie durfte sie nicht wegwerfen, sie waren Zeugnis seiner Anständigkeit, sagte er. Ihr Vater war zu Besuch gekommen, hatte sie auf dem Tisch hin und her gedreht, als begutachte er den Wert von Diamanten. Auf den Straßen herrschte Chaos, Gruppen von Flüchtlingen aus Budapest zogen durch Mosonmagyaróvár. Die wussten etwas, was sie nicht wussten. Oder was Pischti ihr noch nicht sagte. Allmählich war ihr gedämmert, was er vorhatte, selbst in diesen hektischen Tagen gab es ein »allmählich«. Der Vater hatte mit Pischti allein gesprochen, so schnell änderte sich, wer ins Vertrauen gezogen wurde. Obwohl sie das Ergebnis dieses Gesprächs fürchtete, redete sie sich ein, es würde alles gut werden, die beiden Männer besprächen nur die Situation, die Situation hier, zuhause, wie man Essen beschaffte, wann Pischti wieder zur Arbeit gehen sollte. Seine Wunden, die fünf zugenähten Löcher, die Einschüsse in seinem Bein. Die Narben bildeten sich langsam. Zum Glück war keine Infektion entstanden.

Als die beiden Männer in die Küche kamen, hatten sie alles beschlossen. Laci würde als Sohn eines Konterrevolutionärs keine Chance haben, eine höhere Schule zu besuchen. Pischta schob ihr einen Brief hin, von ihrem Papa mit der Hand geschrieben.

Etelka griff unter das Bett und zog den Brief aus ihrer Tasche. Sie löste die Schnur über den zwei Pappdeckeln, die den Brief festhielten. Er war in Wachspapier eingeschlagen.

An den mir namentlich unbekannten jetzigen Direktor der Bundesanstalt für Milchwirtschaft in Wickendorf.

Etwas rauschte in ihren Ohren wie vor zwei Tagen, als sie diesen Brief leise vorgelesen hatte. Sie hatte in einem Augenblick alles gewusst.

Bitte verzeihen Sie diesen unerwarteten Brief von einem Kollegen in Not aus Mosonmagyaróvár, das mit Ihrer Anstalt seit langem verbunden ist. Ich war gut befreundet mit Ihrem Vorgänger, Dipl.-Ing. Ernst Frühwald.

Am 26. Oktober formierte sich in unserem Städtchen der friedliche Widerstand gegen die übermächtige Besatzung. Professoren und Studenten der Akademie marschierten mit Landwirtschafts- und Fabriksarbeitern zur Kaserne der Grenzpolizei und des Geheimdienstes. Mehr als hundert Demonstranten wurden erschossen. Auch mein Schwiegersohn, Földes István, erlitt durch eine Granate Verletzungen an Gesicht und Bein. Mein Schwiegersohn arbeitete auf dem Lehrgut unserer Akademie, ist vielseitig interessiert und einsetzbar, klug im Analysieren von Arbeitsabläufen.

Mit schwerem Herzen muss ich meiner Tochter den Schritt in die Fremde empfehlen. Ich bitte Sie inständig, sich für meine Tochter und ihre Familie zu verwenden, falls das irgend möglich ist. Mein Enkelsohn László ist zehn Jahre alt. Ihrer aller Zukunft im geknechteten Ungarn ist gefährdet. In großer Not, unbekannterweise. Darunter seine Unterschrift.

Ihre größte Angst war gewesen, Pischti könnte sich beleidigt fühlen.

Wenn der neue Direktor nur die Hälfte von Frühwalds Anständigkeit und Menschlichkeit hat, wird er etwas für euch unternehmen, hatte ihr Papa gesagt.

Und wenn nicht?

Etelka packte den Brief weg. Ein Mann, von dem man nicht einmal wusste, wie er hieß. Warum sollte sich der für eine fremde ungarische Familie einsetzen?

Beim Abschied gestern Abend hatte ihre Mama sie an beiden Armen genommen. – Meine tapfere Etti. Ich kümmere mich um Papa. Wir haben das alle nicht verdient. Wenn es dir schlecht geht, werde zornig. Nicht traurig. Nimm deine roten Schuhe mit.

Wo blieb Pischti so lange? Sie waren in einem Auffanglager. In ein paar Tagen würden sie weiterbefördert werden in ein richtiges Flüchtlingslager.

Weiß jemand etwas über Tarczi Miklós aus Mosonmagyaróvár? – István fragte in die Runde der Männer, die vor dem Eingang standen und rauchten, Schultern hochgezogen, von einem Bein auf das andere steigend. Zwei Männer aus Sopron waren hier, einer aus Mosonmagyaróvár, den er flüchtig kannte.

Tarczi? fragte der. – Aus der Kühne-Fabrik?

Ja! Was ist mit ihm?

Ich weiß es nicht, tut mir leid. Ich habe ihn bei der Demonstration gesehen. Danach nicht mehr. Meine Mutter war mit seiner über einige Ecken verwandt.

Bei der Kaserne, warst du da vorne oder weiter hinten? fragte István.

Hinten. Die hatten sich eingegraben. Neben mir hat es einer Frau den Arm weggerissen. Und du? – Er griff an seine eigene Wange.

Mir hat einer seine Handgranate hergeschleudert. Glück gehabt.

Und das Oberschwein ist angeblich in die ČSSR abgehauen.

Dudas.

Den hätte ich gerne hängen sehen, mit abgeschnittener Zunge, der gibt keinen Schießbefehl mehr.

Was werdet ihr tun? fragte der eine Soproner. – Ich will schnell nach Kanada. Weg von hier. So weit wie möglich.

Bist du allein?

Nein. Meine Frau ist auch geflüchtet.

Was kannst du? fragte István.

Wenn es darauf ankommt, mehr, als ich jetzt weiß. Ich habe Maschinenschlosser gelernt. Meine Chancen sind gut. Und du?

Landarbeiter.

Landarbeiter? – Er schaute, als habe er noch nie etwas von einem Landarbeiter gehört. – Naja. Sie bauen viel Weizen an in Kanada. – Die anderen lachten. – Und ihr?

Amerika.

Auch Amerika. Oder Kanada.

Ich warte erst einmal ab, wie sich alles entwickelt.

Zurück gehen nur die ÁVO-Leute. Von denen sind nicht wenige abgehauen in der ersten Zeit, als es so aussah, wir könnten gewinnen.

Woher weißt du das?

Das hat mir einer erzählt, mit dem ich mich eine Weile versteckt habe. Angeblich kommen jeden Tag mehr als 10 000 herüber.

Sobald die wieder durchgehend Stacheldraht aufziehen und Wachen postieren, ist der Zauber vorbei, sagte István.

Das wird bald so sein. Die grüne Grenze gibt es nicht mehr lange. Man hört nichts mehr von den Revolutionssendern, die haben sie wahrscheinlich alle geschnappt. – Der Soproner nahm einen letzten Zug aus dem Zigarettenstummel und warf ihn in den Schnee. Er hob die Hand zum Gruß und verschwand in der Halle. István stand schon viel zu lange in der Kälte. In seinem Bein brannte es, heiß oder kalt, das war nicht zu unterscheiden.

Auf dem Weg zur Lagerverwaltung sah Etelka drei Jungen beieinander stehen. Laci in seinem Wintermantel, den er am ersten Tag hier in Traiskirchen bekommen hatte. In der Tasche hatte er eine Kastanie gefunden, sie glänzte nicht mehr, aber es war ein M eingeschnitzt, und deswegen wollte er sie behalten. Er zeigte sie den beiden anderen Jungen. Sie hörte ihn reden.

Das M ist eine Nachricht für mich. Mehr kann ich dazu nicht sagen.

Zeig her!

Laci schloss die Faust um seine Kastanie.

Du schwindelst! Ich hab nichts auf der Kastanie gesehen.

Ich lüge nicht, sagte Laci. – Ach ihr Laci. Um ihn hatte sie die meiste Angst. Dass er etwas erzählte, das ihnen Schwierigkeiten machen könnte. Gerüchte und Warnungen zogen durchs Lager. Man musste vorsichtig sein.

Alles in Ordnung? fragte sie.

Jaja.

Natürlich wollte er, dass sie weiterging und sich nicht in seine Sachen einmischte. Zuhause war er sich zu behütet vorgekommen. Er sollte sich nicht abkapseln, der Junge musste unter Altersgenossen sein, sich durchsetzen lernen. Etelka wollte ihn vor allem beschützen. Hier war alles roh. Pischti sagte selbst, dass man mit Spitzeln rechnen müsse, ÁVO-Leuten, die nach drüben berichten würden, wer die Földeschs sind, wohin sie gehen wollen. Niemand hier schien normal. Die Frauen schauten einander misstrauisch an. Manche trugen ihre Mäntel von zuhause. Von einigen wusste sie, dass sie sich trotzdem einen Mantel geben hatten lassen. Sie nicht. Lieber hatte sie ihren eigenen verdreckten Mantel gereinigt, bis ihre Finger wie Holzstäbchen an den Händen steckten. Zum Zudecken wäre es klug gewesen.

Mit hellgelben Postautobussen waren die Flüchtlinge nach Traiskirchen gebracht worden. Bis vor einem Jahr hatte die Rote Armee die Kaserne belegt. Fensterscheiben fehlten, es war kalt in den riesigen Sälen, und da sich die Lieferung der amerikanischen Feldbetten hinauszögerte, hatten sie in den ersten Tagen auf Stroh schlafen müssen, das Bauern aus der Umgebung brachten. Mittlerweile hatte Etelka sich an den Anblick des Lagers gewöhnt, bei der Ankunft war ihr Herz gesunken.

Pischti bekam einen Stundenlohn von zwei Schilling fünfzig für seine Hilfe bei der Sanierung der Kaserne, für geistige Arbeit gab es drei Schilling zehn. Sie konnte Deutsch. Sie konnte Maschineschreiben.

Frau Földesch, sagte der Lagerleiter Schuster, als er endlich zu telefonieren aufgehört hatte und sie in seine Kanzlei durfte. – Wie gut, dass Sie da sind. Eine meiner Mitarbeiterinnen liegt seit gestern mit einer schlimmen Erkältung danieder. Bis sie zurückkommt, würde ich Sie als Ersatzkraft nehmen. Danach müssen Sie weiter warten. Können Sie gleich hierbleiben?

Ich sage es meinem Sohn, der spielt nicht weit weg von hier. Geht das, bitte schön? – Etelka stürzte hinaus und rannte zurück. Die Jungen standen nicht mehr dort. Sie rief in alle Richtungen, lief ein Stück weiter, die Kinder blieben verschwunden. Alles in Ordnung, ermahnte sie sich.

Sie haben Ihren Flüchtlingsausweis liegenlassen, als Sie hinausstürmten, sagte Schuster freundlich und deutete auf das Papier. – Ich hätte schon gewartet auf Sie, keine Angst. Sie werden mir beim Eintragen von Daten in die Formulare helfen. Sehen Sie, die hier müssen wir mit der Hand ausfüllen, für die Schreibmaschine stimmen die Zeilen nicht. Man überschreibt jede zweite Zeile. Die Amis verwenden auch dieses merkwürdige Format, breiteres DIN-A4, dafür ein Stück kürzer. Die Briefe der französischen Besatzer hingegen hatten ein längeres Format als die österreichischen.

Etelka fragte sich, was er von den Ungarn hielt, jetzt, wo es so viele von ihnen gab. Ob er wusste, dass die Ungarn die Österreicher ihre »Schwäger« nennen?

Wir stehen vor einer ungeheuren Aufgabe, wie Sie selbst sehen. Wir haben großen Respekt vor denjenigen, die aus ehrlichen Motiven flüchten. Wie Sie wissen, befinden sich ein paar kriminelle Elemente darunter, aber wo wären die nicht?

Mein Mann ist bei dem Aufstand in Mosonmagyaróvár verwundet worden, beeilte Etelka sich. Es war eine friedliche Demonstration, die Geheimpolizei hat hineingeschossen. – Sie hoffte, es klang nicht auswendig gelernt.

Wissen Sie, wohin Sie wollen? Amerika und Schweden nehmen lieber verheiratete Flüchtlinge, die Kinder haben. Das schwedische Rote Kreuz versorgt Traiskirchen, da ließe sich möglicherweise etwas unternehmen. Oder Sie versuchen es mit Amerika. Nicht, dass wir Sie gleich wieder losschicken wollen.

Der Brief war in ihrer Manteltasche, sie riskierte nicht, dass er gestohlen werden könnte. Sie nahm das Kuvert heraus. – Mein Vater hat uns diesen Brief mitgegeben. Er war vor 1945 Professor an der Agrarakademie in Mosonmagyaróvár. Die Kommunisten haben ihn schikaniert, wo sie nur konnten. Er durfte nicht mehr publizieren. Unsere Akademie ist die Mutteranstalt der Hochschule für Bodenkultur in Wien.

Aha?

In der Monarchie wurde von Ungarn aus die Wiener Hochschule gegründet.

Interessant.

Mein Vater hatte guten Briefkontakt mit dem früheren

Direktor der Bundesanstalt für Milchwirtschaft in Wickendorf. Direktor Frühwald.

Soviel ich weiß, ist der gestorben.

Sie legte Schuster den Brief hin.

Mhm, mhm, machte er beim Lesen. – Ach so, das ist Ihr Plan. Ich werde sehen, was ich für Sie tun kann. Ehrlich gesagt – er sah sie mit einem tiefen zweifelnden Gesicht an –, kann ich mir nicht vorstellen, dass die einen Landarbeiter aufnehmen werden. Diese Anstalt gehört dem Bund. Der Direktor hat dort keinen großen Spielraum. Vielleicht haben Sie Glück, und er ist ein Kämpfertyp wie Ihr Mann.

Etelka nickte. So ein Schub von Freundlichkeit. Keine Tränen. Keine Tränen.

Was ist mit dem da? fragte ein Junge aus Budapest und deutete mit dem Kopf zu einem Mann, der sich mit den Armen an der Wand abstützte, den Kopf hinunterhängen ließ.

István zeigte mit dem Daumen nach unten. – Er ist völlig fertig. Verkraftet das nicht.

Halt den Mund! schrie ein anderer. Lass ihn in Ruhe, sonst bringe ich dich um!

Alles in Ordnung, sagte István langsam, als spreche er zu Etelka. – Kein Grund zur Aufregung.

Er stellte sich zu dem Mann bei der Wand, mit dem Rücken zu den anderen.

Ich habe es übersehen, sagte der. Ich habe gespürt, wie es wieder kommt, Herzschlagen, etwas greift nach meinem Hals, der schwarze Raum. Und dann schäme ich mich so, dass ich mir am liebsten eine über den Schädel ziehen möchte. Aber ich habe keine Kraft mehr.

Setz dich erst einmal nieder, sagte István. Du brauchst dich nicht zu schämen. Fast jeder hier hat einen Schaden. Die, die keinen haben, sind mir unheimlich.

Der Mann ließ sich auf einem Stapel Bretter nieder.

Was ist? fragte der Budapester. Kann ich euch helfen?

Alles in Ordnung, wiederholte István. Wir kommen gleich. – Er setzte sich zu dem Mann auf die Bretter, sie mussten beide das Gleichgewicht austarieren.

Ich habe alle Fenster der Grundschule in Györ gezimmert, sagte der Mann. – Viele führten sich mit einer Aufzählung ihrer Leistungen ein, es klang zumeist verzweifelt. Selbst wenn er die Wahrheit sprach, wer sollte es von hier aus überprüfen wollen? Und wenn, was wäre das Ergebnis wert? Die Fenster in der Grundschule von Györ kümmerten hier niemanden, die Kinder, die in diesen Klassenzimmern gesessen waren, würden sich auch drüben nicht ein Leben lang an seinen Namen erinnern, wie man sich an einen Operateur erinnert, der einem das Leben gerettet hat. Die Narben schmerzten an solch kalten Tagen. István wusste nicht einmal, wer die Splitter herausgeholt hatte.

Bist du allein herübergekommen?

Ja, sagte der Mann. Ich war verlobt. Sie wollte nicht mit. – Er sah jetzt jünger aus. – Vielleicht gehe ich wieder zurück.

Habt ihr etwas vereinbart?

Er zuckte mit den Schultern. – Ja und nein. Sie sagte, sie werde auf mich warten, und ich sagte, sobald ich kann, hole ich dich heraus. Und dann habe ich gesagt, warte nicht. Wenn einer kommt, den du magst, nimm ihn. – Er schaute István verzweifelt an. – Ich weiß nicht mehr, was nachher war. Mir kommt vor, dass es der letzte Satz war. Das heißt, wir haben noch über ihren kleinen Bruder geredet, der gerade erst als Lehrling bei uns angefangen hatte. Nicht zu bändigen. Der wird Schwierigkeiten bekommen, so oder so. Ich fühle mich verantwortlich für ihn, die haben keinen Vater mehr. Die Mutter tut, was sie kann. Und ich?

István legte ihm den Arm um den Rücken. Für einen Zimmermann kein Kraftkerl. – So ein Schuldgefühl ist schlimm, ich weiß. Man wird da zu Entscheidungen gezwungen, die größer sind als man selber. Deshalb hasse ich die Kommunisten so. Weil sie den Menschen das antun. – István hörte sich reden. Einfach nicht die richtigen Worte. Oder ... der Mann war gar kein Zimmermann. Es gab keine zurückgelassene Verlobte. »Deshalb hasse ich die Kommunisten so.«

Es konnte gut sein, dass der auf so einen Satz gewartet hatte. Erschwindelte sich Mitgefühl und hörte genau zu, was die anderen, um ihn zu trösten, von sich erzählten. Ging zurück, meldete alles. Die Geheimpolizei an der Tür von Etelkas Eltern. Wie der seinen Zustand geschildert hatte, das machte kein Mann einem Fremden gegenüber.

Du solltest zum Arzt gehen. Man kann sich helfen lassen. – István zog sich zurück. Das bekam der sicher mit. Alles und jedes stand hier unter Verdacht. Wahrscheinlich war er selbst auch nicht allen geheuer. Zuhause hatte man gewusst, wer ein Spitzel war. Bildete man sich ein. Hier schien das nicht mehr möglich. Man war schutzlos. Man sagte etwas, ein anderer notierte es im Geist. Er war nicht der einzige, der sich zu seinem Hass auf die Kommunisten bekannte. Es war geradezu Voraussetzung hier. Hätte einer das nicht gesagt, wäre er unter Verdacht gestanden. Er war glaubwürdig, es gab noch andere aus Mosonmagyaróvár hier. Seine Schussnarben bezeugten, dass er am Aufstand beteiligt gewesen war. Dennoch. Etwas mahnte ihn.

Soll ich mit dir gehen?

Ich geh deswegen zu keinem Arzt. Das hört von alleine auf. Am besten packe ich jetzt das nächste Fenster an. Genau das tue ich. Ich packe das nächste Fenster an. – Er sprang auf. István mit ihm, sonst wäre er in Schieflage geraten.

Mai 2008

Wie auf der Homepage der Volkshochschule für den VII. Bezirk gefordert, brachte Valentin das Lehrbuch »Slowakisch für Anfänger« mit, als er sich zum ersten Abend des Kurses einfand, nicht weit von seiner Kanzlei. Außerdem einen DIN-A4 Block. Ein Schulheft kam ihm unpassend vor, obwohl es nach wie vor Schulhefte gab, so als habe sich seit seinem Abgang vom Realgymnasium im Juni 1968 nichts geändert. Sogar der rote Strich vier Zentimeter vom Rand war da. Er blätterte im Büromarkt die Hefte durch, Vokabelheft? Dreispaltiges Vokabelheft mit der Mittelspalte für die Aussprache?

Zwei Männer und eine Frau hatten Laptops mit, die Frau konnte, wie Valentin bald herausfand, im Zehn-Fingersatz mitschreiben, ohne den Blick zur Tastatur senken zu müssen.

Ich bin Ihre Ucitelka, war das erste, was die Slowakischlehrerin zu den etwa zwanzig Teilnehmern sagte, nachdem sie in dem Klassenraum Platz genommen hatten. Valentin blickte, wie die anderen Männer auch, erwartungsvoll auf die Frau, die mit einer gut einstudierten Pause den Phantasien der Fortbildungswilligen Raum gewährte. Weil er die Frau nicht so lange anstarren wollte, ließ er seinen Blick über die Plakate an den Wänden ziehen. Slowakische Holzkirchen, Kaffeehäuser in Bratislava, eine sprachferiale Spätpubertät verheißend, in der man sich mit der Lehrerin durch slowakische Adventmärkte schlängelte, die vorgesprochenen Wörter nachplappernd, Engelshaar, Weihnachtskrippe, alles bereits erweitertes Grundvokabular, zum Überleben nicht mehr nötig, bei Kerzenabendessen in einem Fünf-Sterne-

Jagdhotel in der Hohen Tatra unter Umständen das Tüpfelchen auf dem i.

Lehrerin, sagte Valentin.

Bravo. Ucitelka heißt: Lehrerin.

Vier wahrgenommene und drei geschwänzte Unterrichtseinheiten später sitzt Valentin mit der Ucitelka im Kaffeehaus.

Wahlen in Ungarn, liest sie mit schrägem Kopf von einer Zeitung herunter, die an einem Kleiderständer baumelt. Sie rümpft die Nase. In ihrer Familie sei ein Satz des Großvaters überliefert, der beim Ausbruch des Ungarnaufstands 1956 gesagt habe: »Die Nationalfaschisten haben wieder Oberwasser.« Daran habe sich bis heute nichts geändert. An zwei Nebentischen verstummen ein paar Frauen, bereit für einen unerwarteten Verlauf ihres frühen Abends. In Valentins Kopf tanzt plötzlich das Wort »mittelprächtig« herum. Die Ucitelka ist vielleicht nur mittelprächtig. Er sieht, dass es ein Fehler gewesen ist, sie zu einem Kaffee einzuladen. Zum Glück hat er das Abendessen, das sie wohl erwartet hat, gar nicht vorgeschlagen.

Er lässt sie reden, um wenig von sich selbst erzählen zu müssen. Im Kurs hat er versucht zu lügen, wenn es um die Preisgabe kleiner biografischer Details ging. Ein paar Männer stürzten sich begeistert in die Darstellung ihres Charakters – »was heißt: rasant, großzügig, beliebt« –, entblödeten sich nicht, ihre Goldgräberqualitäten auf Slowakisch zusammenzubasteln, benahmen sich wie –. Wie er selbst in seinen Gedanken beim ersten Mal. Das neue Werbeplakat der Österreichischen Bundesbahn tat ein übriges: Bratis*lover*. Er fand das nicht lustig.

Die Ucitelka – er bleibt im Geist dabei, obwohl schon in der ersten Einheit alle auf »Monika« eingeschworen sind, aber daran klebt wie ein Schwan ihr fürchterlicher Familienname, der doch tatsächlich Profantova lautet –, die Ucitelka fragt ihn, was ihn nun tatsächlich zum Slowakischkurs getrieben habe. Das musste er zu Beginn beantworten, eine typische Gewissensfrage. Er wollte sich nicht in die Karten schauen lassen. In Wirklichkeit geht es um grenzüberschreitende Umweltprojekte.

Reines Interesse für die Sprache, wiederholt er getreu seiner Legende.

Sie haben große Talente für die slowakische Sprache, stochert die Ucitelka in seiner Lüge herum. – Ihr Deutsch ist nahezu fehlerfrei. Der Akzent kaum hörbar. Er hat sie im Verdacht, ihn bei Bedarf aufleben zu lassen. Valentin unterstellt ihr das Schlimmste, und das sagt mehr über ihn aus als über sie. Dabei fühlt er sich so weit vom Schlimmsten entfernt wie nur möglich. Dieses Entwichensein seiner Libido muss man ja in seinem Gesicht sehen, der Wille zur Verführung fehlt. Er ist in der letzten Woche so viel älter geworden, dafür braucht er keinen Spiegel. Er hat die Kraft seines Blicks verloren. Der Todernst der Erotik fehlt.

Er wünscht sich Katharinas Anruf so sehr, dass er die Ucitelka am liebsten wegschicken würde. In seinen Schenkeln spannt sich die Muskulatur. Er hört mit einem Ohr, wie sie von einer Nacht in einem Garten redet, wo sie mit jemandem geschlafen habe innerhalb –

– eines was?

Eines Steinkreises. Das war ein Vertrauensbruch dem Künstler gegenüber, der die Steine aufgestellt hat. Granit aus dem Waldviertel.

Valentin will ihr widersprechen, das sei doch eine gelungene Einweihung et cetera, besinnt sich rechtzeitig. Bloß nicht auf sexuelle Anzüglichkeiten eingehen. Warum erzählt sie ihm das?

Die Steine sind Zuschauer und Zuhörer.

Aha. – Er ist müde. Steine, Granit. Er sieht die Ucitelka sich im Liebeskampf gegen die Steine werfen, die zu wackeln beginnen. – Wie schrecklich für Sie, Mo-ni-ka.

Aber nein! Es war sehr bezaubernd, die Nacht, ein bissel verwölkt. Nachher waren wir sehr traurig wegen unseres Freundes.

Ja. Der Freund.

Der Künstler. Vielleicht kennen Sie ihn? Er heißt –

Bitte nicht!

Die Ucitelka schlägt sich auf den Mund. Jetzt ist er der Ritter, der sich für die Anonymität eines geschändeten Bildhauers in die Schlacht wirft. Ihre schlanken Finger pressen gegen ihren Mund. Die Augen weit aufgerissen. Die Augenbrauen hochgezogen, so dass die Strähnchen der brünetten Stirnfransen noch weiter nach unten greifen. Als sie die Hand endlich vom Mund wegnimmt, steht er offen, das Unterkiefer hebt sich in Zeitlupe, bis sich die Lippen berühren und ein Engel der Diskretion vor ihm sitzt. Alles, alles kannst du mir anvertrauen, es wird keine Menschenseele davon erfahren, sagt der Blick der großen, auf die Melancholie des Geheimnisses hin weichgezeichneten Augen. Eine Sekunde, da tut sie ihm leid, weil sie in diese peinliche Erzählung hineingerutscht ist und nicht mehr mit Anstand herausfindet. Diese Millimeterarbeit mit der Weiblichkeit, dieses Schauen, Beherrschen ihrer Mimik, dazu die Hände, die können nie einfach ein Glas fallenlassen, die werfen es im Zorn der Leidenschaft an die Wand.

Er muss das zu Ende bringen, den Kaffee, den sinnlosen Kurs, diese Begegnung, die er sich wie eine späte Pflichterfüllung auferlegt hat, der Rest aus ein paar Augenblicken Begehrlichkeit.

Aus der Bibliothek seiner Eltern hat Valentin vorigen Monat Doderers »Dämonen« mitgenommen. Es genügt nicht, in dem dickleibigen Roman ab und zu ein paar Seiten weiterzukommen. Manchmal schafft er es, zwanzig, fünfzig Seiten in einem Stück zu lesen. Er spürt wohl, dass dieses Ausbreiten einen konservativen Zug in ihm anspricht, den Wunsch, die Zeit möge stehenbleiben, am besten an einem Punkt, den er sich aussuchen kann. Die lokalgeistigen Räume, in denen die Romanfiguren sich bewegen und ihre Gespräche führen, sind mehr als bloß das jeweilige Wirtshaus, die Palais, die Wohnungen. Sie sind gleichzeitig eine Ebene in den Köpfen, eine Behausung für die Gedanken.

Am dritten Abend ohne Nachricht von Katharina sitzt er mit einem Glas Rotwein beim Fernseher, den Ton ausgeschaltet, halb mit dem Rücken zum Bildschirm, wo einander gerade Känguruhs ohrfeigen, als er einen Blick hinwirft. Die Tiere lenken ihn nicht ab, machen keine Mühe, sind nur da. Er findet es schwierig, sich zu konzentrieren. Daran sind nicht die Tiere schuld – jetzt Fischreiher, die ihre Beine widerwillig aus dem Wasser ziehen –, sondern seine Erschöpfung. Kein Lebenszeichen von Katharina. Das Wort mag er nicht. Es beschwert Katharinas Schweigen unnötig, denn sie ist ja zu keiner gefährlichen Expedition aufgebrochen, nur zu ihrer anstrengenden Arbeit, die ihr Leben in Anspruch nimmt.

Er schaut müde den Reihern zu, diesen ewig alt wirkenden Hagestolzen. Er sieht sich neben ihnen waten, in einem uferlosen Neusiedlersee, kniehoch, weithin ohne einen Haltepunkt. Das Buch in seinen Händen, von wem war die Rede. Ihm wird klar, dass er sich in eine Schicht seines Bewusstseins gelesen hat, auf der sich die Stangelers und Siebenscheins, und wie sie alle heißen, lautlos verabschiedet haben und er allein dasteht. Er ist in einer riesigen Gleichzeitigkeit von Erzählungen, die vorübergehend mit ihm zu tun gehabt, deren Mitspieler ihn aber letztlich nicht aufgenommen haben, als erfülle er bestimmte soziale Bedingungen nicht. Keiner braucht ihn.

Das nimmt er besonders der Grete Siebenschein übel. Einzig die Mary K. hat Mitleid mit ihm. Er schleudert die »Dämonen« auf den Boden, den Umschlag hat er längst abgenommen, wie er es bei seiner Mutter gelernt hat. Das Buch landet unglücklich. Als er danach greift, ist die Fadenbindung hinter dem Buchdeckel eingerissen.

Dass Katharina nur unregelmäßig und dann nicht lange in Wien sein würde, ist ihm von Anfang an klar gewesen. Für diese Unsicherheit setzte er seine Ehe aufs Spiel, die schwierige Ehe mit Ingeborg und seine beiden Töchter. Die Mädchen waren achtzehn und dreiundzwanzig. Ingeborg bestand auf einer Trennung, er nahm sich eine kleinere Wohnung. Nach einem Jahr wollte sie die Scheidung. Er sah sich selbst dabei zu, wie sie beide ohne Anwalt eine vernünftige Lösung fanden, bei der Ingeborg keinen finanziellen Schaden erlitt.

Wie oft trifft man eine Frau, deren zweiter Satz ist: »Ich halte nichts vom Heiraten. Ich bin lieber treu.« Und die einem damit einen Satz herauslockt, den man sich nie zugetraut hat: Wenn Sie einmal geheiratet werden wollen, lassen Sie es mich bitte wissen. – Worauf sie einander ihre Karten gaben. Und er eine Woche später nach Zürich flog, um ihre Inszenierung von Lessings »Emilia Galotti« zu sehen. Das Stück, das er bei seiner mündlichen Deutschmatura interpretiert hat, tritt ihm mit Gewalt entgegen und reißt ihm aus dem Kopf, woran er sich noch erinnert. Er ist sich in einer Weise eins mit Lessing, als hätten sie das Stück zusammen geschrieben, als wisse Valentin bei jedem Satz, warum er gerade da gesprochen wird. Die Schauspieler bewegen ihre

Körper beim Sprechen, wie er es noch nie gesehen hat, sie schweigen laut, sie weinen ohne Ton. Ihre Kehlen und Stimmen bleiben ungeschändet vom Pathos, das Valentin kennt. Sie zeigen ihm nicht nur eine zweite Welt, sie führen ihn auf den Boden seiner eigenen Welt. So möchte er sein, wie eine Person, die ihn spielt.

Nichts ist schmerzhafter, als an solchen Anfang zu denken, wenn er vielleicht für immer verloren ist. Der Anfang einer Liebe ist etwas Heiliges, man vergisst ihn nicht. Er weiß zwar im Gegensatz zu Katharina nicht mehr, was er an jenem ersten Abend getragen hat, ihr graues Kleid mit den vielen Nähten könnte er aufzeichnen.

Das ist ihm jetzt gar nicht recht, diese voyeuristische Einlage in der dummen Chronik aus dem 16. Jahrhundert, »die Kavernen von Neudegg«. »Die Zaubrinnen die wellen wir martern alsbald sy nichts verjehen.« In Klammern: »kein Geständnis ablegen.« So nicht, Doderer. Das Projekt der dicken Damen ging noch als Skurrilität durch, diese Sache hier klingt arg nach etwas Verschwitztem. Widerwillig liest er die nächste Seite, ist überrascht, wie schnell er sich in dem Mittelhochdeutschen zurechtfindet, hat Doderer das alles erfunden? Bald geht es darum, die zwei gefangen gehaltenen Frauen ohne Kleider zu befragen, Martersäule, Bänke … der vorgebliche juristische Rahmen des Geheimgerichts ist schnell verlassen, von der sadistischen Perspektive verschluckt wie nichts.

Hat er mehr als 700 Seiten gelesen, um sich nun aus dem Sattel werfen zu lassen? Er blättert vor, das sind fünfzig Seiten, die er überspringen müsste, und dann würde ihm etwas Wesentliches fehlen. Oder er überwindet seinen Ekel. Zum Glück ist er so weit gekommen in seiner Lektüre, denn hätte er irgendwann vorher aufgehört und behauptet, er habe die »Dämonen« gelesen und welch ein Buch, hätte er sich lächerlich gemacht. Jeder, der nicht dieses Neudegg-Kapitel erwähnt, wenn er über die »Dämonen« spricht, ist unehrlich.

Querlesen bringt in diesem Fall gar nichts. Also durch. Er will Grete Siebenschein nicht zurücklassen, die Quapp, den Leonhard. Die Mary K. Er liest eilig, schaut bei jedem Umblättern auf die Seitenzahl, ein Gefühl, das er von seinen Pflichtlektüren kennt und hier nicht erwartet hat.

Gut, er gestattet sich, die Ucitelka, Frau Profantova, innerhalb ihres Steinkreises aufzurufen (trägt sie einen Ehering an diesen erschrockenen Händen vor ihrem Mund?). Nacht. Steinblöcke im Kreis. »Zuseher und Zuhörer.« Stellvertretend für lebendige Beobachter führt sie mit ihrem Freund den Steinfiguren ihren Liebesakt vor. Für kurze Zeit gelingt es ihm, sich dieser Phantasie hinzugeben, jeder ihrer Laute würde von einem fachkundigen Publikum mitgehört, unsichtbaren Kennern, Voyeuren. Von ihm selbst. Die Bilder der zwei Frauen in dem Verlies aus der mittelalterlichen Chronik besetzen die Gestalten der Ucitelka und ihres Freundes, von dem er ohnedies nur die allgemeinste Vorstellung hat, ein nackter Mann im Mondlicht, mehr eine ins Leben gesprungene Statue als ein warmblütiger Slowake – es hilft nichts, die beiden unter der Folter leidenden Frauen sind stärker.

Er flüchtet sich in den Gedanken an die Lust, die Doderer bei diesem Kapitel wohl nicht bloß aus der Beschreibung der Tortur besessen machte, mehr noch aus der Erfindung der Geschichte in einer alten Sprache, die er vielleicht aus ein paar Schriften kannte. Während der Abfassung musste er die Euphorie des Lernenden erfahren haben. Stahl sich zunächst Zeilen, vergrößerte seinen Wortschatz. Valentin blättert willkürlich, »do ich der schoen Gevatterin das kleit nam, darnach die laibpfait, dannoch niecht gantz.«

Es wäre enttäuschend, hätte Doderer sich die Mühe erspart und die ganze Chronik kopiert.

Das ist mein Rechtsanwalt. – So führte Katharina ihn bei ihren Bekannten und Freunden ein. Bei einem der Feste spielte ein italienisches Ensemble neue Volksmusik aus den Abruzzen, es wurde getanzt, ein fülliger Schweizer Maler in weißem Anzug beherrschte mit einer jungen Frau in einem schwarzen Kleid und roten Handschuhen bald den Raum. Nach und nach hörten die anderen Paare auf, einige einzeln tanzende Leute vom Theater machten das wilde Paar zum Mittelpunkt. Plötzlich packte Valentin Katharinas Hand und zog sie hoch. Nichts an der Musik kam ihm fremd vor, er hatte immer schon zu Altsaxophon, Schlagzeug und Akkordeon getanzt, wusste, welche Bewegungen sie von seinem Körper verlangten, und Katharina wusste alles mit ihm. An ihren Blicken las er ab, wie stolz sie auf ihn war, wie gut er aussah mit seinen schlanken, jedoch nicht zu engen Hüften (»mit diesen enghüftigen Jackos kann ich nichts anfangen«), seinen langen Beinen. Seinem Gérard-Philipe-Blick.

Der wurde doch nicht einmal vierzig.

Wir sind jetzt beide vierzig, bestimmte sie.

Nicht einmal vierzig. Er will sich an diese Stimme nicht erinnern. Zum Glück ist Földesch nicht wieder aufgetaucht, alles ein Irrtum. An Valentins Stelle hätte ein Herr Meier im Auto sitzen und diesem Földesch in die Fänge geraten können. Frau Meiers Geburtstag. Wie alt wird sie werden. So weit wäre es mit einem anderen gar nicht gekommen, weil niemand so eine Geduld hat wie er.

Dezember 1956

Heute nehmen wir etwas durch, das euch ganz besonders interessieren wird, versprach Bálint bácsi. Alle. Auch die kleinen und großen Fräulein. – Die Mädchen verdrehten die Augen und schauten einander mit gespielter Verzweiflung an. Zsuzsa wiegte gar die ineinander verhakten Hände über ihrem Kopf. Laci wagte einen schnellen seitlichen Blick, er hielt sie fast nicht aus. Sie war ein Clown. Sie konnte Grimassen schneiden. Er freute sich immer auf sie, das durfte er keinesfalls zeigen. Die Jungen schimpften über sie, sie sei eine *curva*. Er wusste, was es bedeutete, konnte sich aber nichts darunter vorstellen. Man durfte sich keine Blöße geben. So lachte er mit, freundlicher und nicht voll Verachtung wie die anderen. Sie war zwei Jahre älter als er. Sie war mit zwölf Jahren eine *curva*.

Hat jeder sein Heft offen? Heute schreiben wir Sportwörter ein. – Er verteilte ein paar Zeitungen.

Aaaahhhh, machten die Mädchen. Schon wieder Sport.

Zsuzsa, fang mit der Überschrift an.

Bluts-piel, las sie. Bluts-piel in Mel-?

Blutspiel in Melbourne, korrigierte Bálint bácsi. Melbourne ist eine Stadt in Australien.

Die Olympiade, sagte Laci. Sommerolympiade.

Im Dezember? schrie sein Nachbar und fuhr auf Ungarisch fort, wie das gehen solle. Laci erklärte es ihm.

Blut-spiel, brachte Bálint bácsi hervor, während seine Hand abwehrend winkte, Blut-spiel müsst ihr euch nicht merken. Es heißt, dass bei dem Spiel Blut geflossen ist. Ich möchte, dass ihr das Wort nicht in euer Heft schreibt. Ihr werdet es nicht brauchen. László, lies du weiter.

Am 6. Dezember … fand in … Melbourne das … Halbfinale im … Wasserball statt, las Laci.

Debrecen.

Zsuzsa, bitte. Heute ist der 7. Dezember, sagte Bálint bácsi feierlich. – Lies weiter. László.

Hunderte ungarische Emigranten –

Wir sind! rief der Junge, der neben Zsuzsa saß.

Das sind wir, verbesserte ihn Bálint bácsi.

… winkten mit … den Fahnen die … nur kurze … Zeit der Freiheit … in Budapest … geweht hatten … ohne Sowjetstern.

Der Freiheit ist tot, murmelte Zsuzsa so, dass es alle hören konnten.

Die Freiheit. Aufschreiben. Die Fahne.

Zsuzsas Nachbar zeichnete einen roten Stern in sein Heft und schrieb Sowjetstern daneben. Zsuzsa strich den Stern mit ihrem Bleistift durch. – *Curva!* schrie der Kleine und begann wild an ihren Strichen herumzuradieren.

Das geht so nicht, ermahnte Bálint bácsi alle auf Ungarisch. Ich will dieses Wort nicht mehr hören, habt ihr verstanden? Damit werdet ihr es hier zu nichts bringen. Und mit dem roten Stern auch nicht, also mal keinen Blödsinn in dein Heft.

Bálint bácsi war enttäuscht von ihnen. Er las selbst weiter:

Ein unglaublicher Lärm begann. Die Zuschauer erhoben sich und riefen im Chor: *Hajrá Magyarok!*

Hajrá Magyarok! kam es von den Schülern zurück. – Endlich etwas, das sie alle verstanden. Sie feuerten sich gegenseitig an. Laci blickte zu Zsuzsa, die die Augen wie ein Äffchen zusammengedrückt und ihre Zeigefinger in die Ohren gesteckt hatte. Ihr Mund schrie mit, *Hajrá Magyarok!* Er war hässlich dabei, wieder eine neue Grimasse.

Schluss jetzt! – Bálint bácsi breitete seine Hände nach den

Seiten hin aus, wie die Lehrerin in Mosonmagyaróvár beim Singen, wenn sie aufhören sollten. Bei ihr war das nie so glatt gegangen, es hatte immer Nachzügler gegeben, die mit der Zeile nicht fertig geworden waren oder Schluckauf bekamen und weitersangen. Laci mochte die eleganten Handbewegungen, mit denen Bálint bácsi das Geschrei beenden konnte, als wäre er ein Zauberer. Seine Fingerspitzen waren gelb vom Rauchen, doch es kam kein Zigarettengestank aus seinem Mund. Darum konnte er so schön sprechen, als ob er jedes Mal vorher mit einem Glas Wasser gurgelte. Alle waren verstummt.

Es war ein sehr rauhes Spiel, las Bálint bácsi. Beide Seiten schenkten sich nichts. – Er blickte sie an. – Schenken. Weihnachtsgeschenk.

Ich verstehe gar nichts, jammerte ein Junge, der im Wintermantel ganz außen saß.

Bálint bácsi erklärte ihm auf Ungarisch, dass die Österreicher den Flüchtlingen viele Kleider »schenken«.

Und beim Match?

Russen schenken Ungarn nichts, Ungarn schenken Russen nichts, sagte Laci.

Zu Weihnachten? fragte der Junge im Wintermantel. – Zsuzsa stöhnte und griff sich an den Kopf.

Gestern! rief sie.

Beide Seiten – Bálint bácsi deutete nach links, nach rechts – schenken sich – nichts. Sie sind keine Freunde. Die Russen sind unsere Feinde.

Die gehören aufgehängt, sagte ein Mädchen leise.

Laci wollte schweigen, wie es ihm die Mutter befohlen hatte. Es war unmöglich. – Mein Vater hat gekämpft! Sie haben eine Granate auf ihn geworfen! Er hat danach fast einen Russen aufgehängt!

Bálint bácsi sah ihn seltsam an. Streng und böse und

überhaupt nicht streng und böse. Sein Augenlid zuckte, das war nur für ihn, das durften die anderen nicht sehen.

Wir haben alle sehr unangenehme Träume, sagte Bálint bácsi ruhig. Als ich noch in Budapest an der Oper war, habe ich einmal geglaubt, ich habe den Direktor umgebracht, weil er mir sagte (im Traum!): »Sie treffen das eingestrichene D nicht.« Bei Tag hatte er es mir nicht gesagt, aber er hätte es sehr wohl sagen können, denn ich traf das eingestrichene D nicht jedes Mal gleich gut. Es war nicht mein Lieblingston, sagen wir einmal so. Es gibt Töne auf der Tonleiter, die man am liebsten vermeiden möchte. Manchmal genügt die Form der Note, wie sie zwischen den Linien hängt, ihre besondere Stellung, die mit den anderen Noten nicht harmonisiert.

Laci meinte zu verstehen, dass Bálint bácsi sie ablenken wollte. Der Vater einen Russen aufhängen! Eh nur fast. Ein Wahnsinn. Wenn das jemand weitererzählte. Vielleicht würden sie aus dem Lager fliegen. Keine Arbeit finden, nirgendwo mehr aufgenommen werden, weil niemand einem Verbrecher Unterschlupf gewährt. Der gute Bálint bácsi. Er war ihm so dankbar.

Das Erscheinungsbild von Noten ist eine Welt geheimnisvoller Zeichen, fuhr dieser fort. Da sollte keine Note stören. Wenn das eingestrichene D – ich rede nur von mir – so auf das Notenblatt geschrieben ist, dass der Kopf gerade noch über der Linie hängt, ein dünner langer Strich nach unten zeigt –

Wie bei dem Russen, den Lacis Vater erhängt hat! meldete sich das leise Mädchen.

Ich habe gesagt »fast«. Ich habe es nicht so gemeint, stieß Laci in größter Not hervor. – Am liebsten wäre ihm, es würde wieder Deutsch gesprochen. Die Mutter würde fragen, was er gelernt habe, und was sollte er darauf sagen? Er wollte den Bericht sofort nach der Unterrichtsstunde nochmals lesen.

Weiter, drängte Lacis Nachbar. Wann kommt das Blut beim Wasserballmatch?

Wer, glaubst du, hat damit begonnen? mischte sich Laci von neuem ein. Er lag mit dem rechten Arm über der Schulbank und schaute seinen Nachbarn triumphierend an.

Die Russen natürlich. Die kennen nur Panzer und Gewalt.

Weißt du, was ich tun würde? fragte Laci.

Unter Wasser kicken, über Wasser freundlich sein.

Das auch. Ich würde die Russen auf Russisch beleidigen. Wozu haben wir es lernen müssen?

Zsuzsa applaudierte. – *Très charmant!* rief sie. – Laci drehte sich zu ihr. Sie sah gequält und überglücklich aus. Ihre Augenbrauen wie von einem Draht angezogen, die Stirn gerunzelt, so süße Augen, und die Lippen zu einem Kuss gespitzt, der zielte direkt zu ihm hin. Laci schaute zu Bálint bácsi, damit der ihm sage, was *très charmant* bedeute.

Das könnt ihr alle notieren. Es ist französisch, die Sprache, in der alles viel eleganter klingt. – Bálint bácsi begann, die zwei Wörter zu buchstabieren. – Wenn wir etwas sehr schön und reizend finden, sagen wir *trés charmant, nagyon bájos.*

Mhm, summten ein paar und probierten die französischen Wörter aus. Zsuzsa bettelte, Bálint bácsi möge den Ausdruck auf Ungarisch hinschreiben, nein, nicht das Ungarische, das Französische mit ungarischen Buchstaben.

Tre zsárm –, schrieb Bálint bácsi mit seiner schönen Schrift auf die Tafel, dort setzte er ab. – Das ist schwierig, ich muss *zsárman* schreiben, dann gehört noch das N weg. Hört genau zu: *zsár-ma.* Da sind wir schon ganz nahe an *charmant.*

Très charmant, perlte es erneut aus Zsuzsas Mund, gefolgt von einem Blick: Das ist doch das Einfachste der Welt. Laci sprach es in seiner Mundhöhle drinnen aus, eigentlich sagten seine Ohren es. Seine Ohren konnten sprechen? Das war neu. Man hörte nichts, aber man konnte sich vorstellen, dass die Ohren sprachen.

Das Match!

Ja, Herr Staatsoperndirektor, sagte Bálint bácsi zu Lacis Nachbarn. In der zweiten Halbzeit ... stand es kurz vor Ende des Spiels ... 4:0 für Ungarn. Halbzeit, bitte Herrn Staatsoperndirektor, das Wort zu notieren. Vier zu Null. Die Russen spielten sehr unfair. Valentin Prokopow ... versetzte Erwin Zádor ... einen Schlag ins Gesicht. – Bálint bácsi ließ seine geballte rechte Faust nach vorne schnellen. – Ein tiefer Schnitt ... unter Zádors Auge ... schwoll an. Schwoll von schwellen, anschwellen, groß werden. Das Wasser färbte sich rot.

Rache für Zádor!

Diesmal ließ Bálint Bácsi sich nicht beirren. – Viele Zuschauer ... sprangen von den Sitzen ... liefen zum Rand des Schwimmbeckens ... Schwimm-becken. Ja? ... und wollten die Russen angreifen. Der Schiedsrichter ...

Bálint bácsi pfiff laut und deutete mit ausgestrecktem Arm zu dem Jungen im Wintermantel.

... beendete das Spiel eine Minute vor Schluss. – Er zog seine Uhr, die mit einem Kettchen in der Anzugjacke befestigt war, hervor. – Ende des ersten Aktes. Vorhang.

Sie applaudierten. Die deutsche Grammatik im zweiten Akt könnte man ruhig streichen. Sie war einfach verkehrt.

Liebe Familie Földesch, Sie haben großes Glück. Herr Direktor Weitmann von der Bundes-Lehr- und Versuchsanstalt für Milchwirtschaft in Wickendorf hat sich bereiterklärt, Sie aufzunehmen. – Schuster schaute sie der Reihe nach an. Laci stieß Etelka leicht an, hoffentlich unabsichtlich. Er war vorher noch aufs Klo gegangen, extra hineingeschickt, bloß nicht im Freien, das hasste sie. – Direktor Weitmann hat außerordentliche Anstrengungen unternommen, um das zu ermöglichen. Er wird Ihnen das besser erklären können als ich. Ich kann nur sagen, Hut ab vor solch einer Nächstenliebe, solch einem gelebten Christentum. Ich hoffe, Sie sind sich der Verantwortung bewusst, nicht wahr, kleiner Mann?

Laci nickte.

Ich lese Ihnen das Begleitschreiben zu Ihren Papieren vor. Wir haben keine Geheimnisse. Wir sind Gott sei Dank in einem freien Land.

Ja, sagte Pischti. Vielen Dank.

Aus unserer Sicht können wir Familie Földesch (István, Etelka, László) ohne Einschränkungen empfehlen. István Földesch hat sich sofort mit großem Eifer bei der Instandsetzung der Kaserne nützlich gemacht. Er ist nicht nur in seinem angestammten Beruf als Landarbeiter einsetzbar, sondern zeigt allgemein großes handwerkliches Geschick. Frau Etelka Földesch ist des Deutschen nahezu fehlerfrei mächtig. Sie hat hier im Büro sehr penibel an der Erstellung von Flüchtlingslisten und der Zusammenführung von Daten gearbeitet. – Schuster blickte hoch. Er hatte etwas Verschmitztes im Gesicht. Etelkas Lippen zuckten, das war ihr peinlich, sie war nervös und froh. Schon ließ der Augenblick nach.

Erzähl mir etwas auf Deutsch, sagte Schuster zu Laci. Wofür interessierst du dich?

Für Fußball. Ungarische Sportler.

Sag ganze Sätze, Laci. Das kannst du ja. – Etelka legte die Hand auf seine Schulter. Laci runzelte die Stirn. Sie nahm die Hand weg.

Beide Seiten schenken sich nichts, sagte Laci.

Oho! Was sind denn das für Töne?

Ich möchte Sportreporter werden.

Schuster lachte. Etelka fiel ein Stein vom Herzen. Ihr Laci

mit seinen blöden Späßen. Und dann hat er das Steuer herumgerissen.

Die Fahrt nach Wickendorf wird für Sie ein Kinderspiel sein, verglichen mit der Reise, die Sie hinter sich haben. Am Freitag früh sehen wir uns noch einmal. Sie, liebe Frau Földesch, natürlich heute Nachmittag wie gewohnt.

Wieso hat er nur zu dir gesprochen? sagte Pischti wütend, als sie die Stiege ins Freie hinuntergingen. – Er hat mich ein einziges Mal angeschaut. Bin ich gar nichts wert hier?

Sei froh, Pischti. Du hast dich davor gefürchtet. Mit deinem Deutsch?

Ich werde das lernen, und wenn ich es nur deswegen tue, damit ich verstehe, was meine Frau und mein Sohn zu reden haben. Was hast du da vorhin gesagt? schnauzte er Laci an.

Wie, was?

Stell dich nicht dumm.

Pischti, bitte. Er hat –

Lass ihn doch selbst reden! Also!

Etelka drehte sich um. Das durfte Pischti nicht tun, sie vor Laci oder sonst jemandem bloßstellen, ihr das Wort abschneiden.

So nicht, sagte sie leise zu István. – Zwei Worte, deren Klang sie nachhörte. Er erwiderte nichts. Laci schaute auf einen Punkt irgendwo am Ende des Geländes. Um seinetwillen, auch um ihm zu zeigen, dass nicht sie hier den bösen Ton eingeführt hatte, grüßte sie den Soproner, der gerade zu ihnen herkam, fröhlich, nicht misstrauisch wie sonst, wenn sie mit Arbeitskollegen Pischtis zusammentraf.

Haben Sie Neuigkeiten von zuhause? fragte sie.

Ja. Stellen Sie sich vor, die Förster sind alle gemeinsam geflüchtet.

Wie?

Angeblich befinden sich alle Studenten und Lehrkräfte

der Berg- und Forstakademie in einem Lager in Salzburg. Die Kanadier wollen sie nehmen. Und bei Euch, Pischta?

Der Kontakt mit dieser Milchanstalt hat geklappt. Wir können hin. Nächsten Freitag, nicht wahr, Etti? – Er bat sie mit seinem Blick zu bestätigen, dass sie beide mit Laci dorthin weiterziehen würden, ihre kleine Familie, die alles war, was jeder von ihnen hatte.

Mhm. – Sekundenversöhnung. Weil der Weg zurück in ihre Vertrautheit noch immer der schnellste in die Zukunft war.

Wie heißt der große Berg dort? fragte Etelka von hinten den Mann, der sie mit einem VW-Bus von der Bahnhofsstation abgeholt hatte.

Das ist der Ötscher.

Öcsi, sagte Laci. – Er saß zwischen dem Fahrer und seinem Vater vorne. Pischti lachte.

Öcsi heißt auf Ungarisch »Bruder«, erklärte Etelka.

Da hast du einen großen Bruder, sagte der Fahrer zu Laci.

Ja und nein. Öcsi heißt genau genommen nämlich kleiner Bruder.

Jetzt wird es kompliziert. – Der Fahrer und Etelka lachten.

Ötscher, groß, sagte der Fahrer und hob die flache Hand hoch, bis er an die Decke des Fahrzeugs stieß. – Ötschi, klein. – Er senkte seine Hand. Mit der anderen lenkte er den Bus über die hartgefahrene Schneestraße, an der die Spuren in der Sonne leuchteten. Sand war spärlich gestreut, als wollte die Straße zeigen, dass das hier eine Gegend für Draufgänger war.

Du – der Fahrer zeigte zu Laci – hast keinen Ötschi.

Laci schüttelte den Kopf. – Nem öcsi.

Du hast einen Ötscher.

Ich habe einen Ötscher.

Siehst du? Schon etwas gelernt.

Kaum waren sie abgebogen, stand ein Schloss mit vier Türmen in der Ebene, hinter der sich die Hügel erhoben.

Ist das –? fragte Pischti.

Jawoll, das ist unsere Bundes-Lehr- und Versuchsanstalt.

Das ist ja wunderschön. Ein richtiges Schloss. Laci, was sagst du? – Laci machte große Augen.

Und keine Adeligen drin? fragte Pischti sie. Wie bei uns vom Staat übernommen?

Sie fuhren eine Allee entlang, die Bäume schwer beladen vom Schnee, auf den weißen Feldern die Fluchtspuren des Wilds, Hundepfoten am Straßenrand. Etelkas Herz schlug, als liefen sie wieder über einen Acker, diesmal war es Tag, es gab keine Zelte mit russischen Soldaten, die sie umschleichen mussten, es war ein heller Wintermittag, die Sonne war geblieben, um sich die Ankömmlinge anzusehen, bald würde sie hinter dem Ötscher verschwinden, dem freundlichen großen Bruder. Etelka war bereit für dieses Leben, weit genug von der Grenze, um sich sicher zu fühlen, nahe genug, um den Herzschlag der Eltern zu fühlen. Sie war Pischti dankbar dafür, dass er sich nicht für Amerika oder Kanada beworben hatte, sondern dem Rat ihres Vaters gefolgt war.

Im Schlosshof schauten sie die Wände hinauf bis zu den Türmen, Etelka schirmte die Augen mit der Hand ab. Der Anblick war eine Wohltat, verglichen mit den Baracken im Flüchtlingslager. Mehr, das Schloss strahlte ein beruhigendes Verharren auf seinem Platz aus, es hatte den Krieg überdauert, es war frei, irgendwann würde es restauriert werden. Dieses Land war eine Besatzung losgeworden, die in ihrer Heimat gerade mit größter Grausamkeit die Schrauben enger anzog.

Die Schlossmauer, über die ein großgewachsener Mann drüberblicken konnte, versprach Schutz, aber keine Einengung. Etelka fasste Zuneigung zu den ungleich großen Steinen, deren Wärme im Sommer sie an ihrem Rücken vorausahnte, den etwas verlotterten Dachziegeln, die sie bedeckten. Das ganze Ensemble bedeutete ihr, hier sei Gemeinschaft. Hier könne ihnen nichts mehr passieren.

In der schweren Tür öffnete sich eine kleinere Tür. Ein Mann in grauem Lodenanzug streckte ihnen die Hand entgegen.

Weitmann, sagte er. Willkommen, Familie Földesch. István, Etelka und László, stimmt's?

Alle drei nickten sie und sagten Grüß Gott, sogar Pischti.

Erledigst du das mit dem Gepäck? Keine Sorge, hier kommt nichts weg. – Der Direktor lachte. – Erdgeschoss, du weißt. Und Sie kommen einen Sprung zu mir in die Kanzlei, damit ich Ihnen ein paar Informationen geben kann. – Er ging voran in den inneren Hof des Schlosses, zog mit ausgestrecktem Arm einen Kreis. – Renaissance.

Ah, sagte Pischti, bei uns auch Renaissance. Corvin Mátyás.

Genau, lobte der Direktor.

Etelka wünschte sich, Pischti könne ihm sein historisches Wissen zeigen. Zeigen, wer er *auch* war, außer ein tüchtiger Arbeiter. Wenn er sich überwinden könnte, Deutsch zu lernen. Auf Ungarisch war sein Wissen wertlos.

So, bitte sehr. – Er führte sie in sein Büro. Laci, der seit dem Grüßen nichts von sich gegeben hatte, drehte den Kopf herum. Sie nahmen alle an einem niedrigen Tisch Platz.

Ach so, sagte der Direktor. Ihre Mäntel. Legen Sie ab. Wir wollen uns unterhalten.

Etelka wusste nicht, was die Höflichkeit gebot. Ihm die Unbequemlichkeit mit ihren Mänteln zu ersparen? Im Mantel hier zu sitzen wäre genauso unhöflich. Ihre Wangen brannten. Was musste Weitmann sich denken?

Das hätten wir jetzt, sagte der Direktor. Ich nehme an, Sie haben Schlimmes erlebt.

Mein Mann war in der friedlichen Demonstration in Mosonmagyaróvár –

Endlich höre ich den Namen einmal aus berufenem Mund! Ich war nie drüben. Sie wissen, in welchem Verhältnis Ihre Akademie und unsere Anstalt zueinander stehen? Klar.

Etelka nahm den Brief ihres Vaters aus der Tasche.

Weitmann öffnete ihn und las mit ernster Miene. – Mein Gott, muss das schwer sein für Ihren Vater und – Ihre Mutter lebt hoffentlich noch? – Etelka nickte. – Wir haben mit den Russen auch unsere Erfahrungen gemacht, obwohl sie hier nicht allzu lange blieben. Am 8. Mai 1945 marschierten sie ein, requirierten Butter und Käse. Sie haben die unreifen Tilsiterstangen in der Gegend verstreut, das muss man sich vorstellen. Im August zogen sie überraschend ab. Ganz los wurden wir sie erst voriges Jahr, wie Sie wissen.

Etelka übersetzte rasch.

Also. Was geschah in Moschonmadsch-madschar?

Mein Mann wurde verwundet, als die Soldaten des Geheimdienstes in die friedliche Menge schossen.

Die Narbe in Ihrem Gesicht, sagte Weitmann zu Pischti.

Etelka überlegte, ob sie die Verwundung am Bein anführen sollte. Sie war es Pischti schuldig. Oder musste sie es verschweigen, um ihm die Chance zu geben, sich als vollwertige Arbeitskraft einzuführen? Belog sie Weitmann damit schon am ersten Tag?

Schrecklich. Das war sicher alles fürchterlich belastend für Sie, Frau Földesch. – Sein Gesicht zeigte große Besorgnis. Etelka räusperte sich, bereits auf einem höheren Ton, der für sie die Warnung war, sich zusammenzureißen, sonst würde sie zu heulen beginnen.

Wir haben eine hohe Jahresniederschlagsquote, viel Regen, das begünstigt die Milchviehhaltung, welche die Basis für unsere Anstalt darstellt, begann Weitmann nun. – Der Gutsbetrieb unserer Domäne umfasst 125 Hektar, davon stehen zirka 65 Prozent unter dem Pflug, wie wir sagen. Der Rest entfällt auf Wiesen, Weiden und das verbaute Areal. – Weitmann wandte sich mehr an Pischti. Er musste ihre Stimmung gespürt haben. Er schützte sie vor einem Tränenausbruch. *Das ist so ... das ist so ...* so nett, sagte sie sich innerlich mit entschlossener Stimme. Sie hörte ihm gespannt zu, es kam ihr vor wie die Einleitung zu einer Rede, mit einem großen Publikum, nicht die paar nötigen Begrüßungsworte an eine aus Mitleid aufgenommene Flüchtlingsfamilie.

Die in der Käserei anfallende Molke kann über den Schweinemagen sehr nutzbringend verwertet werden, daher unterhalten wir eine eigene Schweinemast. Hierbei werden wir Sie einsetzen, Herr Földesch. Einer unserer landwirtschaftlichen Arbeiter ist mit 1.12. zum Molkereiarbeiter überstellt worden. Und wie ich lese, sind Sie sehr geschickt für zusätzliche Arbeiten, die immer anfallen. Für den Anfang ist es am besten, Sie helfen beim Strohdreschen. Gleich morgen. – Er nickte Etelka wieder zu. – Keine Raufereien, László.

Ich verspreche, sagte Laci.

Etelka atmete auf.

Und was werden wir mit Ihnen tun? – Weitmanns blaue Augen schauten sie groß an. – Es ist mir klar, dass Sie den verbalen Kontakt herstellen müssen.

Verbaler Kontakt. Etelka spürte, wie ihr Hirn stillstand.

Die Erledigungen bei Ämtern, in der Schule. Und so fort. László wird ab Montag in die vierte Klasse Volksschule gehen, das ist so vereinbart. Je schneller er Deutsch lernt, desto besser.

Laci nickte.

Kopf hoch, Frau Földesch. – Etelka hob unwillkürlich den Kopf. – Wir werden uns morgen Vormittag überlegen, ob es kleine Arbeiten für Sie im Bürobereich gibt.

Sie würde ihre roten Schuhe anziehen. Etelka hatte sie mit Strümpfen ausgestopft und links über rechts zusammengebunden, die Stöckel mit Socken umwickelt. Ein farbiger Blickpunkt, ein Auftrag, in der Fremde glücklich zu sein, die Hoffnung nicht zu verlieren.

September 1957

Soll ich dich frisieren? fragte Katharina. – Sie liebte es, wenn die Großmutter sich bereitwillig auf den Schemel setzte, sie selbst auf den Holzstuhl kletterte, sich dort kniend oder im Schneidersitz den Kopf der Großmutter vornehmen durfte. Die einzige Trübung der Freude war der kurze Haarschnitt der Großmutter, gerade einmal lang genug, um im Nacken eine Rolle drehen und feststecken zu können. Katharina wünschte sich, die Großmutter ließe ihr Haar wachsen, so lang wie ihre eigenen Zöpfe, mit deren Schwänzen sie sich unter dem Popo kitzeln konnte. Schönheit musste leiden. Beim Auskämmen nach dem Waschen war es am schlimmsten, die Großmutter musste an den äußersten Spitzen anfangen und nicht oben beim Scheitel, leider vergaß sie das ab und zu. Wenn Katharina ihren Scheitel anstarrte, machte er ihr Angst. Er war etwas völlig anderes als das Haar, dennoch Teil der Frisur, obwohl er eigentlich – nichts war. Ein leerer weißer Strich, der die ganze Frisur ruinieren konnte. Über den Scheitel würden, sollte diese Schande jemals geschehen, die Läuse marschieren wie in der Prozession am Fronleichnamstag.

Heute nicht, sagte die Großmutter. – Sie stand vor dem Spiegel und malte sich die Lippen zu. Mit offenem Mund, die Lippen übertrieben gespannt, trotzdem schön. Zuvor hatte sie mit einem roten Bleistift die Umrisse auf den Mund gezeichnet. Das war ihr Geheimnis, und Katharina durfte davon wissen. Sie probierte es manchmal. Wenn sie die Hilfe der Großmutter nicht hatte, kam der verwackelte Mund eines Clowns heraus. Sie brauchte viel Klopapier, um sich das Maul herunterzuwischen.

Die Großmutter fuhr – wie alle zwei Wochen – in die Molkerei, um Käse einzukaufen. Katharina hatte sich entschlossen, diesmal mitzufahren und sich die Fabrik, vor der sie sich fürchtete, anzusehen. Sie mochte keine Fabriken. In Fabriken wurden Maschinen von schwitzenden Arbeitern mit Mühe an der Wand gehalten, von der sie sich losreißen wollten. In den Maschinen steckte eine enorme Kraft, mehr als in einem Autobus, mehr als in einem Gewitter.

Der Großvater hatte vor kurzem erzählt, die Russen hätten alles abmontiert und nach Russland gebracht. Tausende von Kilometern, weiter als nach Wien, denn hinter Wien kamen das rötliche Ungarn und danach vielleicht das große weite Russland mit seinen Bären und dem Mond in Sibirien. Wieso baut sich das weite Russland seine Fabriken nicht selbst und in der Nähe? Sind unsere österreichischen Fabriken nicht viel zu klein für die Russen?

Bist du fertig? – Die Großmutter griff sich an ihr eierschalenfarbenes Hütchen, das schräg auf dem Kopf saß. Die Großmutter sah aus wie ein Küken, das den Kopf vor dem Spiegel hin und her warf, als wollte es den Rest der Schale loswerden.

Warum nimmst du nicht die schöne Nadel? fragte Katharina. Die ist nicht so schön.

Was stört dich an der Nadel?

Die Frau gefällt mir nicht. – Die Hutnadel hatte als Schmuck eine Schwimmerin mit gelber Badehaube und einem grüngelb gepunkteten Badeanzug. Sie streckte die Arme lang aus, die Beine waren geschlossen. Katharina hatte diese Hutnadel noch nie gesehen. – Ich möchte, dass du die Nadel mit den Kirschen nimmst. Oder die mit den Perlen im Flieder.

Die Großmutter schaute sich böse im Spiegel an. Sie nahm die Parfümflasche und spritzte zum siebenten oder achten Mal Parfüm an die Stelle unter ihrem Ohr. – Also gut. – Sie zog die Schwimmerin von dem Hütchen und steckte die Kirschennadel hinein. – Bist du bereit? Musst du noch an einen bestimmten Ort?

Nein. Wieso? Andiamo! – Andiamo war eins ihrer Lieblingswörter. Vorigen Sommer am Meer hatte sie Italienisch gelernt.

Im Auto saß Katharina hinten. – Das kenn ich alles hier, sagte sie beleidigt. Wieso fahren wir nicht ins Blaue? – Es dauerte nicht lange, und sie waren aus dem Ort draußen. Die Großmutter klappte den orangen Winker aus, wenn sie einen Radfahrer oder eine Beifahrermaschine überholte. Die schwarzen Fahrer saßen gebückt auf dem Motorrad, sie waren große Käfer. Einmal saß im Beiwagen ein Jagdhund, der die Nase in den Wind hielt, ein anderes Mal eine Frau. Sie trug ein Tuch um Kopf und Hals gewickelt, eine Sonnenbrille wie die Großmutter und eine dicke Jacke. Vom Bauch abwärts hatte sie keinen Körper. Wie die Dame ohne Unterleib.

Wenig später bog die Großmutter in eine lange Kastanienallee ein. Niemand spazierte da. Es gab auch keine Bänke.

Das soll eine Molkerei sein? fragte Katharina erstaunt. Das ist ein Schloss.

Ja. Der Direktor hat sein Büro im Schloss, aber heute ist er im Geschäft, weil wir kommen. Das Geschäft ist dort drüben.

Das Gebäude, auf das die Großmutter zeigte, war längst nicht so schön wie das Schloss, obwohl es lustige rote Streifen an den Wänden hatte. Die Großmutter kannte sich gut aus.

Und das dort hinten?

Ah, das ist die sogenannte Kaserne. Das Arbeiterwohnhaus. Was sagst zu diesem Opel? Gefällt er dir? – Mit einem kräftigen Schwung parkte die Großmutter neben einem blau-weißen Auto. Sie stiegen aus. Die Großmutter steuerte auf eine Tür mit dem Schild »Verkauf« zu. Die Schrift war in Fraktur, was Katharina keine Schwierigkeiten bereitete, weil sie dieses Fraktur für die Kasperlebücher von Josephine Siebe, ebenso für »Lump und Schlingel« und »Die Roggenmuhme«, die sie nicht so mochte, gelernt hatte. Der Großvater hatte ihr erklärt, jemand habe die Buchstaben durcheinandergeworfen und dabei seien sie in Stücke zerbrochen. Keine schöne Vorstellung, doch was sollte man machen. Zum Glück hatten die Teile jeweils zu den richtigen Buchstaben zusammengefunden.

In dem Raum dröhnte es von woanders her. Eine Frau in weißem Arbeitsmantel stand hinter dem Tisch. Sie begrüßte die Großmutter mit Frau Diplomingenieur. War sie krank? Wurde sie hier gefangen gehalten wie das Serviermädchen Lisi beim benachbarten Wirt im Ort? Katharina hatte ein Geschäft ähnlich dem Feinkostladen in der Stadt erwartet. Auf ein paar mickrigen Regalen lagen jedoch nur Edamerkugeln. Sonst gab es bloß einen besonders großen Eiskasten mit einem langen Griff. Die Frau im weißen Mantel erhob sich und klopfte am Milchglasfenster einer Tür, die einen Dipl.-Ing. Weitmann ankündigte.

Die Tür öffnete sich und heraus trat ein Mann, der jünger als der Großvater war. Weißer Mantel, darunter eine graue Anzugshose. Der Baumeistergroßvater trug in seinem Büro einen grauen Arbeitsmantel und Kniebundhosen. Wo sie endeten, bogen sich seine Beine in den grauen Kniestrümpfen zu den braunen Lederschuhen hinunter. Dieser Diplomingenieur begrüßte die Großmutter mit einer merkwürdigen Stimme. Lange Zeit lagen seine Grußhände und die der Großmutter ineinander. Die Großmutter schwitzte rasch. Katharina warf einen Blick zu den Achseln ihres Kleides.

Kein Schweißhalbmond. Die Luft war so dick und feucht, als befände man sich auf dem Boden des Meeres, das man ständig als eine große Wabbelblase auf dem Kopf trug. Die durfte nicht herunterfallen, sonst würde sie zerplatzen und das richtige losgelassene Meer würde einen ertränken.

Wir gehen oft zusammen ins Kino, deine Großeltern, meine Frau und ich.

Die Weitmanns?

Na siehst du, jetzt erinnerst du dich.

Katharina kam sich verraten vor. Warum hatte die Großmutter ihr nicht erzählt, dass der Molkereidirektor zu den Weitmanns gehörte. Sie wusste, dass Frau Weitmann Kinoprogramme sammelte, die dieselbe Farbe wie die Chiffonschals hatten, dunkelgrün, lila, Rote-Rüben-rot. Frau Weitmann war ein einziges Mal zu Besuch gewesen, und die beiden Frauen hatten sich über die Schauspieler unterhalten, besonders die Männer, die alle aus Amerika kamen.

Dürfen wir in die Halle? fragte die Großmutter mit einem Blick zu der dritten Tür. Das Schild »Eintritt strengstens verboten« verhieß nichts Gutes.

Es ist mir eine Ehre, sagte der Diplomingenieur und schaute erwartungsvoll zu Katharina herunter. Also! Aufgepasst!

Herr Weitmann bot der Großmutter den Arm an und lachte laut. Sie hängte ihren nackten Arm ein und drückte ihn gegen den weißen Ärmel des Ingenieursmantels, zog ihn jedoch gleich wieder heraus. Als der Diplomingenieur die Tür öffnete, brüllte ein Lärm, wie ihn Katharina noch nie gehört hatte. Nicht einmal die Löwen bei der Tierschau hatten so gedonnert. Katharina fasste die Großmutter am Kleid und versuchte, sie zurück ins Büro zu ziehen. Nie im Leben wollte sie da hineingehen. Die Großmutter drehte sich zu ihr.

Hab keine Angst! Es passiert dir schon nichts! schrie sie in Katharinas Ohr. – Die Großmutter nahm sie an der Hand. Der Diplomingenieur schloss die Tür. Sie stiegen eine Stufe hoch zu einem Gang mit Fenstern, an denen Schweißbahnen hinunterliefen. In der Halle unter ihnen musste es kochend heiß sein. Lärm war immer heiß.

Das sind die Kessel, sie sind eingemauert! schrie Herr Weitmann.

Katharina schluckte. Deswegen der Höllenlärm. Eingemauerte Kessel. Sie sahen aus wie Elefanten aus grauer Mauer. Sie mussten unter der Betonwand liegen und konnten sich nicht rühren und nicht atmen. Als der Zirkus im Vorjahr mit den Elefanten am Bach baden gegangen war, hatte der Großvater sie beruhigt. Im ersten Stock, von dem aus sie hinunterschauten, könne ihnen nichts passieren. Die Elefanten hatten mit ihren Rüsseln das Wasser aus dem Bach gezogen und in alle Richtungen verspritzt. Einer war ständig vom linken Fuß auf den rechten und zurück gestiegen, als müsse er auf die kleine Seite, aber das war bei einem Elefanten nicht gut möglich.

Zum Glück ging nun die Großmutter voran, weil es ihr auch zu laut wurde. Sie gelangten in eine kleinere Halle, in der es deutlich weniger lärmte. Diese Halle war grün gekachelt wie das Badezimmer der Großeltern. Die Kacheln hatten eine andere Form, die Farbe war dieselbe. Die Großmutter behauptete zuhause, es sei das Grün der Wermuteidechse, während der Großvater es Türkis nannte. Es brachte die Großmutter zur Verzweiflung, dass der Großvater keine feinere Kenntnis der Farben hatte. Die Frage, wo sie jemals eine Wermuteidechse gesehen habe, wurde stets gleich beantwortet: Ich weiß es. Ende der Debatte. Türkis war Katharina lieber, weil es die Menschen aus Tausendundeiner Nacht als Schmuck am Körper trugen. Wermuteidechse hingegen klang nach Traurigkeit, Tränen, Grau und schau! Nie und nimmer passte das zum arabischen Badewasser zuhause und der Farbe hier.

Hoch oben an der Wand war ein Telefon angebracht, nur über eine Treppe zu erreichen. Der Hörer hatte nicht runde Muscheln, sondern eckige, und vor allem hing er neben dem Telefon herunter. Genau wie man es nicht tun sollte. Welcher Jemand hat hier wieder nicht ordentlich aufgehängt? Innerhalb der Wählscheibe mit den Ziffern befand sich ein zweiter Kreis von viel kleineren Ziffern, eine Kinderwählscheibe. War aber bloß gemalt. Blöder Scherz. Im Badezimmer zuhause durfte man keinen Strom haben. Der Strom verwandelt sich im Wasser zu einer giftigen Schlange, die nicht länger als eine Sekunde zubeißen muss, dann ist man tot.

Der Diplomingenieur sprach leise mit der Großmutter, die ständig kicherte. Katharina konnte nicht alles verstehen, was sie redeten. Das hat mir einen Schlag versetzt, sagte er gerade. Na bitte. Katharina schämte sich. Der Diplomingenieur konnte dankbar sein, dass er diesen Schlag überlebt hatte. Wer tat so etwas? An einer Wand hingen drei Schürzen aus Gummi, zwei weiße und eine rosafarbene. Das Blut abgewaschen.

Wir sind hier nur auf der Durchreise, sagte Herr Weitmann. – Katharina wusste nicht, was er meinte. Endlich hatte die Großmutter genug über das Telefon gekichert, und es ging in den nächsten Raum.

Ein riesiger Kessel hing in einem Gestell und drehte sich. Drinnen wiederholte sich ein dumpfes Klatschen, als ob ständig etwas herunterfiele. Schreie drangen nicht heraus. Herr Weitmann sah Katharina mit einem Tropenjägergesicht an und schnappte sie. Sofort wurde sie steif, ihre Beine, die schon sehr lang waren, schlugen gegen den Mann, mit den Armen stemmte sie sich von seinem Gesicht weg.

Der würde sie hineinwerfen, und ihre Großmutter schaut stumm dabei zu.

Nanana! Ich tu dir nichts. Ich bin doch ein Freund! – Er hielt Katharina zu dem runden Kesselfenster. – Schau dir die Butter an, hast du dir gedacht, dass die so erzeugt wird?

Das sollte Butter werden? Die Butter, die sie kannte, hieß Bauernbutter, ein kleiner Wecken mit einem Fisch ohne Kopf und Schwanz als Muster. Sie blickte zur Großmutter, deren rechtes Auge blinzelte. Saß ein unsichtbares Insekt in ihrem Augenwinkel? War ihr von irgendwoher ein Spritzer Milch zugeflogen? Das Blinzeln schien sie nicht zu stören, oder sie genierte sich, vor dem Herrn Weitmann in ihrem Auge zu suchen, weil man dabei das Lid so herunterzog, dass man aussah wie der Heinerl. Der wird erst kurz vor dem Sterben das Lid aufreißen, hieß es.

Ich will hinunter.

Bitte sehr, bitte gern.

Endlich stand Katharina wieder auf ihren eigenen Füßen. Sie steckte das Ende ihres rechten Zopfes in den Mund, drehte es um den Finger, damit sich eine Schillerlocke bildete. Schiller war der kleinere Bruder von Goethe, mit den blonden Locken. Goethe hatte weiße Haare, Schiller war mindestens fünfzig Jahre jünger.

Wie wäre es mit einem Kaffee und Kuchen? Und für die kleine Dame einen Kakao?

Da sagen wir nicht nein, gell, Katharina?

Aber keine Haut auf der Milch.

Über einige Umwege gelangten sie schließlich hinaus. Von links hinten oder um die Ecke hörte man ein dumpfes Knallen.

Aha! Unser Revolutionär!

Wer?

Der Ungarnbub. Er spielt Fußball. Er ist recht brav. Hat

sich schnell eingewöhnt. So, da sind wir. – Er öffnete die Eingangstür des Schlosses und ließ Katharina und die Großmutter vorangehen. Ein großer Hof tat sich vor ihnen auf mit vielen Bögen rundum, auch im ersten und zweiten Stock, weil dem Baumeister nichts eingefallen war. Sie dachte an den Bogen, unter dem man in die Gasse ging, wo der Heinerl wohnte mit seinen vielen Hunden und Katzen. Da konnte man ein Tor herunterlassen, wenn die Türken und Russen zurückkamen. Über die Mauern hingen lange Schlingen herunter, es war der Wilde Wein. Er kam aus einem Land, in dem Riesen im Wald herummarschierten und ihnen die langen Schlingen im Gesicht, an der Brust und an den Schultern hängenblieben. Wenn sie ein Schloss sahen, wollten sie nach dem deutschen Kulturgut greifen und schlichen sich nachts ein. Sie rissen sich die Schlingen vom Leib und warfen sie über Dächer und Zäune aufrechter Männer und Frauen. In der Mitte des Hofs befand sich ein Springbrunnen, in dem leider kein Wasser sprudelte.

Während des Kriegs hatten wir eine Laborantin aus Regensburg, die war einen Meter 94 groß. Das ist fast dreimal so hoch wie du, sagte der Direktor.

Katharina runzelte die Stirn.

Gut, zweieinhalbmal.

Gegenüber dem Grab des Urgroßvaters lag ein Mann begraben, der bei einem Verkehrsunfall in Regensburg umgekommen war. Ein verschwommenes, graues Foto zeigte einen, wie die Großmutter behauptete, »so jungen Mann«. In Regensburg regnete es, klar. Aber Riesinnen, mein Gott! Schade, dass bei den Gräbern nie die Körpergröße der Toten angegeben war. Vielleicht war er der Verlobte der Regensburgerin gewesen und auf dem Weg zu ihr zu schnell gefahren.

Katharina ließ ihre Arme steifwerden und drehte sich hin und her, die Arme schrieben Mondbögen in die Luft. Der

Direktor erklärte der Großmutter etwas, das sie nicht verstand, deswegen musste er ganz nahe bei ihrem Gesicht sprechen. Was war jetzt mit dem Kakao?

Du darfst Onkel Gustl zu mir sagen. – Das Karussell blieb stehen. Im Kopf drehte es sich weiter. Wenn er Direktor war, konnte sie nicht Onkel Gustl zu ihm sagen. Der Direktor scheuchte sie und die Großmutter wie zwei Hühner vor sich her, marsch-marsch. Im Schloss die Treppe hinauf, an den Bögen vorbei und in den Vorraum zu seiner Kanzlei. Eine schwarzhaarige kleine Dame schreckte hoch und grüßte sie, ja, eine Dame.

Ätälka, sagte der Direktor laut lachend. Warum erschrecke ich Sie immer so? – Katharina starrte die kleine Dame an. – Das ist die Enkeltochter von der Frau Diplomingenieur. Katharina. – Die Großmutter jauchzte. – Seien Sie so nett und kochen uns Kaffee und für Katharina einen Kakao, mit wenig Milch, wee-nig Milch.

Im Zimmer des Direktors setzte sich Katharina in einen roten Ledersessel. Sie streckte der Großmutter die Füße hin. – Aufmachen.

Hast du Onkel Gustl gefragt, ob du die Schuhe ausziehen darfst? Das tut man nicht, wenn man zu Besuch ist. – Glatte Lüge. Die Großmutter verlangte von ihren Gästen, dass sie sich die Schuhe auszogen.

Sie soll es bequem haben. Nicht, Katharina? – Die Großmutter zerrte die Schuhe an den Fersen von Katharinas Füßen. Katharina zog ihre Beine unter den Körper. Über den Knien spannten sich die Bahnen der weißen Strumpfhose. Es klopfte an der Tür, und die kleine Dame brachte ein Tablett. Auf den Schalen waren Hirsche abgebildet. Die Kakaotasse hatte einen Auerhahn, den sie aus der Briefmarkensammlung des Vaters kannte. Auf einem Teller lagen drei Schnitten Guglhupf. Sie rutschte zentimeterweise nach vorn, doch selbst wenn sie zu ihrer Schale hingreifen könnte, würde sie beim Zurückwippen den Kakao verschütten.

Was soll das werden? fragte die Großmutter mit ihrem Kaffeeton. Weil der Großvater aus dem Krieg ein Zittern mitgebracht hatte, verschüttete er manchmal seinen Kaffee. Katharina tat er leid, er konnte ja nichts dafür. Das Zittern hatte ihm der Russe in den rechten Ärmel gesteckt. Diplomingenieur blieb er trotzdem. – Tanz hier nicht herum. Setz dich lieber neben mich.

Katharina brachte ihre Beine wieder zu Boden. Die Großmutter drückte sie zu sich auf die Sofakante, so dass sie endlich zu ihrem Kuchen und dem Kakao kam.

Nächste Woche kommen die Leute vom Film, sagte der Direktor.

Ist nicht wahr!

Ich lüge nur, wenn ich nicht anders kann. Wir drehen einen Aufklärungsfilm für das Landwirtschaftsministerium. Wir haben die Ehre, den Sektor Milchwirtschaft darzustellen.

Der Direktor war nebenher ein Filmschauspieler? Vermutlich ein amerikanischer, der Deutsch sprach. Aber mit so einem Namen? Onkel Gustl? – Ich hoffe, man kann dich bald in der Filmbühne sehen, sagte die Großmutter und schaute den Direktor mit schiefem Kopf an, als wäre er einer der Helden in den Kinoheften. Die wollte sie der Reihe nach heiraten. Der Kakao war gerade richtig, das hatte die kleine Dame gut gemacht. Vom Guglhupf aß sie zuerst die braunen Teile, solange es ging. Dann die gelben.

Möchtest du noch ein Stück? fragte der Direktor.

Nein, danke, Gustav. Es wird langsam Zeit, dass wir fahren. – Gustav. Gustav! – Katharina trank den letzten Schluck aus der Schale, ganz leise, sie wusste, dass die Großmutter wütend wurde, wenn sie aus einer leeren Schale weitertrank. Es war lauter als vorher.

Ausziehen, anziehen, so geht das den ganzen Tag.

Ich begleite euch ins Geschäft.

Die kleine Dame in seinem Vorzimmer war verschwunden. Katharina hätte sie gern länger beobachtet. Im Geschäft lächelte die Gefangene im weißen Mantel fröhlich, die Traurigkeit weggeblasen, die verheulten Augen wohl mit einem nassen Taschentuch gekühlt. Katharina kam sich verraten vor, würdigte die Frau keines weiteren Blickes. Der Direktor öffnete mit einem kraftvollen Ruck die Tür des Eisschranks und holte zwei Pakete Butter heraus, die er eigenhändig in Zeitungspapier wickelte.

Schnittkäse ist die Zukunft. Merk dir das, Katharina. – Er schnitt ein großes Stück von dem Edamerkäse herunter und ein kleineres vom Stangenkäse, dem Lieblingskäse des Großvaters, ausgenommen seine Olmützer Stinker natürlich. Die gab es hier nicht, weil Filmschauspieler keine Stinkekäse erzeugen.

Wo ist mein Einkaufsnetz? fragte die Großmutter, obwohl sie keines mitgebracht hatte. Sie drückte Katharina das Paket in die Hände. – Gehst du voraus? Ich zahle.

Draußen war vom Anschlagen des Fußballs nichts mehr zu hören. Als die Großmutter, gefolgt vom Direktor, aus dem Geschäft kam, trug sie bereits ihre Handschuhe und schwenkte den Autoschlüssel, den sie mit zwei Fingern hielt. Der Direktor salutierte und verbeugte sich. Die Autotür hielt er ihnen nicht auf. Das war ein Fehler.

Sie schwiegen beide. In der Allee fuhr jemand mit einem Steyr-Waffenrad. Es war viel zu groß für ihn, er musste sich schrecklich plagen, weil er schnell vorankommen wollte. Er trug eine graue Lodenjacke und eine Kniebundhose, grüne Stutzen. Die Großmutter überholte ihn vorsichtig. Das musste der Ungarnbub sein. Sein Haar war nicht wie bei anderen Buben vom Nacken weit hinaufgeschnitten, sondern überall ein bisschen länger. Hellbraun. Er warf Katharina einen Blick auf den Hintersitz. Blaue Augen. Die Großmutter winkte ihm. An der Abbiegung wenig später hielt sie an, und prompt starb der Motor ab. Aus beiden Richtungen zuckelte ein Traktor daher. Katharina drehte sich um. Der Ungarnbub kam näher.

Nichts riskieren, sagte Katharina, so laut sie konnte. Lieber zweimal oder viermal schauen als einmal zu wenig. – Sie strich ihre Stirnfransen glatt. Nun radelte er wieder gleichauf mit ihnen, und bei der Hauptstraße gab es aufs neue Verkehr. Der Ungarnbub grinste. Sein Gesicht blieb dabei wild und herrlich und schön. Ob er schon mit einem Mädchen auf der Stange die Donauuferstraße hinuntergefahren war wie einst die Nibelungen? Konnte man mit einem Fahrrad Revolutionär sein?

Der Ungarnbub fuhr nach links, die Großmutter nach rechts.

István ließ den Rechen weit vorausschießen und kämmte das frisch gemähte Grünfutter zu sich her. Das Gras war nass vom Tau. Er hatte seinen Rechen nach dem Vorbild der ungarischen hergerichtet, mit den Zähnen in kleinerem Abstand extra für das Grünfutter. Er hatte getüftelt, ein Rechen war kaputtgegangen. Ist das für dich? hatten sie gefragt. Oder hast du eine Blonde mit langen Haaren, von der wir nichts wissen? Er war froh, dass sie seinen Rechen in Ruhe ließen. Die Grünfutterwiesen wurden sehr viel sauberer mit seinem Werkzeug. Vielleicht würde Weitmann einmal etwas bemerken.

Er gabelte das Gras auf den Anhänger und bestieg den grünen Steyr-Traktor. Von der Reidlingerwiese aus hatte er das ganze Gut unter sich. Er steckte die erste Zigarette des Tags an. Für die paar Momente des Inhalierens konnte er sich nach Hause versetzen, die Hügel verflachten sich ihm zu Willen, seine halb geschlossenen Augen erweichten den Horizont, und es wurden die Wälder und Sümpfe im Hanság daraus, der Ruf eines Wickendorfer Arbeiters ungarisch. In Istváns Ohren pochte eine Maschine, längst hatte er den Rauch seiner Zigarette ausgeatmet, ohne es zu bemerken. Die Luft wurde ihm eng in diesem Gong seiner Beschwörung. Er musste gähnen wie nach einem tiefen Traum.

István startete den Motor, ließ ihm Zeit mit der Hand an dem ruckelnden Knüppel. Sie knatterten los, István schaltete in den Zwischengang und weiter in den zweiten. Der Anhänger hüpfte mit Getöse über den ausgefahrenen Weg, je heftiger, desto lieber. Er kannte das Fahrzeug besser als die Getriebe seiner eigenen Organe.

Im Stall gab es nur ein Thema: das Filmteam, das gestern eingetroffen war und heute die Wirtschaftsgebäude aufnehmen wollte. Die Labors waren bereits drangekommen. Bislang gab es keine Anweisungen, man spürte die Nervosität. Niemand war je gefilmt worden. István dachte, Etelka sollten sie filmen mit ihren roten Schuhen.

Als er mit seinem Rechen über der Schulter am Rande der Wiese zum Tennisplatz gehen wollte, schrie jemand.

He! Sie da! – Er drehte sich um. Ein Kameramann winkte mit seinem freien Arm. – He! – Er legte seinen Rechen ab und ging ein Stück zurück.

Wir wollen Sie aufnehmen, wie Sie über die Wiese gehen. In die andere Richtung, bitte, wegen der Sonne!

Ich? – István ging bis zu den beiden Männern. Er spürte sofort, dass Weitmann nicht begeistert war.

Ich will Sie ja nicht kränken, Földesch. – Nun richtete er sich an den Kameramann: Das passt nicht ganz zum Bild einer modernen Molkerei, eines Labors mit höchsten wissenschaftlichen Ansprüchen. – István klang sein »nicht ganz«

im Ohr, so als passe er zwar zu neunzig Prozent hierher, aber zehn Prozent fehlten noch. Schön wär's.

Ich möchte Herrn Földesch unbedingt filmen, egal, ob wir die Szene verwenden oder nicht.

Földesch, der Mann hat einen Narren an Ihnen gefressen. Tun Sie ihm den Gefallen.

Das mit dem Narren begriff István nicht. An die zehn Mal musste er über die Wiese gehen mit seinem Mosoner Rechen über der Schulter, bis der Kameramann zufrieden war. Er genoss jedes Mal den Befehl zum Losgehen und bemerkte, dass er sich seiner Schritte bewusst wurde. Nicht zu nachlässig sollte es aussehen, und nicht zu angestrengt. Er erinnerte sich an einen kommunistischen Propagandafilm, in dem schnauzbärtige Männer mit Landarbeitermützen über eine Wiese marschierten, keiner hatte echt ausgesehen. Sein Gang lockerte sich, er musste sogar grinsen. Der Kameramann hatte nichts bemerkt. István traute sich nicht, um eine Wiederholung zu bitten. Er könnte das nicht erklären.

So, endlich, sagte Weitmann. Perfekt. Sie sehen aus wie in einem Heimatfilm. – Er schwieg ein paar Sekunden. – Naja.

Gegen Abend begann es heftig zu regnen. Im Hof traf er Weitmann, und gemeinsam sprangen sie zum nächsten Unterstand, der Durchfahrt zur Kaserne.

Wie geht's, wie steht's?

Danke, Herr Direktor, gut.

Das ist recht. Brauchen Sie etwas, Földesch?

Nein, danke, Herr Direktor. Eine Maschine für Deutschlernen.

Eine Schreibmaschine?

István winkte mit beiden Händen ab.

Ah, jetzt verstehe ich erst. Sehr gut! Eine Deutschlernmaschine! Bei Ihnen muss man ja aufpassen, Földesch! Wie geht es Ihrem Frauchen?

Meine Frau? Dankbar ist. – István hörte im Kopf Etelka sprechen: »Sie ist dankbar.«

Abmarsch, sagte der Direktor und rannte zum Schloss.

István blieb. »Frauchen.« Eine kleine Frau? Etelka war nicht groß. Vielleicht eine kleine, schüchterne Frau. Und ängstlich. Etelka suchte immer Schutz. Sie passte in dieser Hinsicht überhaupt nicht zu ihm, aber gerade ihre Verletzlichkeit hatte ihn so besessen gemacht, während sie ihn für jemand Besonderen hielt, weil er ständig Bücher las, keinen Alkohol trank, ihr die politische Situation erklärte. In Wickendorf gab es nichts mehr zu erklären. Sein Deutsch war viel zu kümmerlich, als dass er Schritt halten könnte. Am Abend brachte Etelka manchmal das *Volksblatt* mit, das ihr der Direktor schenkte, für den sie jetzt kleinere Büroarbeiten erledigen durfte. István musste sich alles Komplizierte von Etelka in Kurzfassung erzählen lassen.

Warum fragte er nie, ob sie in ihrer Küche-Zimmer-Wohnung ein Bad bekommen würden? Heuer waren im Halbparterre drei Wohnungen mit einem Bad ausgestattet worden. Natürlich konnten die Ungarn nicht daherkommen und Ansprüche stellen, schon klar. Ihm selbst war es scheißegal, ob sie ein eigenes Bad hatten oder nicht. Etelka, die sich an die hygienischen Bedingungen in Mosonmagyaróvár anscheinend gewöhnt hatte, litt seit der Flucht an Infektionen im unteren Bereich. Kein Wunder, hatte er sie zu beruhigen versucht. Wie lange sie wartete, bis sie sich zu einem Arztbesuch durchrang, und er wartete mit, wartete und redete ihr zu, Frauen seien eben anfälliger dafür, es gebe keinen Grund, sich als Flüchtlingsfrau zu schämen.

Er hatte sich den Einbau eines kleinen Bads überlegt,

würde alles selbst machen. Hinter der Küche lag ein schmaler Abstellraum, vom Gang aus zu betreten. Unnützes Zeug befand sich darin, feucht gewordene Rechenbücher vom Anfang der Anstalt. Man müsste nur das Wasser aus der Küche durchleiten, ein paar Fliesen für den Boden und die Ecke, auf den Dachböden stapelten sich genug davon. Eine Dusche würde sich finden, ein Klosett ebenso, die Ableitung wäre natürlich ein Problem. Und zuletzt einen Schlüssel, der ihnen allein gehörte.

Die Schoders mit ihren vier Kindern hätten weit mehr Anspruch darauf.

Zum Glück gab es für ihn viele Arbeiten, weil Renovierungen für die Besuche anstanden. Der Landwirtschaftsminister war zum diesjährigen Betriebsleiterkurs gekommen. Extra dafür war das Stiegenhaus ausgemalt worden. Man hatte begonnen, die Schlossfenster zu reparieren. Eine Baufirma mit dem Namen Losonczy, wie der unter mysteriösen Umständen ums Leben gekommene Pressesprecher von Nagy, brach eine Wand durch, um den Festsaal in den nächsten Raum hin zu vergrößern. István hatte unzählige Schubkarren mit Schutt weggefahren, die Türen im Schloss abgeschliffen, weil sie alle neu gestrichen wurden. Er führte Arbeiten aus, die zuhause nie von ihm verlangt worden waren. Er lernte ständig, das Werkzeug flog ihm zu.

Als István um die Ecke zum Wohngebäude bog, schloss Etelka gerade die Fenster. Sie hängte die Haken am Sims aus und zog die Fensterhälften so geschickt nach innen, dass sie sich nicht verspießten. Wenn er heimkam, war das Etelkas erste Handlung, noch vor der Umarmung. Man sollte sie nicht Ungarisch sprechen hören, die Einheimischen könnten böses Reden darin vermuten.

Pischti! – Sie ließ ihn bis an ihre ausgestreckten Hände herankommen, fand einen Weg durch seinen Körperdampf und drückte ihm einen Kuss auf die Lippen. Ihm war immer wärmer als ihr. Sie hielt ihm die Wäsche und eins der Hemden hin, die ihm der Direktor gleich nach der Ankunft geschenkt hatte. Kein bisschen Schmutz am Kragen, keine abgestoßenen Manschetten. Das erleichterte das Annehmen, als hätte er die Hemden selbst gekauft.

Ganz nass bist du. Warum schaust du mich so an?

Er verschwand in den Gang zu den Gemeinschaftsduschen. Er hatte das Wort »Frauchen« gegen ihr Bild gehalten. Etelka trug eine weiße Schürze, um das Gewand zu schonen, aber nie ein Schürzenkleid. Rock und Bluse darunter, heute ein kurzärmeliger Pullover mit Jäckchen. Hausschuhe mit einem kleinen Absatz, so mochte er es. Er ließ das Wasser in sein Gesicht fallen, strich es mit beiden Händen zurück, zwei Griffe unter die Achsel, den harten Bauch hinunter.

Wie lange sollte er noch warten? Seit Monaten wollte sie sich nur im Dunkeln ausziehen. In Mosonmagyaróvár ... der weiße Streifen Haut zwischen Strumpfrand und Hose. Sie hatte sich von seiner dunklen leisen Stimme führen lassen, den Strumpf langsam und mit ausgestreckten Fingern hinuntergerollt, was er besonders aufreizend fand. Wo hatte sie das gelernt? Im Kino in Sopron? Er konnte sich an keine Szene erinnern.

Als er Stimmen hörte, ließ er seinen Dings los, drehte das Wasser ab.

Ich habe gehört, du bist gefilmt worden? – Etelka schaute ihn beiläufig von der Seite an, während sie die geschlagenen Eier über die Stücke Semmelknödel goss.

Hat sich das herumgesprochen.

Der Direktor hat es erwähnt.

Warum nennt er dich *Frauchen*? Was bedeutet das?

Etelka wurde rot. – Hast du das richtig gehört?

Ich höre ausgezeichnet, Etelka, auch wenn ich nicht alles verstehe. *Frauchen* – ist das ein Kosewort?

Nicht direkt, sagte Etelka. Wenn er das wirklich gesagt hat, hat er es wahrscheinlich – familiär gemeint, für unsere Familie, ich bin dein *Frauchen*, und wir haben Laci, wir sind eine kleine Familie.

Mir ist lieber, wenn ich das sage.

Es war nicht böse gemeint, also bitte beruhige dich, Pischti.

Von böse habe ich nichts gesagt. Für mich klang es nach dem Gegenteil.

Etelka schwieg in ihre Pfanne hinein. Dann drehte sie sich wütend um. – Hast du dich bestimmt nicht aufgedrängt bei der Filmszene?

Natürlich nicht! Du hättest den Kameramann hören sollen. Weitmann sagte etwas, das du mir erklären musst. »Der Mann hat einen Narren an Ihnen gefressen.« Kannst du mir –

Die Tür war geöffnet worden, László stand in der Küche. – Einen Narren an dir gefressen? – Er kreischte vor Lachen. – Mama, was heißt das?

Ich weiß es nicht.

Dann schauen wir im Wörterbuch nach. Er hat einen Narren an dir gefressen, Papa? Wie hat er das gemacht? – Er kletterte auf die Sitzbank und holte das Wörterbuch vom Regal. – Wo steht das?

Probier es einmal unter »Narr«, sagte István. Wird schon etwas Blödes über deinen Vater drinstehen.

Aus Liebe oder Dummheit verrückt sein nach jemandem. – László schaute zwischen Etelka und István hin und her. István lag ein Satz im Mund, aber er sagte ihn nicht. Er hatte schrecklichen Hunger. Wo blieb der Teller. Er brauchte die Semmelknödel und die Eierspeise dringend. Das Stück Brot, mit dem er auf dem Teller herumfuhr.

Das mit dem Narren vergisst du am besten gleich wieder, Laci. In der Schule kannst du das nicht verwenden. – Etelka rückte ihren Stuhl zurecht.

Nach dem Abendessen saßen sie alle drei beim Tisch. István begann einen Brief an seinen Cousin András, von dem heute ein Aerogramm aus Toronto eingelangt war. András hatte ihn über das Internationale Rote Kreuz suchen lassen, sie waren geflüchtet, ohne voneinander zu wissen. Etelka hatte sich nach dem Abwaschen die Lektüre eines Artikels in einer ungarischen Fachzeitschrift vorgenommen. Der Direktor wollte, dass sie sich einlese und die Berichte der Kollegen aus Ungarn zusammenfasse. Istvan drehte die Zeitschrift zu sich her. Er las den Namen des Autors und den Titel vor.

Mhm.

Was?

Nichts. Ist es interessant?

Sehr, Pischti. – Sie strich über die vollgeschriebene Seite ihres Lernhefts, in das sie Vokabeln, Redewendungen, wissenschaftliche Wörter eintrug. Sie wollte möglichst viel selbst schreiben, in ihrer Handschrift sehen, die er bewunderte. Das Relief ihrer vielen einzelnen Buchstaben, die sie fast nie zusammenhängte, zeugte auf der Rückseite des Blattes von einem starken Willen. Seit eh und je war sie die Musterschülerin. Ihr Blick besorgniserregend. Sie wandte sich László zu, der wie in Imitation seiner fleißigen Mutter einen Bleistift an die Lippen hielt und ein neues Buch aufgeschlagen hatte.

Wieder eins von denen? Lies vor.

Lászlós Augen wanderten die Seite hinunter, als suche er etwas, er blätterte um, maulte.

Lies von Anfang weg.

László seufzte tief. – Und ist es wirklich wahr, Sidhi, dass du ein Ghiaur bleiben willst, ein Ungläubiger, der verächtlicher ist als ein Hund und widerlicher als eine Ratte, die nur Verfaultes frisst? las er stockend.

Weißt du, was das heißt? fragte Etelka.

Nicht alles.

Das sind Beleidigungen. Lies weiter.

Sidhi, ich hasse die Ungläubigen und gönne es ihnen, dass sie nach ihrem Tod in die Dschehenna kommen, wo der Teufel wohnt.

Ich möchte nicht, dass du solches Zeug liest. Deutsch ist schwierig genug, warum sich den Kopf vollstopfen mit Wörtern wie – wie?

Sidhi.

Nein, das andere.

Ghiaur.

Und zu wem willst du hier sagen, dass er widerlicher als eine Ratte ist? Ich verstehe nicht, dass die Schülerbibliothek diesen May an Schüler ausgibt. Sag etwas, Pischti!

István strich sich mit der Hand durchs Haar, das noch immer nicht ganz trocken war. – Mich darfst du nicht fragen, Etti. Ich bin nur auf Ungarisch ein Mensch, für den man sich nicht schämen muss, wenn er den Mund aufmacht. Ich habe solche Fachartikel auch in Ungarn nicht –

Es geht um Laci, begreifst du das nicht?

Etti, ich bewundere dich, dass du dich mit wissenschaftlichem Material herumschlägst, es hilft uns allen, wir sind auf dieses Zubrot angewiesen, aber –

Etelkas Augen standen in Tränen.

Ich bin ein Idiot, verzeih mir! Wie kann man so blöd sein.

Du hast keine Ahnung, schrie Etelka leise. – Das fürchtete er, dieses leise Schreien, weil es ihre Ohnmacht so deutlich vorführte. Seine Etelka, an die Wand gedrückt. László schlug das Buch zu und verschwand ins Zimmer. – Du warst immer der Kluge von uns beiden, ich habe deine Bücher bewundert, viel mehr als meine, weil du sie dir mit deinem eigenen Schweiß erarbeitet hast, während ich bloß in den Bücherschrank meiner Eltern zu greifen brauchte. Ich habe dich nie gebeten, die Bücher zurückzugeben, Gott sei Dank haben sie mich zuhause nicht danach gefragt. Es war ohnehin alles schwierig genug, obwohl du sie mit deiner Belesenheit sehr beeindruckt hast. Sie waren zu fein, um dich nach den Büchern aus ihrem Schrank zu fragen. Ich habe mir gewünscht, dass du einmal eines zurückbringst. – Sie holte tief Luft, drehte den Kopf zur Zimmertür und blieb in dieser Position.

Diese Aggression kannte er nicht an ihr. Er fuhr in die Höhe und griff mit beiden Händen nach seinem Kragen, zerrte daran, bis der Knopf wegsprang, endlich schaute sie zu ihm her.

Pischti, flüsterte sie.

Er sprengte die Stimmen in Etelkas Kopf in die Luft, das Maschinengewehrfeuer, die Enge dieser Zuflucht hier. Er riss das Hemd in zwei Zügen auf. Etelka schaute entsetzt den Knöpfen nach, als triebe er ihr kleines Glück aus dem Haus. Wenn sie jetzt nur nicht die Knöpfe einsammelte. Er schob sie mit dem Fuß zusammen, öffnete die Fensterflügel in den Regen und warf das Häufchen hinaus. Er hielt sein Gesicht in den Regen, das Wasser platschte gegen seine Stirn und die Wangen, er holte sich mit der Zunge ein paar Tropfen in den Mund. Er sah wieder die hämischen Fratzen der ÁVO-Soldaten, sah, wie sich Tamás aufbäumte. Dann fiel jegliches Gefühl aus. István suchte danach, immer noch mit dem Rücken zu Etelka. Der Schmerz hatte sich versteckt.

Pischti, sagte Etelka leise. – Lass mich noch, sagte er im Geist. Lass mich noch in Ruhe. Wie nach einem wunden

Zahn tastete er nach seinen Gefühlen, erwartete das Unvermeidliche, doch es blieb ruhig.

Pischti. – Er schloss langsam das Fenster und drehte sich um. Kein Stolz mehr. Etelka reduziert auf ihr normal besorgtes Gesicht, sogar eine Spur von Lächeln drin.

Es hängen noch Fetzchen von dem Stoff dran. An den Knöpfen, sagte sie.

Sie dürfen mir helfen. Mein Gedächtnis hat eine gute Polizei.

Lisa, die den ersten Tag im Büro ist, geht um den Schreibtisch herum und schaut entgeistert zwischen Földesch und Valentin hin und her.

Das ist in Ordnung. Ich habe Herrn Földesch erwartet. – Valentin streckt den Arm aus und zeigt Földesch den Weg zu seinem Zimmer. Földesch marschiert gleich zu den Fenstern und blickt hinaus.

Ich bin dem roten Mercedesstern gefolgt, sagt er. Falls Sie diese Frage abhaken wollen.

Von den Räumen der Kanzlei im dritten Stock hat man den modischen Sowjetstern am Dach des Volkstheaters direkt vor Augen. Der Direktor hat sich das als Gag einfallen lassen. – Mein Mercedes ist in der Werkstatt. Die Elektronik spielt verrückt.

Földesch setzt eine skeptische Miene auf und verzieht den Mund. Wenn er nichts sagt, sieht er heute durchaus passabel aus. Zumindest jünger als auf der Tankstelle. Seine kinnlangen Haare sind frisch gewaschen. Seidig. Er hat die Hände in den Taschen seiner Jeans stecken. Der ganze Tonus ist ein anderer. Er dreht sich langsam um die eigene Achse, um den Raum zu begutachten.

Schreckliche Cousins, was? sagt er mit einer abschätzigen Bewegung des Kopfes in Richtung der beiden Buddhas, die wie zwei Kartenspieler einander zugewandt auf einem Regal sitzen.

Nur einen Augenblick, entschuldigt Valentin den Entzug seiner Aufmerksamkeit und drückt die Taste zu Lisa draußen. – Lisa, bitte, Frau Elisabeth –

Was jetzt? sagt Földesch laut. Lisa oder Frau Elisabeth?

Erinnern Sie Frau Elisabeth Koch an ihren sofortigen Termin. Ja, genau so. Danke. – Valentin schwitzt. – Die sind illegal verwandt, sagt er zu Földesch, hoffend, er habe sich nicht irritieren lassen.

Schwestern?

Wer? Nein. Cousins, wie Sie sagen.

Hmm, seufzt Földesch zufrieden, da habe ich großes Glück mit Ihnen. – Földesch hat offensichtlich Vertrauen zu ihm gefasst. Sein Gedächtnis, dieses kranke und logische System, das mit ihm ungebremst auf eine Katastrophe hinsteuert, hat ausgerechnet Valentins Namen aufgezeichnet und in den zufälligen Ablauf dieses Tages gefügt, ein Puzzlestück, das zwar mit allen Rändern passt, doch die Teilchen zusammen ergeben kein Bild. Absolut rätselhaft, wie er im Alltag durchkommt. Einkaufen ging ja. Aber das Auto? Behördenwege? Überhaupt: Welcher Arzt überlässt ihn sich selbst, einem solchen Ich?

Was wäre mit einem Getränkebon?

Natürlich! ruft Valentin. Kommt sofort. Mineralwasser? Obstsaft?

Alle Viere, sagt Földesch.

Mit ein paar Schritten ist Valentin aus dem Büro, gibt Lisa die Bestellung weiter. – Haben Sie Frau Dr. Koch erreicht? – Die Rettung zu holen kommt ihm zu dramatisch vor.

Im Zimmer steht Földesch bei der Balkontür und zieht an dem alten Messingriegel, der sich erstaunlicherweise ohne Mühe zurückschieben lässt. Im nächsten Augenblick ist er draußen auf dem schmalen Balkon, der um das Haus läuft. Eine Taube fliegt entsetzt weg. Földesch zupft festgeklebte Federn von der Brüstung und hält sie an seinen Kopf.

Haben wir Verdauungsprobleme oder die ansteckenden Krankheiten? fragt er.

Valentin schüttelt sanft den Kopf. Es geht nun darum, Földesch wieder hereinzulocken, ehe er auf die Idee kommen kann –

Meine Völker, ruft dieser zu den Museen hin. – Das Kunsthistorische rechts, vom Streit mit dem Naturhistorischen links getrennt durch die thronende Maria Theresia. Valentin könnte nicht sagen, ob die zu seiner Kanzlei blickt oder zur Ringstraße. Da würde sie ihrer Hofburg den Rücken zukehren.

Herr Földesch, flüstert er im Kopf und bewegt sich vorsichtig auf ihn zu. Földesch dreht sich um. Er kann ihn gar nicht gehört haben.

Kommen Sie auch auf die Revolution, sagt Földesch. Im Moment ist alles ganz durchdrungen.

Valentin tritt auf den Balkon hinaus, seit Jahren zum ersten Mal. Földesch bleibt stehen, wo er ist, kein Zeichen, er solle Abstand halten. Er fühlt sich überwältigt von diesem irrgängerischen Willen, gegen so etwas musste er noch nie kämpfen. Kämpfen? Herbeiholen muss er Földesch. Ich bin nicht Ihr Feind, denkt er, zu sagen traut er sich das nicht. Ich nehme Sie, wie Sie sind. Bloß wie geht das? Mit ihm normal reden oder in seiner Art weitertappen? Katharina wüsste sich in so einer Situation zu helfen.

Welches Museum würden Sie am liebsten kaufen? fragt er möglichst gelassen.

Man müsste sich das unter die Lupe halten.

Ich hatte einen Urgroßonkel, sagt Valentin. Der wollte seinen Namen nicht ändern.

Welcher Partei gehörte Ihr Urgroßonkel an?

Valentin traut seinen Ohren nicht. – Es wird wohl die Christlichsoziale Partei gewesen sein damals.

Also nicht die Vogeldeutschen?

Bitte?

Also nicht die Vogeldeutschen?

Ist Földesch trotz seines ungarischen Namens Wolgadeutscher? Ein Ungar mit einer wolgadeutschen Mutter. Schräg gegenüber öffnet jemand ein Fenster, ein Arm mit einer Fliegenklappe kommt heraus, die ausgeschüttelt wird. Földesch stützt sich mit beiden Armen auf die Brüstung und schaut dem unsichtbaren Insekt nach. Würde ich Katharina einen Seitensprung zugestehen?

Nein, sagt Valentin laut.

Welchen Namen hat sich der Urgroßonkel behalten?

Seinen eigenen. Er war Hobbyornithologe. Das heißt, eigentlich war er ein Minimalist. Verstehen Sie? – Er starrt Földesch verzweifelt an. Vielleicht reagiert der, wenn er seine Not spürt. – Ein erweiterter Minimalist. Es bezog sich auf alles.

Die Philosophen haben uns immer schon den Vogel gezeigt, sagt Földesch.

Ja, und mein Urgroßonkel hat eine Sammlung von Vogelohrknöchelchen angelegt, deswegen meine ich –

In Földeschs Gesicht zuckt es. Valentin stellt sich vor, wie das Wort »Vogelohrknöchelchen« Blitzgewitter in Földeschs Neurobahnen entfacht.

Das sind winzig kleine Knochen, zeigt Valentin mit zwei zitternden Fingern, die praktisch aneinander liegen. – Knöchel-chen eben.

Wir müssen uns an die Vorschriften halten, stimmt Földesch zu. – Er presst den Mund zusammen, aus seinen Augen treten Tränen, die Nase rötet sich. Er fischt in seiner Jacke nach einem Taschentuch und wirft es sich auf das Gesicht.

Sind Sie allergisch gegen etwas? Blütenstaub? Wir sollten ins Zimmer gehen.

Földesch schüttelt den Kopf, das Taschentuch über der unteren Hälfte seines Gesichts. Gewiss ist er gefühlsinkontinent. Dieser Besuch in der Kanzlei und auf dem Balkon mit Implikationen, die er nur unterschwellig spürt, überfordert ihn. Es muss gelingen, ihn ins Zimmer zu lotsen, ihm eine Aufgabe für drinnen zu stellen. Földesch steckt das Tuch ein, kratzt ein paar Taubendreckspuren von der Balustrade und schmollt sich selbst, weil er hier geweint hat, so deutet Valentin sich den Kindertrotzmund.

Ich habe Ihnen von meiner Mutter erzählt, die sich unter die Erde gelegt hat.

Ja. Das ist sehr, sehr traurig.

Es geschah ohne mein Einvernehmen.

Wie – ist Ihre Mutter gestorben?

Zuerst von fremder Hand, danach von eigener Hand. – Földeschs rechter Zeigefinger tupft die linke Handfläche an, dann umgekehrt. Ist das ein Geständnis? In diesem Augenblick geht die Bürotür. Valentin sieht Lisa ein Tablett mit zwei Flaschen hinstellen. Er muss den richtigen falschen Satz finden.

Wollen wir etwas trinken? – Földesch kann mit ihm machen, was er will.

Sehr freundlich, holen wir uns die Gläser an die frische Luft, sagt Földesch. – Valentin geht voraus, Földesch folgt ihm tatsächlich, jetzt müsste er hinter ihn zurück und die Balkontür verriegeln. Es gibt keinen Schlüssel. Földesch stellt das Tablett mit den Gläsern und Flaschen, Mineralwasser und Orangensaft, auf seinen Handteller und wandert mit ausgestrecktem Arm zurück. Keine Unsicherheit, das Tablett gehorcht ihm selbst in einem eleganten Schwung. Er tanzt durch die Tür und platziert alles auf der Balustrade. Nach diesem Kellner würden sich die Frauen umdrehen. Er gießt Orangensaft für sich ein, aber so, als bediene er einen Gast. Wasser für Valentin.

Bleiben Sie, will Valentin sagen. Der Kellner soll nicht gehen.

Földesch hält ihm sein Glas zum Anstoßen hin. – Santé!

Santé!

Unglaublich, wie dieser Mann, sobald seine Störung verdeckt wird, einen Schuss Attraktivität bekommt. Aus der Gunst einer gerade glücklichen Neurochemie heraus zu dem wird, der er einmal gewesen sein muss. Sie haben beide ihren Schluck genommen und schauen einander in die Augen. Er hat schöne Wimpern, ein Extra der Natur, von den Göttern gewidmet László Földesch. Er hat vielleicht seine Mutter getötet, wie konnte Valentin das vergessen.

Auf wen haben wir angestoßen? fragt Földesch.

Auf uns –?

Was haben wir miteinander zu tun?

Ich weiß es nicht.

Földesch hält ihm wieder sein Glas hin. – Auf meine Mutter.

Valentin glaubt sich im Kino. Gleich passiert etwas Schreckliches auf der Leinwand. – Auf Ihre Mutter. – Er muss schlucken, ehe er weitertrinken kann. Wollen Sie mir etwas erzählen? sagt er schließlich. – Er will nichts wissen über Földeschs Geschichte. Földesch gehört zu einem Sachwalter. Warum schlägt er dauernd einen Haken, versucht, sich selbst zu überlisten, sobald er mit diesem Mann redet? Warum lässt er sich ein? Er hat keine Wahl.

Meine Mutter, sagt Földesch und deutet mit seinem Glas dabei zu dem roten Sowjetstern, ist mit meinem Vater und mir vor den Russen geflüchtet. Sechsundfünfzig. Danach wurde sie nicht glücklich in Wickendorf.

In –?

Wi-cken-dorf.

Valentin hat schon verstanden. Wickendorf ist ein Schloss

in der Nähe von Katharinas Heimatstadt. Er hat das Ortsschild gesehen, als sie – ein einziges Mal – zu ihrem Elternhaus fuhren, das vor Jahren verkauft worden war.

So ist das in der Provinz, sagt Földesch. Ihr Vater ist Rechtsanwalt wie Sie? Er hat den gleichen Beruf ergriffen?

Das kann man so sagen. Und was war Ihr Vater?

Mein Vater war Földesch István. – Die da – er deutet mit dem Kopf zum Sowjetstern – haben auf ihn geschossen.

Bei der Flucht?

Földesch schüttelt den Kopf. – Zuhause. Er hat den Aufstand begangen.

In Budapest? Er war an der Revolution beteiligt?

In Mosonmagyaróvár.

Valentin schaut ihn an. Soll er sagen, das kennt er, dorthin fährt seine Ex-Schwiegermutter zum Zahnarzt und in den Schönheitssalon? Wahrscheinlich hat Földesch das erfunden, um sich mit seiner Herkunft wichtig zu machen. Valentin hat noch nie etwas von einem Aufstand in Moschmadsch-ovar gehört. – Aha. Das wusste ich nicht. Ich dachte, es hat sich alles in Budapest abgespielt.

Es hat sich konzentriert. Mein Vater wartete in der Provinz, dann wurde er ein Held. Er war vor der Evangelischen Kirche ein Held, weil er nicht dort stand, weil er ein Katholik war und nur das Glockenseil gezogen hat.

Ich war auch Ministrant.

Mein Vater war nicht Ministrant.

Aber Katholik.

Nur symbolisch.

Ich verstehe. – Eine Karteileiche, will er hinzufügen, besinnt sich rechtzeitig. – Und Sie? Was sind Sie? Das eine oder das andere?

Sie kommen nie darauf.

Etwas Drittes?

Ja.

Ohne Bekenntnis?

Ja. Fragen Sie weiter. Sie sind auf der Spur.

Ohne Bekenntnis, wiederholt er langsam. Wie soll ich da weiterfragen? Mehr gibt es nicht.

Weniger gibt es nicht.

Sie spannen mich auf die Folter.

Ich helfe Ihnen. Fußball. Fechten.

Sie haben sich zu keiner der beiden Sportarten bekannt.

Doch! Ich wollte beides. Das ist das Dritte.

Valentin geht Földeschs Argumentation nach. – Stimmt. Sie haben recht. Ich möchte wetten, Sie wollten wegen Puschkasch Fußball spielen.

Natürlich! Endlich sprechen Sie etwas richtig aus.

Reiner Zufall.

Ihr Vater war kein Held, hören Sie. Ihr Vater hat sich nicht entwickelt, wie es sich gehört.

Ich weiß nicht, wovon Sie reden. Kennen Sie meinen Vater?

Kannten Sie meinen? Földesch István, ein fescher Ungar, nicht fesch genug, nicht reich.

Wem gegenüber war Földeschs Vater nicht fesch genug, nicht reich genug? Hatte Valentins Vater etwas mit der Mutter von Földesch? Hat sie sich aus enttäuschter Liebe umgebracht? Gehörte die »fremde Hand«, die Földeschs Mutter vorher schon getötet hatte, demnach seinem Vater?

Wer war – fescher und reicher als Ihr Vater?

Fragen Sie doch den Rechtsanwalt. Den Diabetiker. Ich überprüfe jetzt die Vogelöhrchen. Und dann erfreue ich Sie viel seltener mit meinen Bedingungen. – Földesch klopft sich die Hände vom Staub ab, hält Valentin seine Rechte hin, die dieser kurz ergreift, geht an ihm vorbei ins Büro, vorbei an Lisa, zur Tür hinaus. Aus dem Treppenhaus hört Valentin, wie sich Földeschs Schritte entfernen. Plättchen an den Schuhsohlen. Das ist ihm überhaupt nicht aufgefallen.

Frau Dr. Koch ist nicht erreichbar, sagt Lisa.

Er hatte maximal einen Dreitagebart, als er gefasst wurde, denkt es in Valentin. Woher kommt dieser Satz?

Es ist zu früh, Katharina anzurufen. Auch gestern hat Valentin sie nicht mehr erreicht. Er sprach auf ihre Mailbox, er schrieb eine SMS: »Spannende Sache hier. Bitte ruf mich an. Ich liebe dich.« Sein Vater hat über Barbara ausrichten lassen, dass er zurückrufen werde, sobald er mit dem Büro fertig sei. Das Herumräumen und Suchen alter Akten hat sich zu seiner Hauptbeschäftigung entwickelt, sonst gibt es nur die Tarockrunde und das Fernsehen.

Traut er seinem Vater eine Affäre mit Földeschs Mutter zu? Der Vater als Liebhaber? Sollte er andere Frauen gehabt haben, dann ist es ihm als Kind nicht aufgefallen. Der Vater seines Schulfreunds Hermann war »fremdgegangen«. Valentin hatte sich diesen Mann, der ihm immer sehr lustig vorgekommen war, in einem fremden Land gehend vorgestellt und nicht begriffen, warum er nicht wieder zuhause gehen durfte, auf dem Trottoir in der Hugo-Wolf-Straße, in der die Familie Kratzer wohnte.

Hatte der Vater heimlich den Weltmann gegeben? War er großzügig gewesen? Wohl kaum beleidigend wie manchmal zur Mutter, wenn er seine Ausbrüche hatte, gemein über ihre Familie redete. In ihrem Elternhaus, bei den Weinbauern, habe man nicht einmal Volksmusik gespielt, so ausgeblasen vom Wind sei dort alles gewesen. Beim Vater klang das so, als seien die Weinbauern gar keine richtigen Menschen, nur Windgestalten, die in ihren Weingärten herumbastelten und nichts redeten. Maulfaul. Seine Mutter war nicht maulfaul. Sie erzählte Dominik Märchen, die Valentin schon kannte und die er sich gern noch einmal anhörte. Die Mutter roch wunderbar aus ihrem Mund. Auch so betrachtet war es ungerecht, ihre Familie maulfaul zu nennen.

Wovor er sich am meisten gefürchtet hatte, war, dass es die Mutter eines Tages nicht mehr ausgehalten hätte und weggegangen wäre. Auf dem Bahnsteig in einem Kostüm, ihre Handtasche und ein kleiner Koffer, einer ihrer eleganten Hüte, ein letztes Winken aus dem Zugfenster, und sie wären für alle Zeit getrennt gewesen. Wie hatte er das glauben können? Nie hätte die Mutter ihre beiden Söhne zurückgelassen. Außer ... außer der Vater hätte sie weggeschickt, weil sie kein Recht mehr auf ihre Familie hatte. Nicht wegen einer ihrer sogenannten Dummheiten, die den Vater auf die Palme gebracht hatten wie damals ihre Frage, was der Unterschied zwischen Einkommens- und Lohnsteuer sei, etwas anderes, Wichtigeres, das Valentin ein Blei ins Herz gesenkt hatte ...

... hätte nicht so um dich herumscharwenzeln brauchen.

Er ist charmant, das kann man ihm nicht absprechen.

Ewig hatte er gerätselt, was dieses mitgehörte »Herumscharwenzeln« bedeutete. Wie Herumschwänzeln. Hunde taten das. Vor Olga, der Schäferhündin seines Onkels, hatte er jedoch viel zu viel Respekt gehabt, als dass er ihr Herumspringen und Einkreisen als Schwänzeln bezeichnet hätte. Etwas Kleines schwänzelte, Goldfische.

Dann hatte er das neue Wort auf den Vater selbst bezogen – diese gar nicht zu seinem sonstigen Verhalten passenden Versöhnungsgesten, wenn der Vater hinter der Mutter stand, sie an der Taille hochhob und ein paar Zentimeter weiter daneben abstellte. Oder wie er mit dem Zeigefinger im Vorübergehen ihren Rock genau unter ihrem Popo entlangfuhr. Die Nase unter ihr Ohr steckte und die Luft in lauten Zügen einzog. Sie lachte dabei. Er schnupperte wie ein Jagdhund ihre Wange hoch. Er griff ihr mit der ganzen Hand im

Nacken unters Haar, was sie überhaupt nicht mochte. Valentin hatte sich geniert, wenn er Zeuge dieser Spielereien wurde und ihm der Vater einen Blick zuwarf, den er nicht deuten konnte. Als seien sie Verbündete. Manchmal war ihm schwindelig von der Art seines Vaters geworden.

Den Besucher hatte er nicht gesehen, nur diese paar Sätze mitgehört. Er war in seinem Zimmer auf dem Bett gesessen, der roten Decke, die er glattstreichen musste, wenn er aufstand. Ruhig war es gewesen, Winter, die rote Decke, sein Briefmarkenalbum und das Kuvert mit dem Olympiasatz. Februar 1964. Die große Erwartung, bis ins Zimmer hatte er das Kuvert nicht geöffnet, dann die Enttäuschung: zu blass und zu viel Grau.

Valentin geht zum Safe, das gönnt er sich noch, ehe er die Mängel im Umweltverträglichkeitsbescheid formuliert, der für seinen Mandanten Kamper eingetroffen ist. Er weiß sofort, welches Album er nehmen muss.

Nur zwei der sieben Marken stechen heraus, der Eishockeyspieler auf dem zartgrünen Eis und die rosa Eiskunstläuferin. Die hatte er am liebsten gemocht. Im Springen steht der kurze Rock mit den vielen Rüschen waagrecht von ihr ab, sie trägt ein dunkles Höschen, das zeigt, wo das Verborgene liegt. Auf dieses kleine Dreieck hatte er sich konzentriert, es beschworen, ihm etwas zu verraten, und zugleich hatte es ihn beruhigt. Die Eiskunstläuferin hatte es gut mit ihm gemeint, ihm eine Angst genommen, die er nicht benennen konnte. Ein Bein ausgestreckt, das andere bis zum Knie angezogen. Den Kopf wirft sie zurück.

Der Slalomfahrer setzt einen eleganten Schwung in den grauen Schnee, der erhobene Arm mit dem Schistock war Valentin besonders aufgefallen. Am wenigsten hatte ihm der Schispringer zu sagen gehabt. Seine Arme stoßen beinahe am Rand der Briefmarke an, die Mütze sitzt fest auf dem

Kopf, die weiten Hosen pludern im Wind. Der Biathlonsportler hatte ihn unruhig gemacht, das Gewehr auf seinem Rücken kratzt am oberen Rand der Briefmarke, er läuft gebückt auf den Langlaufschiern, mit der Militärkappe sieht er aus, als verfolge er jemanden.

Die kleine Ungarin.

Ist das seine Phantasie?

Die kleine Ungarin.

Wer sagte das am Fuß der Treppe, bei der Haustür? Der Vater oder ein Fremder? Hat er seinen Vater das je sagen gehört? Das Bett, die rote Decke, die Eiskunstläuferin, danach von unten *die kleine Ungarin*. Er horcht in sich hinein. Hat er es eben selbst gedacht, weil die Eiskunstläuferin zu ihm herschaut wie eine kleine Ungarin?

Jedenfalls müssen Sie uns bald wieder besuchen. – Die Mutter.

... hätte nicht so um dich herumscharwenzeln brauchen.

Er ist charmant, das kann man ihm nicht absprechen.

Er hatte damals nur über das Herumscharwenzeln gerätselt. Natürlich. Und wie ging der Nachmittag weiter? Tauchte eine kleine Ungarin im Gespräch auf?

Valentin klappt das Album zu und legt es in den Safe zurück. Er kann seinen Vater nicht am Telefon befragen. Er muss sehen, wie er reagiert. Er will das wissen.

Der Vater lässt sein Handy läuten. Auf der Festnetznummer meldet sich Barbara.

Ich möchte mit meinem Vater beim Golser oben essen. Geht das?

Von mir aus kein Problem. Soll ich ihn zum Telefon holen?

Es dauert eine Weile, bis er den Vater näherkommen hört. – Was ist jetzt schon wieder?

Wir gehen zum Golser essen. Ich bin um zwölf bei dir.

Schweigen. – Arbeitest du weniger als früher? Weil du plötzlich so viel Zeit hast.

Valentin schaltet ab. Er wird dem Vater nichts von Földeschs Verwirrung oder Störung erzählen. Es wäre sonst ein leichtes für ihn, alles zu leugnen.

Was sagt dir der Name Földesch?

Földesch? – Der Vater fragt völlig überzeugend. Sie haben beide oft genug gesehen, wie jemand scheinheilig nachfragt und einen Anwalt zu täuschen versucht. Er zuckt nicht im mindesten, sein Blick aus den hellgrauen Augen ist kühl und ruhig. – Wer soll das sein?

Ich habe zweimal Besuch von einem László Földesch erhalten.

Ist mir nicht bekannt.

Der Name oder der Mensch?

Der Vater lässt ein paar Sekunden verstreichen. – Ich sage dir doch, ich kenne keinen László Földesch.

Und den Namen? Kennst du den?

Der Name László Földesch sagt mir gar nichts. Wer soll das sein?

Der Sohn seiner Mutter, Frau Földesch.

Das soll vorkommen.

Aus Wickendorf.

Wie?

Wickendorf.

Wo soll das sein? – Der Vater nimmt einen Schluck von seinem Veltliner. Valentin versagt sich den Hinweis auf Katharinas Heimatort.

Sowas darfst du mich nicht fragen, Valentin. Mir entfallen so viele Namen von Leuten, Orten, Opern – er greift in die Luft und sucht nach seiner verschwundenen Welt –, das Gedächtnis ist müde geworden. Leider.

Valentin lässt ihn in dem Glauben, damit sei die Frage erledigt.

Wird dir einmal nicht anders gehen. Aber diese Genugtuung werde ich nicht mehr erleben.

Das war der Ton, den er sich nicht versagen konnte, sobald sie beim Essen saßen. – Es ist keine Genugtuung, den Verfall eines Sohnes oder Vaters mitzuerleben.

Der Vater lächelt spöttisch. – Verfalle ich vor deinen Augen? Interessant. Wie erlebst du das?

Du bist ängstlich geworden im Umgang mit Behörden. Ausgerechnet du.

Darf man nicht vorsichtiger werden?

Ich höre noch, wie du Mutter wegen ihrer Unfähigkeit beschimpft hast, weil sie den Unterschied zwischen Einkommens- und Lohnsteuer nicht wusste.

Wann soll das gewesen sein?

Es ist völlig egal, wann das war, Vater. Gib endlich einmal eine Antwort. Du weichst ständig aus.

Ich habe nach dem Datum gefragt, weil ich mir nicht sicher bin, wann die beiden Steuern eingeführt worden sind. Ich bilde mir ein, das war in den Dreißigerjahren.

Valentins Handy spielt seine Kennmelodie. Katharina ruft an. Er springt auf und geht ein paar Meter in den hinteren Teil des Gartens, wo keine Tische mehr stehen. – Endlich! Katharina, Schatz, wie geht's dir? – Er hört, wie sie Zigarettenrauch ausstößt.

Alles okay hier, sagt sie. Das übliche Chaos. Die Empfindlichkeiten. Ich bin so froh, dass du kein Schauspieler bist. Ich weiß nicht, warum ich mir das jedes Mal wieder antue.

Weil du es besser kannst als andere.

Ach. – Ein Laut folgt, ein Gähnen oder Stöhnen. Erschöpfung. – Gina hat etwas mit Nico.

Verstehe. Und das bringt eine ungute Atmosphäre in die Proben. – Er wünscht, er könnte etwas Genaueres sagen. Von einer Gina hat er bislang nichts gehört.

Gina Zanzotti. Sie hat die – ach, egal. Ich bin ziemlich müde. Und du? Wo bist du gerade?

Mit meinem Vater beim Golser. Es gibt da etwas, das ich aufklären möchte. Hast du zuhause einen László Földesch gekannt? Aus Wickendorf?

Ein schrilles Lachen. – Hat er dich angerufen?

Er hat mich zufällig getroffen, wenn das stimmt. Das zweite Mal kam er schon in mein Büro. Du kennst ihn also?

László war mein Mädchenschwarm, was heißt Mädchen, als Kind habe ich ihn ein paar Mal gesehen. Er hat mich durch seine Melancholie begeistert. Er stand vorige Woche am Bühneneingang, nach der Probe. Ich hätte ihn fast nicht erkannt.

Davon hast du gar nichts erzählt. Was wollte er von dir?

Er sagte, er sei zufällig in Zürich und habe gelesen, dass ich hier probe.

Lass mich raten. Er sagte: Da habe ich mir das Herz gefasst.

Katharina lacht, sie zollt ihm Beifall mit diesem Lachen. Danach ist er süchtig. – Fast, Valentin! Wieso weißt du das? – Wenn er so weiterreden kann, hat er gewonnen. Mit einer etwas tieferen Stimme sagt er: Erinnerst du dich an unsere Gegenwart, Katharina? Damals in Wickendorf, als ich noch älter war als du?

Hör auf, Valentin, das ist unheimlich! Ja, das ist László.

War er immer so?

Keine Ahnung. Ich habe ein- oder zweimal mit ihm gesprochen damals. Da war er ganz normal. Ich finde es ziemlich faszinierend.

Weißt du etwas über seine Mutter?

Ja, seine Mutter. Eine zierliche Frau. Sie hat sich umgebracht.

Was? Warum denn?

Keine Ahnung. Vielleicht Depressionen. Heimweh.

Was wollte Földesch von dir in Zürich?

Wir haben einen Kaffee miteinander getrunken, das war alles. Er hat mich angestarrt, wie man jemanden vom Theater anstarrt, wenn man selber nicht dazugehört. – Kleines Lachen. – Ich habe ihm von meiner Arbeit erzählt, er hat gesagt, er habe »manchmal« einen Bioladen am Rand von Wien. Ich wusste nicht einmal, dass er an der Bodenkultur studiert hat.

Und von seiner Mutter nichts?

Nein.

Ich habe einen leisen Verdacht, Katharina, dass mein Vater eventuell etwas mit Lászlós Mutter hatte.

Dein Vater? Unmöglich. Ja!!! – Sie hat in den Raum geschrien. – Ich muss zurück. – Er wartet auf einen Kosenamen, einen ihrer vielen für ihn, von denen er glaubt, dass sie sie für jeden verwendet. Nichts. Valentin küsst ins Telefon.

Ich habe schon angefangen, wenn es dich nicht stört. – Der Vater hat die Papierserviette im Hemd und löffelt die Suppe. Milzschnitten. – Ein Klient?

Mhm.

Ich habe überlegt, ob ich deine Suppe zurückschicken soll.

Valentin winkt ab. Die Suppe ist lauwarm. Földesch zum Kaffee mit Katharina in Zürich. Wen hat er mit der »anderen Frau Görtz« gemeint, die richtige oder Katharina? Kein Wort von diesem Besuch. Diesem Auflauern. Was wird das? Stalking? Er hätte Katharina warnen sollen. Es gibt keinen Grund mehr, Földesch zu trauen. Er schiebt seine Suppentasse weg und tippt eine SMS an Katharina. »Gib acht wegen Földesch!«

Wir waren bei deiner Mutter stehengeblieben. Erinnerst du dich, wie wir zur Gartenschau gingen und sie eine bestimmte Sorte Pfingstrosen suchte, von der sie in einem Roman gelesen hatte? – Der Vater drückt die Lider zu. – Ich hätte sie um jedes Geld gekauft, egal, wie teuer sie gewesen wäre.

Eine Pfingstrose kann keine Unsumme kosten, Vater.

Ich hätte ihr diese ... Päonie gekauft. Päonie!

Ich erinnere mich daran, wie sie einmal sagte, im Hause eines Rechtsanwalts sollte die Wahrheit nicht verdreht werden. – Valentin sieht die hochgezogenen Augenbrauen im Gesicht der Mutter, zwei schöne Bögen, gegengleich wie bei einem Schmetterling. Man hätte den rechten und den linken zusammenklappen können. – Du hast sie heruntergemacht, so im Sinne, das sei ein gutbürgerliches Haus, in dem eine Ehefrau nicht so mit ihrem Gatten zu sprechen habe. Ist das klar? – Valentin hat die letzten Worte im Tonfall seines Vaters gesagt. Der Vater lehnt sich so weit weg von ihm wie nur möglich. Hinter ihm kommt die Kellnerin und serviert die Suppentassen ab.

Was bildest du dir eigentlich ein, sagt der Vater, sobald sie gegangen ist. – Wie redest du denn mit mir?

Valentin wartet, bis der Vater es selbst gedacht haben muss. – Wie *du* immer geredet hast. Was denkst du, wie oft Mutter mir zugeflüstert hat, sie hasse deine Predigten und Tribunale beim Essen? – Der Vater trommelt mit seinen altersharten Fingernägeln auf den Tisch. – Genau, dieses Trommeln. Das gehört auch dazu. Du stehst am Fenster, die Hände in den Hosentaschen, wippst auf deinen Sohlen. Mit den zwei Zentimetern Größe, die du dadurch gewinnst, beobachtest du etwas Wichtiges auf der Straße unten. Wenn

Mutter und ich alles hereingetragen haben, setzt du dich zum Tisch. Kein Wort. Nur das Trommeln deiner Finger. Ich probierte den Takt manchmal zu einer Musik aus, in meinem Zimmer, es hat nie gepasst.

Der Vater starrt ihn an. – Was beweist das, außer dass du ein schlechtes Gehör hast? Dafür eine merkwürdige Phantasie?

Es sieht so aus, als sei der Vater für alle Zeiten aus dem Schneider. Er hat begriffen, dass er mit den Gedächtnisverlusten, die er vortäuschen kann, genauso viel Macht hat wie vorher. Wieder kann er die Wahrheit verdrehen, indem er vorgibt, sie nie gewusst zu haben. Erstmals kommt Valentin in den Sinn, dass sein Vater gar nicht der tadellose Anwalt war, als den ihn viele schätzten, die dankbaren Klienten, sogar die Staatsanwälte und Richter, deren Briefe zu seiner Pensionierung jahrelang griffbereit lagen.

Wer war der Besucher, der um Mutter herumscharwenzelte? fragt er.

Da gab's einige. Deine Mutter war eine hübsche Frau.

Ein Besucher im Februar 1964. – Er vermeidet absichtlich das Wort »Klient«. – Als der Olympiasatz herauskam.

Der Vater stößt ein verächtliches und zufriedenes Lachen aus. – Wie soll ich das heute noch wissen? Wir hatten oft Besuch, aber wer uns genau im Februar 1964 die Ehre seines Besuchs erwies, damit kann ich dir leider nicht dienen. – Er schaut zu einem der Nebentische, als hoffe er, jemand habe die Zumutung dieser Frage mitgehört. Sein Gesicht hellt sich noch mehr auf. – Warte. Februar 1964. Da war dieser Genosse Popowitsch in Wien. Der sagte zum Wiener Bürgermeister, also zu Jonas, die sowjetische Raumfahrt sei technisch so weit entwickelt, dass er in jedem beliebigen Bezirk in Wien landen könne. Sofern der Bürgermeister es erlaube. Toller Humor.

Ich hörte, wie er – oder du – beim Verabschieden von einer kleinen Ungarin sprach.

Kleine Ungarin? Aaah, das soll diese Frau Földesch gewesen sein, glaubst du?

Hattest du etwas mit ihr?

Der Vater erstickt seinen Aufschrei gerade noch mit der Serviette. Er schüttelt den Kopf, zieht die Augenbrauen wie im größten Spaß zusammen, ein Blick über der Serviette hervor, der nicht genugkriegen kann an ungläubigem Entsetzen über so einen Hirnwahnsinn, solch eine dumme Frage, für die er in seinem Gesicht gar keinen Ausdruck finden kann, so komisch ist das. Er nimmt die Serviette vom Mund. Er ist in bester Laune.

Nein, sagt er aus vollem Herzen. Ich habe keine Verhältnisse mit kleinen Ungarinnen gehabt.

Mai 1958

Etelka stützte sich mit einem Arm an der Wand ab, die trotz des heißen Frühsommertags kalte Wand der Arkaden, neben der Tür zur Kanzlei. Sie hoffte, dass keiner sie sähe, und wenn, wäre es auch egal. Das Gesicht verbarg sie an ihrer Achsel, sie musste sich schneuzen. Paar Schritte den Gang hinauf, paar hinunter, möglichst leise, um niemanden nervös zu machen, obwohl man drinnen kein Geräusch von leisem Gehen hören konnte. Sie wollte bereit sein, wenn das Telegramm käme oder der Anruf. Er durfte nicht sterben.

Ihr lieber *papí*, ihr armer, trauriger *papí*. Ihr armer, seiner Würde beraubter Vater, den sie mit Herbstsemester 1945 von einem Tag auf den anderen entlassen und in den Ruhestand versetzt hatten. Seinen Lehrstuhl erhielt ein Parteimitglied, welches zwar die nötigen Qualifikationen besaß, aber nicht annähernd die wissenschaftliche Reputation ihres Vaters. Die vielen Demütigungen, das Publikationsverbot, das sich mit den Jahren ad absurdum führte, weil er ohne Institut nicht länger forschen konnte. Im Innenhof der Burg hatte er sich in die leere Nische gestellt, aus der im Krieg eine Heiligenstatue entwendet worden war. Die Hände in die Taschen seines Mantels gesteckt, hochgezogene Schultern, ein ewig frierender Mann der Wissenschaft, umgeben von den steinernen Porträts der Professoren an den Wänden, die seit der Gründung der Königlich-ungarischen Lehranstalt für Agrarwissenschaften hier unterrichtet hatten.

Gesichter weißhaariger Herren mit gepflegtem langem Bart, die Lebensdaten im vorigen Jahrhundert, alle schauten ergraut aus im Stein, und ihr Vater mit dem müden, ironischen Lächeln um den bartlosen Mund lebendig, das ja, aber in diese Nische verbannt, in der sich Studentinnen ablichten ließen. Keine Wartestation für einen Ruhmesplatz. Für den Aufstand war er zu kraftlos und zu alt gewesen. Sie wusste nicht, was mit seinen ehemaligen Kollegen der Agrarakademie passiert war, die damals verschwunden waren. Bestimmt warf er sich bis heute vor, sie im Stich gelassen zu haben.

Tibor kam ihr in den Sinn, der Sohn eines der Professoren, den sie wie Pischti seit Kriegsende kannte, der Akademikersohn, der nicht studieren durfte, neben dem Landarbeitersohn, der studieren hätte können. Alles verkehrt und auf den Kopf gestellt. Man wusste nicht, wie man die Gefühle überhaupt einschätzen sollte. Für sie war es ein Abenteuer gewesen, von Pischti umworben zu werden mit seinen eigentümlichen Manieren, einer Mischung aus purer, körperlicher Krafteleganz und abgeschauter bürgerlicher Höflichkeit, eine Auffrischung der ihr bekannten Umgangsformen und Gesten mit etwas Ungezügeltem. Die Bewegung, die immer vorwärts deutete, Richtung Aufbruch, seine respektlosen Flüsterkommentare zu den grauen sowjetischen Kinofilmen, bei denen sie sich den Finger quer in den Mund legte, um nicht aufzulachen. Wie er die stramm gekleideten russischen Soldatinnen als Schönheitsköniginnen beschrieb, sein Kopf an ihren, Etelkas, extra herausfrisierten Locken, damit die zwei Verliebten nur ja auffielen.

Eine Runde wollte sie noch in den Arkaden gehen, ehe sie in die Kanzlei zurückkehrte. Sie spürte, wie gut es ihr tat, sich von dieser Todesvorwegnahme zu lösen. Ihre Eltern hätten es gern gesehen, wenn Tibors Verliebtheit bei Etelka auf Erwiderung gestoßen wäre, ein scheuer Gezeichneter, der mit seiner Familie in gesellschaftliche Ungnade gefallen war, in der Bibliothek der Akademie Bücher und Zeitschriften ordnen durfte, der Möglichkeit beraubt, sich als Autor wissenschaftlicher Beiträge selbst in diese Regale einzureihen.

Typisch für *papí*, zuerst auf den intellektuellen Tibor zu setzen statt auf Pischti, der viel geeigneter schien, Etelka in der düsteren Diktatur zu beschützen, die bald eingesetzt hatte. Auf der Suche nach der Wahrheit hatte er sich zuletzt zu der Ansicht durchgerungen, dass es vom Standpunkt der besorgten Eltern logischer sei, ihr Kind mit einem gesellschaftlichen Hoffnungsträger zu verbinden, möge er ihren Traditionen auch fremd sein. Dass es des Verzichts bedürfe, die eigene Linie im Sinne der Tradition fortzusetzen, wenn die Alternative den Untergang bedeute. Fremde Worte aus dem Mund ihres Vaters. Zum Glück war Pischti nicht dabei gewesen, denn es grenzte an Beleidigung. Ein Korsett schimmerte durch, das sie bis dahin nicht bemerkt hatte. Wenn es um euren Sohn ginge, würde ich es besser verstehen, hatte sie sagen wollen. Sie hatte keinen Bruder. Die Koltais würden aussterben, gäbe es da nicht die (Mamas Wort) wurffreudigen Verwandten in Sopron.

Vom Hof kamen Stimmen. Pischti war draußen, bei den eintreffenden Gästen. An einem anderen Tag hätte sie seine Einsatzfreude als Durchbruch bejubelt, dass er endlich begriff, wie man sich ein paar zusätzliche Punkte verdiente, ein unbezahlter, freiwilliger Einsatz übers Maß, weil der Absolvententag allen am Herzen lag, ausnahmslos allen, auch dem letzten Arbeiter, der István gar nicht war. An einem solchen Tag sollte sich niemand als letzter Arbeiter fühlen.

Etelka tupfte sich die Augen trocken. Es gab Pflichten für sie – beim Servieren helfen, ausnahmsweise, tun Sie mir den Gefallen, Etelka, ich bin stolz auf Sie. Die Absolventen mit ihren verschiedenen Karrieren und mit all der Aufbruchsstimmung, den Möglichkeiten, die sie verkörpern, brauchen nicht zu glauben, dass wir seither nur älter geworden sind. Man wird sich fragen, wer ist diese elegante Dame mit der weißen Servierschürze? Sie werden der Veranstaltung den

Hauch eines Rätsels verleihen, Etelka, auftauchen, bezaubern, verschwinden, war sie wirklich da? Haben wir das geträumt?

Sie wehrte sich gegen die Sätze, die sie umschmeichelten. Den Reiz dieses Redens konnte sie nur für eine kurze Weile vergessen. Sie würde heute bestgelaunten Männern ein dreigängiges Menü servieren, während zuhause ihr Vater im Karolina-Krankenhaus um sein Leben kämpfte. Hoffentlich taten dort alle ihr bestes und ließen den Vater nicht für die Flucht der Tochter und des aufständischen Schwiegersohns büßen.

Was haben wir denn da für ein Häufchen Elend? – Weitmann kam aus der Kanzlei. – Etelka, Ihr hübsches Gesicht, so verheult. Sie werden sehen, bald kommt das Telegramm, das wir alle erwarten, und ich werde es Ihnen mit Freude vorlesen: Vater viel besser. Keine Sorge. Wie heißt das auf Ungarisch?

Etelka schloss die Augen. Unter ihrem Kinn spürte sie den Zeigefinger des Direktors, folgsam hob sie den Kopf und schlug die Augen auf. Der Zeigefinger blieb für ein paar Augenblicke dort, als müsste sie die richtige Position für ein Foto einnehmen, für eine Behörde, von vorne. Im Nacken reagierte ein Nerv auf die Befehlsgewalt des Zeigefingers. Angetippt, und der Nerv schlug an wie ein Wachhund. Sie schaute ihn an.

Also. Geht doch. Sie dürfen nicht immer gleich so schwarzsehen, Etelka. – *Sie, Etelka.* Sie war süchtig nach diesem Wechselspiel zwischen Distanz und Nähe. Im selben Satz. Als könne er nicht anders, müsse sich in die Intimität ihres Vornamens ziehen lassen. Und das tiefe Wasser seiner Stimme. – Denken Sie ganz stark an Ihren Vater, das hilft über die Entfernung hinweg. Wir tun alles, was uns möglich ist, damit Sie Verbindung zu Ihren Verwandten bekommen. – Weitmann bot ihr sein großes sorgendes Augenblau an, es war, als höbe er sie federleicht in sein Schauen und Denken. – Sie haben Freunde hier. Alle wollen, dass Sie die fürchterlichen Ereignisse in Ihrer Heimat vergessen. Alle. – Diese Betonung auf dem »alle« war wie eine Vielzahl von Weitmanns, er vervielfältigte sich in seiner Sorge und seinem Wohlwollen, um nur ja ihrem Bedarf an Schutz und Begleitung Genüge zu tun. Wie tröstend das war. Wie erleichternd.

Eine neue Miene zog in Weitmanns Gesicht. – Herrgott! rief er aus. Diese Kommunistenschweine! Ringen sich nicht einmal zu einem Mindestmaß an Humanität durch, wenn es um so existentielles Familienleid geht! – Der Direktor straffte die Schultern und rückte sich mit einer Kopfbewegung in seiner Anzugsjacke zurecht. Langsam öffnete sich in seinen nur kurz verengten Augen ein schwarzer Spiegel, weich und gütig. Sie durfte diesem Gefühl nicht nachgeben. Sich im Dunkeln verlieren und gefunden werden, sich verlieren und festgehalten werden, bis man nur noch die Kraft spürt, die einen nicht mehr loslässt.

Wissen Sie, was mir ein Absolvent erzählte? Ein Ehemaliger produziert Stangenkäse in Tasmanien.

István stand am Ende der auf beiden Seiten vollgeparkten Allee. An so einem Tag fühlte er sich wohl. Autos faszinierten ihn. Bislang waren schon mehr Pkws gekommen als beim Besuch des Landwirtschaftsministers. Viele VW-Käfer darunter, die älteren mit dem geteilten Heckfenster, einige mit zurückgerolltem Sonnendach, in denen besonders gut aufgelegte Männer saßen. Sie streckten den linken Arm aus der Wagentür, um die Luft der unbegrenzten Möglichkeiten zwischen den Fingern zu spüren. Männer, für die das Leben eine mühelose Karriere bereithielt, Frauenhelden, sportliche

Burschen, die die Nachkriegsjahre hinter sich gelassen hatten. Den Fahrern der kleinen Steyr-Puch 500D fühlte István sich verwandt. So etwas sollte man sich einmal leisten können! In weiter, weiter Zukunft. Die wogen weniger als eine halbe Tonne, weniger als eine Kuh, und brachten es auf 95 Stundenkilometer.

Der weiß-blaue Opel Rekord des Direktors brauchte sich nicht zu verstecken. István bewunderte das Fahrzeug. Es kam den amerikanischen Buicks in der Autozeitung des Direktors, die Etelka über Nacht mitnehmen durfte, am nächsten, weckte Bilder von Ozean und Brandung. Die asymmetrische Zierleiste aus Chrom an der Seite war ein modern gezeichneter Flügelschlag. Abends entfernten sich die vertikalen Rücklichter in eine geheime Nacht.

In Ungarn konnte man von solchem Luxus nur träumen. Die große Sensation in Mosonmagyaróvár war 1955 ein Skoda 1200 Sedan mit Budapester Kennzeichen gewesen, der eines Tages durch die Stadt fuhr und im Innenhof der Burg parkte. Der Chauffeur und ein Passagier mit Tuchmantel, Schal und Handschuhen stiegen aus. Einer der Augenzeugen berichtete István, eine Aura von Tragödie habe den alten Mann umgeben, wie ein Verdammter sei er mühsam aus dem Wagen gestiegen, habe einigen Umstehenden ins Gesicht geblickt und sei in die Burg gegangen. Erst nach Stunden sei er herausgekommen.

Die Intervalle zwischen den Gästen wurden kleiner. István wischte sich mit seinem Taschentuch den Staub aus dem Gesicht. Ausgerechnet in diesen Tagen musste der Schwiegervater einen Herzinfarkt bekommen.

Sein Bein reagierte auf alles, auf Hitze, Kälte, Wetterumschwung, Fön, es war zu einer Gedenkstätte geworden, damit er nie vergesse, wozu er einmal fähig gewesen war. Wem sollte er stolz sein Bein zeigen? Die anderen Landarbeiter interessierten sich längst nicht mehr dafür, das Heldentum war aufgezehrt. Eine fremde Frau, die seine Narben und seine Kämpfergeschichte aufregend finden könnte, war weit und breit nicht zu sehen. Nur so ein Gedanke.

In der Allee näherte sich ein eleganter Wagen, das langsame Tempo steigerte die Spannung, die Staubwolke um die Reifen ein Teppich, auf den dieses Gefährt gebettet schien. Ein marillenfarbener Götterwagen, dachte István, majestätisch, aber zart, an der Seite und um die Fenster hellgelb. Der neue Fiat 1400B, die Reifen mit weißer Wand, die sofort gewaschen gehörten. Aus dem Auto stieg ein junger Mann mit einer Kappe, weißes Hemd, Kniebundhosen. Ihm nach sprang ein graubrauner Hund über den Fahrersitz ins Freie.

Platz!

Grüß Gott, sagte István. Brav. Schöner Hund.

Ungar?

Ja. Hört man, ich weiß. Ich heiße István. Was darf ich für Sie tun?

Der Gast warf seine glatten, blonden Haare mit einer Kopfbewegung nach hinten. – Marinic mein Name. Günther Marinic. – Er hielt die Hand senkrecht vor seinen Mund und flüsterte laut: Ich war hier das *bête noire*. Ein Hallodri, verstehen Sie? Das ist mein Aufpasser, nicht, Ludo? – Der Hund hechelte zu ihm hinauf. – Er ist ein Weimaraner.

Darf ich Sie bitten, Auto nach links hinten, sagte István.

Klar. Ich wollte nur einmal wie der Direktor hier vorfahren, und Sie haben mich auf das freundlichste empfangen, István. Wie gefällt Ihnen mein Auto? Sehen Sie sich ruhig alles an. Was sagen Sie zu der Farbe?

Sehr schön.

Der Händler meinte, es sei eine typische Damenfarbe. Besonders in der Kombination mit Eierschale.

István begriff, während er langsam nickte.

Ich bin diesem Fahrzeug vom ersten Moment an verfallen. Das viele Chrom, der Vogel hier, die Weißwandreifen. Sagen Sie, wäre es möglich, dass Sie die Reifen putzen?

Natürlich. In der Mittagspause. Kein Problem ist.

Schauen Sie sich das Lenkrad an, sogar das ist zweifarbig. Es gibt kein größeres Freiheitsgefühl, als mit den Händen locker auf der Querverstrebung die Richtung auszutarieren. Wollen Sie sich hineinsetzen?

István klopfte seinen Anzug ab und schaute Marinic fragend an.

Ach was. Ludo darf auch alles.

Vorsichtig nahm István auf dem Fahrersitz Platz, als könnte er dadurch Abdrücke vermeiden. Die Position des Sitzes passte perfekt. Er legte die Hände aufs Lenkrad und zog mit den Fingerspitzen die Rundung nach.

Dazu wird einmal ein Finger genügen, sagte Marinic zum Fenster herein. – So. – Er drehte ein imaginäres Lenkrad. – Wollen Sie zum Parkplatz fahren? Den Koffer kann ich ja einstweilen hier im Eingang abstellen. – Er öffnete den Kofferraum und zog einen marillenfarbenen Reisekoffer heraus. István stieg aus dem Wagen und trug den Koffer zur Tür.

Ich gehe mit Ludo voraus. Sie kommen zurecht, oder? – Marinic und der Hund setzten sich in Bewegung, der Schwanz des Hundes mit seinen langen Haaren ein Engelsflügel, Marinic leichtfüßig trabend. Der Tacho war ein grüner Streifen, er ging bis zu einer Geschwindigkeit von 150 km/h. Da musste man vielleicht zwanzig abziehen. Wie viel PS? Er warf einen Blick in den Rückspiegel. Eine Frau kam auf ihn zu. Etelka. Er startete den Wagen mit dem Zündschlüssel, kein Choker mehr hier, der Motor sprang sofort an. István legte den ersten Gang ein und bog langsam, mit eingezogenem Kopf, um die Ecke. Hinter dem Schloss entspannte er sich und genoss die paar hundert Meter, zweiter

Gang, in den dritten traute er sich nicht, obwohl der Motor ihn dazu drängte. Marinic, den er gerade überholte, zeigte mit dem Daumen heftig nach oben, der Weimaraner schaute genervt herüber, also dritter Gang. Er hielt den Wagen in diesem Summen, die Kurve zum Gelände hinaus kam viel zu früh. Vorsichtig parkte er den Fiat mit genügend Abstand ein und stellte den Motor ab. Ein paar Sekunden gestand er sich noch zu, ehe Marinic ihn einholen konnte.

Ludo, aus dem Befehl entlassen, raste herbei und sprang István bis zu den Schultern hoch. Der prüfende Blick des Hundes wollte alles von ihm wissen. István bemühte sich, keine Panik auszustrahlen. Marinic trat hinzu und nahm die Pfoten mitsamt dem Hund von seinen Schlüsselbeinen. – Platz!

István überging das schlechte Benehmen und schwärmte, so gut er konnte, von dem Fahrgefühl. Er verfluchte sein Deutsch, sein Kopf war voll mit Wissen um die Vorzüge des Wagens, und er konnte nur wie ein halb-analphabetischer Bauer reden.

Wie steht es mit der ungarischen Autoproduktion, fragte Marinic und schloss dabei die Augen zu Schlitzen, das erste unangenehme Signal, das er aussandte.

In Ungarn, Auto ist neue Kleinauto, ist gebaut von Ingenieure mit Flugzeug, Expert für Flugzeug, Ingenieure Puskás, Schwanner, Schadek. – Er wollte Marinic von dem berühmten Foto erzählen, das man in allen Zeitungen hatte sehen können, das Chassis des Úttörô über zwei Holzböcke gelegt, der kleine Motor hinten, die Kupplung stammte von einem Motorrad, die kleinen Räder von einem Karren. Die Ingenieure stolz und lachend dahinter. – Macht 80 km/h. Ministerium nicht zufrieden, Auto nach Székesfehérvár zu andere Ingenieur Horvath. In Revolution Horvath Anführer von Arbeiter in Székesfehérvár. Weg.

Sie wissen nicht, was mit ihm passiert ist?

In Ausland irgendwo.

Ich möchte Ihnen sagen, welche Hochachtung ich vor dem ungarischen Aufstand habe. Waren Sie auch beteiligt?

In Mosonmagyaróvár, sechsundzwanzigste Oktober. Friedlich war, keine Waffen, dann Kommandant von Kaserne, Geheimdienst, Schießbefehl. Viele Tote. Hundertzwanzig Tote.

Um Gottes Willen. Und Sie haben Glück gehabt?

Granatesplitter in Bein, alles gut. Entschuldigen Sie. Zurück zum Arbeit. – István sah gerade noch Etelka und den Direktor über den Hof laufen, Etelka in ihren roten Pumps, mit kurzen Schritten, die Hände zu kleinen Fäusten geballt neben ihrem Oberkörper rudernd.

Frau Földesch. – Der Deutschlehrer Palmetshofer begrüßte Etelka. Eine Leidensmiene überrannte sein Gesicht. – Das Hauptübel ist die Grammatik. Ich habe mir schon überlegt, ob ich mir ein ungarisches Grammatikbuch besorgen soll, damit ich verstehe, woher die Fehler Ihres Sohnes kommen. Ich müsste nach Wien fahren und es in der Stadtbibliothek ausleihen, das wäre mir alles nicht zu dumm, wenn ich nur endlich begreifen könnte, was sich da im Kopf von László abspielt. Sagen Sie mir noch einmal, liebe Frau Földesch, woher der Bub sein rudimentäres Deutsch hat.

Meine Mutter ist Ungarndeutsche, zuhause wurde beides gesprochen, Deutsch und Ungarisch. Laci hat von klein auf Deutsch gesprochen, aber eher schlampig, wir waren da nicht so streng mit ihm … und mein Mann –

– der Herr Földesch István, wie man bei Ihnen sagt, Familienname zuerst, wie bei uns in der Schule, beim Militär, im Telefonbuch –

– ja, mein Mann spricht schlecht Deutsch, obwohl er sich sehr bemüht. Von meinem Mann kann László nichts lernen, deswegen ist er gern mit seinen Freunden unterwegs, Poldi und Gustl –

– ah, die!

– und redet mit ihnen Deutsch. Er liest viel die Zeitung.

Und Bücher?

Auch, ja.

Die vom Buchklub der Jugend?

Ja.

Nun, ich will Sie nicht fragen, welche. Sie sollen nicht das Gefühl haben, bei einem Verhör zu sitzen, das wäre das Allerletzte. Wir meinen es gut mit Ihrer Familie. Laci hat alle Chancen, es hier zu etwas zu bringen, wenn er sich nur anstrengt und die Sache ernstnimmt.

Im ersten Stock des Schlosses gehen eine Reihe Lichter an. Der Scheich wird in mehreren Zimmern wohnen. Sie sind zwar nicht verbunden wie Zimmer in seinen Palästen, aber die Anstalt tut das Mögliche. Er kennt keine feste Butter, obwohl er Landwirtschaftsminister von Saudiarabien ist. Der Direktorpascha erwartet, dass der Scheich seine Frauen des Morgenlandes mitbringt, herrliche Düfte über hundert Meter. Er ist ein Frauenräuber und Betrüger, lass dir seine Papiere zeigen. Wecke mich bei der geringsten Ursache zum Verdacht! Das werde ich tun, Sidhi.

László vernahm ein seltsames Geräusch, wie das Plätschern von Wellen in der Wüste.

Es kann nicht sein. Sie sind viele Klafter entfernt vom Strand des Roten Meeres. Dort kämpfen die Beduinen gegen die Russki und warten auf die Ankunft des Effendi, der ihnen seinen weisen Rat geben wird. Als Jüngling hat er sechzig Russki mit dem Säbel enthauptet. Der Kopf des verhassten Rákosi rollte die Wiese hinunter. Kein Hund scherte sich um ihn. Keine Träne. Die Kinder bekamen von der Schule frei und legten Äpfel vor die Tür des Palastes, in dem der Effendi wohnte.

Der Opel des Direktorpaschas biegt um die Ecke, darin drei weiße Figuren. In diesem Augenblick kommen die Diener des Direktors aus dem Haus. Der Vater ist von den Arabern gefangen und nirgends zu sehen. Die Diener kommen von der Jagd, ihr Kopfschmuck ist ein Gamsbart, es rauscht un-er-hörlich. Der Opel bleibt stehen, Direktorpascha springt heraus und läuft um das Auto, Türen öffnen für den Gast und hintere Gäste. Der Scheich aus Saudiarabien steigt wie eine Klosterschwester aus dem Wagen, bodenlanges Gewand mit einer Hand in Falten. Er hält den Umhang mit der Hand hoch, um ihn nicht im Boden mitzuziehen. Sein Gesicht ist braungebrannt, trägt schwarzen Bart und Brille, schade. Mit Seil um Kopf wie Jesus mit fünfzig und grantig. Hinter dem Scheich noch zwei Saudiaraber.

Willkommen! schrie László so laut, dass es ihn selbst erschreckte. – Willkommen im Mekka der Weißen Gilde!

Der Direktorpascha erblickte ihn, zog ihn am Arm vorwärts. Der Scheich schaute ihn durch seine dicken Brillengläser an.

Was fällt dir ein, László? – Aber der Direktorpascha war nicht böse, er sang sogar ein wenig, mit großer Plage.

Weiße – Gilde? fragte einer der beiden Begleiter.

Weiße Mäntel in Molkerei, erklärte der Direktor, als könne er keinen richtigen Satz. – Der Begleiter sprach mit dem Scheich, es klang wie Knochenessen. Der Scheich legte eine Hand an die Schulter und verbeugte sich vor László. László tat es ihm nach, wechselte schnell die Hand, als er begriff, dass auch er die rechte Hand nehmen musste.

Der Direktor schritt mit seinen Gästen zum Tor und verschwand dahinter, die Jäger und Lehrer der Anstalt schauten László mit Kohleaugen an. Er rannte weg. Gern hätte er dem Landwirtschaftsminister seine Adresse gegeben. László kickte mit dem Schuh in den Kies. Möglicherweise wurde er von der Kanzlei im ersten Stock beobachtet.

Büchse und den Stutzen lässt er zurück und legt schweren Herzens seine dunkle Wollmütze ab, um nicht aufzufallen. Der Vater ist zusammen mit Schejtan in den Keller gesperrt. Schejtan kann unsichtbar sein, ein Messer fliegt durch die Luft und dreht sich auf dem Weg. Nur Allah ist allwissend, aber Laci hat scharfe Augen und eine Frisur. Vom Schlosshof hallen die Abendgebete heraus, bald wird es Zeit fürs Nachtmahl sein, um der fallenden Nacht mit vollem Magen entgegenzusehen. Deine Waffen liegen neben dir im Bett. Zwei Männer werden vor deiner Tür schlafen.

Laci? Wo warst du? – Wenn er so lange mit seinen Schuhen trödelte, wusste Etelka, dass er ein schlechtes Gewissen hatte. – Hast du Papa gesehen?

Lászlós Wangen brannten. Er schüttelte den Kopf.

Du warst bei der Ankunft der Gäste, stimmt's?

Mhm.

Erzähl doch.

László zog die Schultern hoch. – Nichts Besonderes. Sie haben keine Pferde mit.

Hast du das erwartet?

Sie sind berühmt für die Araberhengste.

Wie sollten sie die wohl mitbringen von so weit her?

Mama. Der Scheich kann alles. Es wäre hervorragendes – ein hervorragendes Gastgeschenk.

Pferde? Hier? Wir werden vielleicht bald gar keine Pferde mehr hier haben.

Wer sagt das?

Ich hab das nur so gehört, es muss nicht stimmen. Laci! – László war mit einem Mund voll unterdrücktem Weinen von der Küche ins Zimmer gestürmt. Sie wollte ihm nachgehen, aber das würde nur zu größerem Trotz führen. Sie hatte Angst um ihn, sie war zornig auf ihn, sie war zornig auf Pischti, der es blendend verstand, die unangenehmen Seiten der Erziehung ihr zuzuschieben. Sie wollte sich ja mit Laci freuen, über den Scheich, über alles, was sie trotzdem schafften, wenn da nicht die Sorge um seine Schulerfolge wäre. Alle Hoffnungen der Familie musste Laci tragen. Er durfte nicht einfach ein schlechter Schüler sein, bloß weil er die Grammatik nicht ganz erfasste.

Ich war beim Sprechtag, sagte sie an der Tür zum Schlafzimmer. Du hast recht. Dein Deutschlehrer ist wirklich unangenehm. – Stille drin. Einen Satz musste sie ihm noch geben. – Ich verstehe jetzt, was du meinst. Lass uns darüber reden.

László kam heraus. – Wenn das stimmt mit den Pferden, dann –

Ich weiß es nicht, Laci. Setz dich zu mir. Ich möchte das schnell hinter uns bringen, bevor Papa kommt. – László begann, am Rand des Tischtuchs herumzufingern, sie musste ihn gar nicht dabei sehen, die kleinen Falten bekamen graue Ränder davon. – Laci, der Lehrer Palmetshofer ist ein älterer Mann, der sich nicht mehr auf junge Menschen einstellen kann. Vielleicht war er im Krieg und hat etwas Grauenhaftes erlebt –

– als Nazi –

– das wissen wir nicht, das geht uns nichts an. Wir können ihm nur mit Leistungen entgegentreten, das sagen wir uns ganz nüchtern. Wir erbringen diese Leistungen nicht, weil er das so verlangt, sondern für uns, für dich, für dich allein. Die ungarische Grammatik ist viel schwieriger als die deutsche, Ungarisch ist eine der schwierigsten Sprachen überhaupt. Kaum einer kann es lernen, aber Deutsch lernen viele.

In der Aussprache bin ich nicht schlecht, aber diese verfluchte Grammatik. Alles steht verkehrt.

Laci, ich mache dir einen Vorschlag. Wir lesen jeden Nachmittag einen Abschnitt in der Grammatik und überprüfen es mit einer Stelle aus Karl May. Ganz gewissenhaft.

Und mit der Zeitung! Vor allem mit der Sportseite.

Etelka seufzte. – Meinetwegen. Du! – Sie rüttelte László am Arm und grinste. Der sagte: Weißt du das Neueste über Puskás? Die Sperre wird heuer aufgehoben!

Die neue Lehrerin Agnes Wiesbauer kam mit den Schularbeitsheften vor der Brust ins Klassenzimmer gestürmt. Vor wem lief sie weg? Hatte sie einen Freund?

Sie ist schon alt, dachte László traurig, aber manchmal verliebt sich junger Mensch mit alten Mensch.

Er hatte keine große Hoffnung auf etwas Besseres als einen Vierer, obwohl Agnes wie ein Rettungsengel den Lehrer Palmetshofer abgelöst hatte. Dieser war vor ein paar Tagen ins Krankenhaus eingeliefert worden. Der Engel begann mit der Verteilung der Hefte. Die arme Agnes ist beim Wochenende gesessen und hat keine Freude gehabt. Vielleicht ist sie gar nicht achtundzwanzig. Vielleicht lügen und trügen die Ringe unter ihren Augen.

Das Thema, Ihr kleinen Affen, war »Ein Held«. – Die Schüler kicherten. Sie durfte das, sie meinte es nett. – Einige von euch haben über Bundeskanzler Figl geschrieben. Das zeigt, dass ihr auf Österreich stolz seid, obwohl der Bundeskanzler Julius Raab heißt. Aber ich weiß, was ihr gemeint habt, Außenminister Figl war in der Besatzungszeit Bundeskanzler und hat 1955 den Staatsvertrag für die immerwährende Neutralität ausgehandelt und uns von den Russen befreit.

László hörte zu, fast ohne zu atmen. Ihm wurde ganz

schwer in der Brust. Sie sollte nicht weiterreden von den Russen. Er wusste das besser.

Für einen war der Held sein Onkel, der viel mitgemacht hat und endlich aus Sibirien zurückgekommen ist. Einer hat über unseren Herrn Pfarrer geschrieben, der beim Abmarsch der Russen mit dem Kirchenchor ein Lied auf der Straße gesungen hat. Einer über seine Großmutter, die sich im Krieg unter dem Klavier versteckt hat und erst wieder sprechen lernen musste. Es ist schön, Karli, dass du über deine Großmutter mit so viel Phantasie geschrieben hast. Übrigens erscheinen hier nur wenige Hel*dinnen*.

Die Agnes schwieg. Aus Trauer, weil es keine mutigen Frauen gab. László versuchte, sich und seine Schulkameraden als Affen in einer Savanne zu sehen, am Boden sitzend, aufmerksam zuhörend, voll Sorge in den Affengesichtern. Ob er ein fescher Affe wäre? Die Agnes müsste einen Tropenanzug tragen, weil sie natürlich keine Affenfrau wäre. Das helle Gesicht, die blonden Haare aus Dauerwelle springen unter dem Helm hervor, der Anzug in Sandfarbe, Taschen an Oberschenkel für Werkzeug und Zollstab. Warum redete sie nicht weiter? Warum schaute sie ihn an?

László. – Ihre gütigen Augen kamen ihm sehr nahe. Einige Schüler kicherten bereits. – Du hast trotz Grammatikfehlern einen Zweier bekommen. Dein Aufsatz ist so gut aufgebaut, so spannend geschrieben, da musste ich dir einen Zweier geben, trotz der Grammatikfehler.

Einen Zweier? Ich?

Die Agnes legte ihm das Heft auf die Schulbank. Ferdi beugte sich darüber, László schob ihn weg, wollte sein Heft selbst anschauen. Ein großer Zweier in Rot, goldene Sternlein prangen, wie sonst nur bei Einsern. – Du darfst uns den Aufsatz vorlesen. – Von hinten kamen dumpfe Laute. Keiner lachte. Es war mucksmäuschenstill. Die Agnes sagte ganz leise: So etwas will ich nie wieder hören. – Lászlós Ohren wurden rot, er wusste, dass es der Stiegler war.

Bist du bereit?

Ja. – László räusperte sich. – Ein Held. In diesem Jahr ist Puskás Ferenc endlich frei. Wer ist Puskás Ferenc? Die Antwort heißt: Der größte Held Ungarns vor Nagy Imre. – László schaute irritiert auf, in der Bank daneben wachelte Karli mit dem Zeigefinger. Die Agnes schüttelte den Kopf.

Puskás Ferenc ist geboren in Viertel Kispest von Budapest. Mit fünfzehn Jahren spielte er bei Kispesti AC. Vier Jahre nach Weltkrieg Kispesti AC heißt mit anderen Namen Budapesti Honvéd. Alle Spieler müssen zur Armee gehen und werden Offiziere. Puskás nennen sie ihn »Der galoppierende Major«. Für den Major ist es eine große Ehre, wenn sie auf Fußballfeld Applaus machen für ihn. In Ungarn sind nicht viele Majoren, welche sie den Applaus kriegen. Das hat den Grund wegen der Revolution. Wir hören noch davon. Erste Jahr bei Budapesti Puskás schießt fünfzig Tore. Er könnte mehr schießen, aber hört auf bei fünfzig für runde Zahl.

Als Krieg fertig ist, kommt Puskás in August 19–45 in Ungarische Nationalmannschaft. Erste Spiel ist gegen Österreich mit 2:0, ein Tag später 5:2 wieder gegen Österreich. Beides Spiele sind Freundschaftsspiele, die Ungarn mögen die Österreicher. Deshalb sind wir bis heute so dankbar für die Hilfe von Österreich.

Jeder Ungar weiß Namen von Goldene Elf beim Herzen. Grosic, Buzánszky, Lóránt, Lantos, Bozsik, Zakariás, Budai, Kocsis, Hidegkuti, Puskás, Czibor. Wir schreiben 19–52. Goldene Elf holt mit Puskás Olympische Goldmedaille. Königreich England hat in diesen Moment die frische Königin Elisabeth. Ein Jahr weiter und es ist 19–53, Königin Elisabeth weint mit ihre Prinzen über größte Niederlage. Puskás sieht Tränen der Königin und denkt an seine Ehefrau Erzsébet zuhause. Weint auch, aber Tränen der Freude. Was passiert ist: Goldene Elf besiegt England 6:3 in Wembley Stadium. So lang England hat alle Heimspiele gewonnen, jetzt Offensive von Ungarn macht Schluss mit Jubel und Heiterkeit in England. Kleiner Mann Puskás mit Bauch vom Bier besiegt alles mit seine linke Bein.

Es war noch immer völlig still. Stiegler, Karli, alle hielten den Mund, keiner wagte ein Geräusch. László spürte eine kalte Hand auf seiner Wange, wie beim Fieber. Sein Hals war trocken, er sammelte Spucke und schluckte sie. Die Agnes musste es gehört haben.

Weltmeister Ungarn fährt als Favorit nach Bern zu Weltmeisterschaft 19–54. Wir zerstören Südkorea 9:0, Deutschland 8:3. Deutscher Verteidiger (Name vergessen) hat Foul an Puskás für zwei Spiele. Puskás trinkt viel Bier in Trauer und spielt in Finale wieder mit. An Hand von große Schmerzen spielt er mit Zähnen. Erste Tor von ihm, Ungarn geht in Führung bei Halbzeit 2:0, und dann geschieht große Katastrophe. Puskás schießt 3:3 in vorige letzte Minute: nicht gültig! Abseits! Das ist wie Verschwörung, niemand weiß, ob das Abseits gerecht ist. Für andere Nationen ist Zweiter bei WM wie große Sieg, für Ungarn ist Niederlage.

Das Ende des Films ist nahe. Vierzehnter Oktober Freundschaftsspiel gegen Österreich in Wien 2:0, keine Überraschung für alle. Zehn Tage später ist Ungarn in Aufstand, Puskás hat großes Glück mit Honvéd in Spanien. Die Mannschaft geht nicht zurück in Heimat, Puskás Erszébet und Familie flüchtet. Es erscheint ein gütiger Engel und gibt Vertrag für eine Tournee in Südamerika. Puskás kommt nach Wien. Sowjetische Ungarn bedrohen FIFA und alle ungarische geflüchtete Spieler bekommen Sperre.

Bis jetzt.

Jetzt ist Puskás Ferenc endlich frei.

Dezember 1958

Die Bäckerei lag im zweiten Stock unter dem Dach der Kaserne und versorgte die Internatsschüler. Ein großer Kolosseus-Backofen in der Ecke. Das Mehl wurde in tiefen Laden aufbewahrt, die klemmten. In dem braunen Emailgeschirr, kaum eins ohne eine schwarze Scharte, innen grau geperlt, sah Etelka ein kleines Kaninchen sitzen, das sich duckte. Große Küchenwaagen bis zehn Kilo. Die kleinen bis fünf Kilo, die mochte sie. Zuhause hatten sie die gleiche gehabt, das hellgelbe Gehäuse mit der schrägen Gewichtschiene, die eckige Auflageschale.

In der Mitte ein großer Arbeitstisch, an dem man sich nicht aus den Augen verlor. Über der Tür die rote Uhr.

Freitagnachmittag backten die Frauen der Kaserne ihren Wochenbedarf an Brot. Prüfende Blicke, verklebte Hände, Unterarme braungebrannt oder mit Sommersprossen, das faltige Dekolleté der Toni, wenn sie einen Teig schlug – Etelka musste sich überwinden. Schweißtropfen fielen der Toni von der Stirn, sie gab das Tempo vor. Sie steigerte es, als treibe sie einen Teufel aus dem Teig. Oder schlage Stück um Stück von einem weichen Körper ab, zur Strafe.

Bald nahm Etelka auch am gemeinsamen Buchtelbacken teil. Freitag war Mehlspeistag. Der Fisch fehlte ihr. Wie alle Familien hielten sie ein Schwein in einer Koje beim Stall, für das Pischti verantwortlich war.

Brauchst du den Weitling noch? fragte sie Rosa.

Nimm ihn. Ich bin fertig mit dem Teig.

Etelka hatte keine Mühe, die Mundart der Kasernenfrauen zu verstehen. Mit dem Reden kam sie mittlerweile zurecht. Die neue Umgangssprache gab ihr eine unerwartete Gewissheit: Ihr ungarischer Akzent hatte keinen Zutritt.

Gestern hat wieder einer von den Buben so wild Fußball gespielt gegen die Dreierwand, dass man geglaubt hat, der will das Haus niederreißen. – Die Toni streifte sich die Hände an der Schürze ab, steckte eine Nadel an ihrem Zopfkranz fest. Die Haupthaare waren weiß, die dünnen schwarzen Enden hatten einer jüngeren Frau gehört. Sie drückte ihr Gesicht in den Hals und bestätigte ihre Empörung.

Welcher? fragte Anna. Meiner?

Die Toni schüttelte zornig den Kopf.

Etelka wollte ihr den Triumph nicht gönnen, alle durchfragen zu lassen, bis endlich herauskommen würde, dass es Laci war. – Wenn es Laci war, werde ich ihn zur Rede stellen.

Wenn man sich gleich entschuldigt, würde einem ja ein Zacken aus der Krone fallen. Wieso kann man nicht zugeben, dass man seinen Buben nicht im Griff hat? Unsere sind auch keine Engel, aber wir blasen ihnen den Marsch, wenn es etwas gibt. Mein Alois braucht dem Buben nur die Hand zeigen. Der Herr Flüchtlingsbub ist natürlich etwas Besseres. Der darf alle terrorisieren. Er wird ein großer Fußballer werden.

Schluss jetzt, Toni! Du weißt ja nicht mehr, was du redest. – Rosa hatte mit der Hand auf den Küchentisch geschlagen. Das Mehl staubte auf der Platte.

Wieso? Was rede ich? Alle reden so. Es traut sich nur keiner etwas zu sagen!

So wie du redet keine von uns! Ja, ja, ja, manchmal geht uns der Laci auf die Nerven mit seinem ewigen an die Wand schießen, mein Gott? Der Bub hat viel durchmachen müssen. Der ist unter den Russen großgeworden. – Bertis Sätze stürzten aus ihrem Mund.

Deswegen hat er ja russische Manieren, schrie die Toni. –

Stille. Viel Zeit passte in diesen Moment, in dem Etelka das Gesicht der Toni vergaß. Dann sagte Etelka, langsam, so dass die Toni jedes Wort verstand:

Alles, womit man einem Menschen wehgetan hat, wird mitgehen am letzten Tag.

Die Toni schaute wütend in die Runde um den Tisch. – Bist du nicht am Reidlingberg oben gesessen, in dem Loch unter der Stiege, und hast geplärrt vor Angst, dass dich ein Russe holt, Berti? Wenn sie dir nachlaufen und die Luft geht dir aus auf der Leiten, und –? Sind unsere Buben deswegen Fratzen geworden? Nein!

Es ist genug, Toni, sagte Hanni. Was du gesagt hast, war eine Gemeinheit. Dafür müsstest du dich entschuldigen. Und du, Etti, sag dem Pischti, er soll sich den Laci einmal richtig vornehmen. Das wird ihm nicht schaden. Der wird einmal ein Feschak, flüsterte sie und kniff Etelkas Oberarm dabei.

Nichts reden. Nichts denken. Die Hände zeichnen Kreise ins Mehl. Laci. Seine trotzigen Augen. Die weiche Kontur seiner Oberlippe, der vollendet schöne Schwung seiner Lippen, die Mundwinkel für die ersten halben Küsse, das Schüchterne dort, das nie vergehen wird. Sein braungebrannter Nacken.

Etti, was denkst du jetzt?

Etelka schloss kurz die Augen zu Berti hinüber. Nun begannen wieder die Geräusche des Arbeitens.

Hab ich dich –?

Sie lehnte an einem Baum, Gesicht zur Sonne. Drei Bäume hatte sie, die ihr Halt gaben. Der Nussbaum verlor als erster seine Blätter, bekam sie als letzter. Trotz seiner Größe war er feinfühlig, phantasierte mit ihr, dass sie auf einem Ball gerade die letzte Drehung mit dem Rücken zu ihrem Tanzpartner beendete, den Körper des Mannes spürend, ein schlanker Mann, ein eleganter Mann, sein Atem blies über ihr Haar, seine Finger hakten sich in ihre, Handfläche gegen Handrücken. Zu ihrem Nussbaum ging sie in einen verbotenen Film.

Die zwei Apfelbäume waren frech und rauh. Einige Male war sie hängengeblieben und hatte sich mit größter Mühe aus der Rinde fädeln müssen, in Sorge, nein, in höchster Erwartung, *er* könnte vorbeikommen und ihr behilflich sein. Sein Gesicht gespielt traurig, weil sie sich so schwer verletzt haben könnte an der bösen Rinde, seine Lippen an ihrem Hals, noch beim Küssen verwandeln sie sich in ein stummes Lachen, und dann schnappt er nach ihrer Wange und ihrem Mund. Er darf das, es gehört zu seinen Privilegien, sie wehrt sich nicht. Sie will es nicht wollen, aber sie will es umso mehr. Es geschieht nur in Sekunden. Minuten. Er zieht ihr die Zeit unter den Füßen weg. Was geht dir durch den Kopf, Etelka? Erzähl mir etwas von deinem Wintermantel.

Der Mantel von Moden Köteles in Sopron. Das große Schaufenster war nicht hoch genug, die Puppen in Stöckelschuhe zu stecken. Mit einem langen dünnen Bein standen sie barfuß auf dem Boden. Das zweite Bein imitierte eine Götterbotin im Flug, so überbrachten sie einander die Gerüchte der Stadt, wohligen Verdacht, der denen draußen vor dem Fenster galt. Vor Weihnachten wurde der Boden mit Glitzer bestreut, Champagnergläser zeugten von Silvesterstimmung, und die Puppen trugen Pelzmäntel im Arm über dem kleinen Schwarzen, wie immer barfuß.

Etti? Dein Teig wäre jetzt fertig. – Rosas weißes Kopftuch war ihr in die Stirn gerutscht, sie schob es mit den mehligen Fingern hoch, nicht zum ersten Mal, der brünette Haaransatz war weiß gepudert. Sie riss es sich vom Kopf und schleuderte es in die Ecke. – Wer ein Haar von mir im Brot findet, darf sich etwas wünschen. Für die Erfüllung garantiere ich nicht.

Das gilt nicht!

Typisch Rosa!

Alle lachten, die Erleichterung war zu spüren. Das waren sie am liebsten: Frauen, die rasch lustig wurden, sich nichts gefallen ließen, schnelles Mundwerk. Etelka hörte die robusten Pumpgeräusche, die aus Rosas, Annas, Bertis Mund drangen, ehe sie sich stöhnend die Tränen aus den Augen wischten. Danach wurde es ein paar Augenblicke lang still, während Rosa mit offenem Mund und gerunzelter Stirn an ihren Haaren zog, starr, bis ihr Gesicht neuerlich in einen Schwall von Schreien und Lachen ausbrach. Etelka mit, halb so laut. Einzig die Toni lachte nicht.

Rosa blieb mit ihrem wilden Blick in Etelkas Gesicht. Ihre Pupillen waren schwarz, zeigten die dunkle Bereitschaft, sie zu verstehen und freundlich zu ihr zu sein. Rosa wollte wirklich wissen, woher Etelka kam und was ihr den Sinn so verstellte. Nichts von früher verband sie, keine Mädchendramen, keine Geheimnisse. Es könnte der Weg zu einer Freundschaft sein. Eine neue Geschichte beginnen, der ansteckenden Rosa ein Geheimnis anvertrauen. Pischti und Laci, alles kostete so viel Kraft, und dazu noch … Sie spürte den Rhythmus ihres marschierenden Schluchzens.

Rosa, sagte ihr Blick in die schwarzen Pupillen, du kannst mir nicht helfen.

Mittagessen um ein Uhr. – Weitmann zeichnete ein verbeultes Rechteck, setzte fünf Punkte an den Tisch. Er malte ein Kreuz für sich selbst und eine kleine Figur im Kleid, wechselte zu einem roten Kugelschreiber und zog zwei winzige Spiralen, das waren die roten Schuhe.

Damit rechnen die nicht, dass wir hier eine perfekte Dolmetscherin haben. – Weitmann stand auf und steckte die Hände in die Hosentaschen, seine Finger klopften. Etelka jagte ihre Augen gleich wieder hoch in sein Gesicht.

Was ich dich neulich bereits fragen wollte, als wir die Delegationsliste der Ungarn bekamen: Kennst du den jetzigen Leiter der Versuchsanstalt in Mosch-madsch von früher, diesen –? – Weitmann hielt ihr das Blatt mit den Namen hin. Fünf leitende Beamte von landwirtschaftlichen Staatsbetrieben.

Fülöp Márton. Nein. Einen Fülöp kannte ich nicht.

Was wird geschehen, wenn ich dich als Frau Földesch vorstelle? Ist das ein häufiger Name?

Nicht so häufig wie zum Beispiel Németh und Horváth. Aber die wissen, dass die Tochter des Akademieprofessors Koltai mit István Földesch geflüchtet ist. Da braucht er nur eins und eins zusammenzuzählen, dieser Fülöp.

Also wäre es besser, deinen Familiennamen nicht zu verraten? Tja. Das habe ich nicht bedacht. Das tut mir leid. – Weitmann legte die Hand auf ihre Schulter und wanderte mit dem Daumen zu ihrer Wirbelsäule. – Lies mir die anderen noch einmal vor, ich möchte unsere Gäste beeindrucken.

Orosz Péter.

Oross Peetäär. Du darfst mich ruhig loben.

Tóth Lajos.

Toot Lajosch. – Weitmann hatte die ganze Zeit ihre Lippen nicht aus den Augen gelassen. – Sehr schwierig, dein Ungarisch. Ach, Etelka. – Er zog sie zu sich und schaukelte sie beide leicht hin und her. Vor dem Fenster. Gut, dass es Winter war. Sie wollte diesen Moment nicht durch ihre Angst sprengen. Er roch so gut. Seine Frau war die meiste Zeit in Wien.

Weitmann löste sich behutsam von ihr und zog sein Sakko

aus. Immer war ihm heiß. – Neuerdings fällt mir mein Großonkel öfter ein. – Er deutete zu seinem Bürosessel, wo Etelka Platz nahm. Er selbst lehnte sich an das Fensterbrett.

Mein Großvater hatte vier Brüder, der jüngste, nur zwölf Jahre älter als mein Vater, war der Mensch, den ich am meisten verehrt habe. Genaugenommen der einzige. Er hatte vor dem Ersten Weltkrieg ein paar Jahre in einer Kolonie auf einer Alm in der Schweiz gelebt. Der wusste Geschichten, dass mir die Ohren rauschten. Sie liefen ohne Kleider herum, bemalten gegenseitig die schönen Körper und umarmten einander ständig. Er fand dort seine große Liebe, eine junge Frau aus Norddeutschland, die er auf dem Bahnhof in einem Ort namens Wüsterbrunn kennengelernt hatte. Sie wollten beide auf diese Alm. Bei einer nächtlichen Kletterei stürzte sie ab. Die hatten geglaubt, sie seien unverwundbar.

Warum erzählst du mir das, dachte Etelka.

Als er zurückkam, brachte er sich das Geigenbauen bei, einfache Fiedeln. Geigenbauen, Etelka! Wenn wir ihn besuchten, spielte er uns fremde Volkslieder vor, ruthenische, wir wussten nicht, was das bedeutete, slowakische, französische. Er hatte eine zarte Frau geheiratet, bevor er einrücken musste. Zuletzt war er am Isonzo. Eine aussichtslose Sache. – Er seufzte tief. – Jetzt habe ich dich erschreckt. Heute mache ich alles falsch.

Nein, sagte sie leise. Du weißt, dass das nicht stimmt.

Er legte beide Hände an sein Gesicht, schloss die Augen.

Haben wir eine Zukunft? dachte Etelka. Sie erschrak. Zum ersten Mal hatte sie diesen Gedanken zugelassen. Wenn auch er ihn zuließ?

Zurück zu unserer Delegation, sagte Weitmann. Kommunisten sind sie alle, sonst dürften sie nicht reisen. Wer von denen ist ein Spitzel?

Ich glaube nicht, dass wir das herausfinden werden.

Hochgestellter Mantelkragen? – Weitmann konnte schon wieder lachen.

Spitzel sehen normal aus. Das macht sie so gefährlich, sagte Etelka hart.

Weitmann schlug mit zwei Fingern auf das Sims. Er anerkannte ihre Autorität. Er trat mit einem Ruck vom Fenster weg und zog Etelka aus seinem Schreibtischstuhl hoch. – Ehrlich: Hast du Angst, Etelka? – Seine Hände hielten ihre Oberarme. – Ich werde dich nicht entführen lassen, da kannst du dir ganz – festes Drücken und Schütteln – ganz sicher sein. Nm?

Fülöp Márton ... es gab einen Werkzeugmechaniker Fülöp, der eine Zeit lang im Betrieb war. Der erwähnte einmal einen parteitreuen Cousin, einen 150prozentigen, der irgendwo etwas Landwirtschaftliches unterrichtete. Mir ist das gar nicht recht. Er hätte dich ruhig fragen können, ob wir das wollen.

Etelka schwieg. Sie schwieg dreimal. Und noch viele Male, bis sie alles vergessen haben würde. Bis Pischti aufhören würde, ihr die Fragen zu stellen, die für jemand anderen bestimmt waren. Sollte er doch mit Weitmann darüber verhandeln, was ihnen recht war und was nicht. Was mir recht ist! schrie sie sich selbst an, ihr Schweigen, das die geringere Mühe schien, ein Ausweg, der sich in einem Halbdunkel verlor, einem verhüllten Land, in dem ein Weg kein Weg mehr war, eine Gewissheit keine Gewissheit, in dem jeder Gedanke sich in einen schläfrigen Schmerz verwandelte.

Du musst mit Laci über das Fußballspielen am Abend reden. Das ist deine Aufgabe, nicht meine. Immer muss ich mir die Gemeinheiten der Toni anhören.

Welche Gemeinheiten? Was hat sie über unseren Laci gesagt?

Dass er ein arroganter Flüchtlingsbub ist, der russische Manieren hat. So. Nun weißt du es.

Ein arroganter Flüchtlingsbub mit russischen Manieren. – István wiederholte die Botschaft langsam, prüfte ihre Gültigkeit. Er hatte den Kopf in den Händen. Etelka wartete auf einen zornigen Schrei. Er schien sich dummzustellen vor sich selber. Er sollte schreien, heute war es ihr egal. Er sollte den Druck aus seinem Kopf lassen, er hatte Christbäume vom Reidlingberg heruntergebracht. Es war ihr egal, wenn es alle hörten. Sie hatten ja russische Manieren. István strich sich mit allen Fingern durch die borstigen Haare bis nach hinten.

Kümmere dich nicht um diese alten Weiber. Gegen die kann man nichts ausrichten. Einem Mann kannst du eins drüberziehen, dass er sich nicht mehr auskennt, wer er ist –

Das kannst *du*, nicht ich. Und wenn du glaubst, dass deine Ehre dann gerettet ist, tust du mir leid.

Davon verstehst du nichts, Etti.

Ich hab der Toni etwas entgegnet. Ich glaube, das hat ihr zu denken gegeben. Nein, Pischti, ich sage nicht, was es war, du würdest mich auslachen. – Früher einmal hatte er alles richtig gemacht. Die Sonne auf den Härchen seiner Unterarme, wie an jenem Nachmittag beim Baggersee, sein Kopf im Halbprofil mit der schlanken Nase, dem Tagesbart. Er hatte es sich zugetraut, sie anzusprechen, sie zeigte ihm, dass sie sich auserwählt fühlte. Er las viel. Er hob sie mühelos auf einen Traktor, und sie hatte das Gefühl, es sah elegant aus.

Mosonmagyaróvár, flüsterte Pischti nach einer Weile, als sei er neben ihren Gedanken hergegangen. – Ohne dich und Laci würde ich das nicht aushalten. In den letzten Wochen hab ich mir manchmal überlegt, ob wir von hier weggehen sollen. Nach Toronto, zu András.

Etelkas Herz galoppierte. – Was willst du dort arbeiten?

Ich bin dreiunddreißig, du einunddreißig, Etti. Wir sind noch lange nicht alt. Wir haben diese Flucht nicht durchgestanden, um hier mit gestutzten Flügeln herumzusitzen. – Er machte eine lange Pause, in der sie weitere Fragen zurückhielt. – Ich bin mir nicht mehr sicher, ob ich dich hier glücklich machen kann, sagte er schließlich.

Etelka bewegte den Kopf nicht, sah nicht zu ihm hin. Was er vermutete, wie er sich das erklärte, wollte sie nicht hören, würde sie nicht aushalten.

Seit dem Flüchtlingslager hatten sie keinen Kontakt mit Landsleuten gehabt. Pischti träumte von einer Fahrt nach Wien zu den Emigrantenvereinen. Gelegentlich hörten sie auf Kurzwelle Radio Budapest. Redet Ungarisch, schnappte Pischti, wenn er den Gesprächen seines Sohnes und seiner Frau nicht folgen konnte. Etelka bezweifelte, dass Pischti je über seine Gummistiefelsprache, wie sie es bei sich nannte, hinauskommen würde.

Wenn bloß Laci nicht auf dumme Ideen kam. Er wusste von dem bevorstehenden Besuch, hatte sich nicht geäußert dazu, als ginge es ihn nichts an. Eine schmerzfreie Erinnerung an Mosonmagyaróvár, die wünschte sie ihm. Er kannte nur die kleine Stadt an der Lajta und Sopron. Nach Budapest waren sie nie gefahren. Für den Alltag gab Laci sich mit herausragenden Leistungen österreichischer Sportler zufrieden. Wenn jedoch Ungarn spielte oder ein Ungar einen Sieg errang, freute er sich mit einer viel wilderen Begeisterung. Daraus schloss Etelka, dass er hungerte, von sich selbst abgeschnitten war. Seine Gefühle waren unbrauchbar für die neue Heimat.

Es war der erwachsene Schmerz über das viel zu große Gebilde des Ungarntums, das in ihm auf seinen Auftritt wartete. Er hasste das Ungarische, wenn man es ihm abverlangte, kam zornig von der Schule heim, wenn ihn wieder einmal jemand auf seine Vorliebe für scharfes Essen angeredet hatte. Laci merkte gar nicht, dass er innerlich dieses Spiel mitspielte, wenn er die schlechten Deutschkenntnisse seines Vaters verachtete oder es nicht aushielt, wenn Pischti ein ungarisches Volkslied sang, leise in der Wohnung.

Niemand hatte bisher etwas bemerkt. Wenn sie die Kanzlei verließ, die Tür hinter sich abschloss, kehrte sie fast in ihr altes Leben zurück, in die Gewissheit der beiden ihr anvertrauten Menschen. Mit Weitmann hatte sie keinen Boden unter den Füßen, es war ... wie ein paar Zentimeter darüber schweben, wie um die Taille gefasst und durch die Luft getragen werden. Laci durfte niemals erfahren, dass seine Mutter eine Lufttänzerin geworden war.

Nicht lange, und die zynischen Kadergesichter würden eintreffen. Es würde genügen, das Sprachrohr Weitmanns zu sein. Aus ihrem Leben musste sie kein Wort preisgeben. Alle ungarischen Wörter würde sie preisgeben.

Es ist soweit. Sie müssen gleich da sein. Denen werden wir es zeigen, nicht wahr, Etelka? – und, mit einem Blick ihre Figur hinunter – schön, dass du die roten Schuhe trägst. Wird das gehen im Schnee?

Ein grauer Kleinbus fuhr vor. Das ungarische Kennzeichen – nicht sentimental werden. Ein Glück, dass es keine Ortskennzeichen gab. Die Gäste stiegen aus, gingen mit forschem Schritt auf Weitmann zu, viel zu langes Händeschütteln. Einstudierte deutsche Grußworte, »Guten Tag« und »Wir danken für die Einladung«. Beim ersten Satz in ihrer Muttersprache begann das Blut in Etelkas Ohren zu pochen. Eine harte Funktionärsstimme wie aus dem Rundfunk zwang die anschmiegsame Melodik zum Verrat.

Frau Etelka wird für uns dolmetschen.

Frau Etelka –? fragte Fülöp. Sehr erfreut.

Das Versteckspiel flog in der ersten Minute auf. Mit Blicken sagten sie einander, was es zu sagen gab … schuld daran … nicht zum Begräbnis meines Vaters … konterrevolutionäre Aktionen … Volksrepublik Ungarn unerlaubt verlassen …

Ihre Übersetzerstimme trug Fragen und Auskünfte zwischen Weitmann und Fülöp hin und her. Dauer der Fahrt, alles war eine Beleidigung ihrer Flucht. Fülöp berichtete von dem mühelosen Grenzübergang auf der ungarischen Seite, den längeren Kontrollen der österreichischen Beamten. Er war eindeutig einen Rang höher als seine Begleiter. Etelka musterte ihre Gesichter, langsam bekam sie Übung darin, gleichgültig auszusehen. Keiner der Männer gab etwas Persönliches frei in seinen Zügen. Einer hatte schlechte Zähne.

Im Innenhof des Schlosses fragte Horváth eigenmächtig, ob es in der berühmten Sammlung von Georg Mathias Vischers Schlösseransichten enthalten sei, was Weitmann mit seinem ganzen Gesicht bestätigte. – Den Vischerdruck werden Sie gleich sehen, der Baustil zeugt von 1600, romanische Reste.

Während des Ersten Weltkriegs habe das Schloss als Erholungsheim für verwundete Offiziere gedient. – Etelka wurde bewusst, dass sie ein paar Sätze lang mechanisch übersetzt hatte. – Danach haben die Stallungen sechs Jahre lang die berühmten Lipizzaner beherbergt.

Ah, das musste sie Laci erzählen.

Schöne Mützen haben Sie, sagte Fülöp, als sie am Eingang zur Käserei die weißen Mäntel anzogen, Kopfbedeckung, Überschuhe. Weitmann erklärte den Vorgang der Schnittkäsebereitung.

In der Zusammensetzung des Säureweckers ruht, wie wir alle wissen, das Geheimnis der Qualität unseres Käses. Aber nicht nur im Säurewecker. Denken Sie an die richtige Temperaturführung, die viel Fingerspitzengefühl erfordert. Den richtigen Zeitpunkt des Abziehens der Molke. Sie kennen diese Probleme. Und selbstverständlich die Hygiene. In unserem Betrieb benötigen wir ein Minimum an Nitratzusatz, weil wir strengstens um die Einhaltung der Hygienevorschriften bemüht sind. Hygiene ist das Erste, was wir unseren Schülern beibringen. – Weitmann überflog wie ein Offizier die Wände des Raums, hier wurde nichts geduldet, kein Fliegenbein, kein Haar.

Sie werden hungrig sein, meine Herren, schloss Weitmann die Führung eine halbe Stunde später ab. – Ich darf zum Mittagessen bitten.

Im Speisesaal rückte er höflich den Sessel für Etelka zurück. Sie nahm Platz, als sie den weichen Schub in ihren Kniekehlen spürte. Beim Reden dem Gegenüber zugewandt, drehte er sich doch andauernd zu ihr, als sei sie seine letzte Instanz, seine kompetente Zensorin mit den roten Schuhen.

Wieder war es hauptsächlich Fülöp, der redete. Die landwirtschaftliche Akademie sei 1957 zum Universitätsinstitut erklärt worden. Die Schulungszeit habe man auf vier Jahre erhöht. Etelka wurde das Bild des vertrauten Gebäudes nicht los.

Wir erzielen große Fortschritte in der Stadt, sagte Fülöp und schaute Etelka direkt an. – Heuer wurde der Ordnungsplan angefertigt, der auf dem leeren Gebiet zwischen Moson und Óvár die Errichtung eines neuen Stadtzentrums vorsieht. – Sich bloß nichts anmerken lassen. – Die Polizei wird dorthin übersiedeln. Weiters kam heuer aus mehreren kleinen Wirtschaften das Lajta-Hanságer Staatsgut zustande. – Etelka war sich gewiss, dass Fülöp um ihre Herkunft wusste und sie quälen wollte. Längst vergrößerte sich jeder Hinweis in ihr, zog Kreise. Sie musste Pischti fragen, welche Höfe gemeint sein könnten. Zuhause in Mosonmagyaróvár würde Fülöp Gerüchte über sie verbreiten, die Ehe scheine ja nicht die glücklichste zu sein, Etelka Földesch sei eindeutig in Abhängigkeit von ihrem Vorgesetzten. Wenn das ihrer Mutter zu Ohren käme.

Neben Fülöp saß Orosz, der noch kein Wort gesagt hatte. Er war nicht im Einheitsalter um die fünfzig, sondern jünger. Er saß mit einem runden Rücken, es kostete ihn Mühe, die Schultern zu straffen. Sein Gesicht schien im Sitzen nicht mehr zum Parteigesicht zu taugen. Hatte er sie die ganze Zeit über beobachtet?

Er ließ sie nicht los, zählte wohl darauf, dass ihn Fülöp neben ihm nicht sehen konnte. Keiner würde ernsthaft planen, sich abzusetzen. Angenommen, es hätte einer jahrelang den standfesten Kommunisten gespielt und beim Aufstand, den er aus sicherer Distanz beobachtet hätte, wäre ihm die Erkenntnis gekommen, dass er nicht länger sein eigener, schlimmster Feind sein wollte – wie würde er hier signalisieren, dass er Hilfe brauchte, an den anderen vorbei, denen er ebenso wenig trauen durfte wie sie ihm? Würde er das mit solchem Gefangennehmen ihres Blicks versuchen, ihrer Aufmerksamkeit, die er soeben erst entdeckt hatte? Plötzliches Einverständnis zwischen Fremden, das niemand bemerken durfte, das Einhaken zweier Momente, sein Erfassen ihrer Bereitschaft, ihr Einfühlen, gegen das sie wehrlos war ... zu diesen Ausweitungen ihrer Seelen angestoßen von welcher Macht?

Wieso ist da niemand? fragte die Großmutter. – Mit niemand meinte sie den Diplomingenieur, Direktor Gustl. Katharina hatte ihn einige Monate nicht gesehen, unter Umständen war er in der Zwischenzeit schäbig geworden. Der Schnee knirschte, ein kalter Wind ging unter dem blauen Himmel, die Sonne schien, und die Haare des Fuchspelzes glänzten, als lebte Munker noch. Er lag mit seiner blanken Haut auf dem Wintermantel der Großmutter, ohne Seidenfutter, damit er nicht hinunterrutschen konnte. Er war ein vorgezogenes Weihnachtsgeschenk des Großvaters, »wenn du das wirklich willst«.

Katharina begriff nicht, wie man ein Tier, mit dem man monatelang gespielt und im Bett geschlafen hat, als Leiche um den Hals tragen mochte. Wie ein afrikanischer Stammeshäuptling kam ihr die Großmutter vor. Links baumelten der Kopf und die Vorderläufe auf ihrem Busen, rechts die Hinterläufe und Munkers herrlicher Schwanz. Seine bienenfarbigen Knopfaugen starrten ins Leere, hinter ihnen konnte ein inneres Auge sitzen. Seine Zehen waren hart, die Krallen wuchsen nicht weiter. Mit einem Häkchen schloss die Großmutter den Fuchs zu einem Ring, wenn es sehr kalt war.

Die Großmutter stieg zielstrebig die Treppe hoch zur Kanzlei, klopfte kaum an und öffnete die Tür.

Grüß Gott. Wir sind angemeldet.

Grüß Gott, Frau Diplomingenieur. Darf ich Sie ersuchen, ein bisschen Platz zu nehmen? – Ein *bisschen* Platz nehmen. Auf der Sesselkante? – Der Herr Direktor ist noch nicht zurück.

Von wo?

Vom Pferdestall. Heute Vormittag soll das letzte Pferd abgeholt werden, der Transport hat sich verzögert.

Da gehen wir jetzt hin. Komm schon. – Die Großmutter scheuchte Katharina aus der Kanzlei, ohne sich zu verabschieden, und stöckelte die Stufen hinunter mit ihren schwarzen, knöchelhohen Pudelstiefelchen, die innen bald nass sein würden, soviel war klar. Katharina zog bisweilen die Zeitungsknäuel heraus, die die Großmutter zum Trocknen hineinstopfte. In den Artikeln der glattgestrichenen Blätter erwartete sie eine versteckte Botschaft, eine Suchanzeige nach einem verlorenen Kind, das im Wald verschwunden oder nach einer Kinderjause nicht mehr heimgekommen war. Das würde nur sie finden können.

Hinter dem Schloss waren eine Menge Leute versammelt. Merkwürdigerweise schwiegen alle. Einige hielten sich die Hand vor den Mund, im Fäustling, den Geruch nasser Wolle spürte Katharina zugleich mit dem Kratzen unter der Nase. Die Großmutter schlich auf Zehenspitzen, die Leute musterten sie traurig und feindselig. Ein Traktor mit einem Ladewagen für eine Kuh stand vor dem Stalltor, eine Holzrampe führte auf den Wagen. Katharina konnte nicht mehr atmen. Sie sank in ihren weichen Kopf zurück, wo es zu schwimmen begann, der Hals drückte ihr die Kehle zu, das Wasser in Augen und Nase. Sie schaute weg, zu den Obstbäumen. Der Ungarnbub. Er hatte die Hände tief in den Mantel gesteckt. Sein Gesicht war so finster und wie – gestorben, unter den blauen Augen Schatten, die Lippen halb offen, sie konnte den Blick nicht von seinem Mund lassen.

Nie zuvor hatte Katharina so einen Gesichtsausdruck gesehen. Der Ungarnbub erschien ihr wie ein Denkmal, das sich bewegen konnte, schöner als der Engel in der Kapelle vor der Klosterkirche und der heilige Florian auf der unteren Brücke. Es gab ihr Kraft, das Weinen war fast weggeblasen, sie schluckte. Ja, man musste finster schauen und den Direktor hassen. Der Ungarnbub war in seiner Heimat mit weiten Hosen und einer weißen Bluse und einer schwarzen Mütze durch die Puszta geritten, auf seinem Lieblingspferd, das er später bei der Flucht zurücklassen musste.

Aus dem Stall kam der Direktor, würdigte die Großmutter

keines Blickes, obwohl sie ganz vorne stand. Er führte einen Haflinger am Zügel, der folgsam die Bretterrampe hinauftrottete und in den Planen verschwand.

Liebe Mitarbeiter, zum ersten Mal in vielhundert Jahren ist Wickendorf ohne Pferd. Nun wird auch der dritte Haflinger, unser Postross, der Bertl, wie wir ihn alle nannten, verabschiedet. Unser Herz ist schwer, wenn wir Abschied nehmen müssen von etwas Liebgewordenem, und der Bertl hat uns viele Jahre lang gute Dienste erwiesen. Briefe, Pakete, viele gute und nur wenige böse Überraschungen fanden ihren Weg in unsere Anstalt. Nie hat der Bertl sich einer Aufgabe verweigert, stets war er gestellt. Das Bundesministerium für Land- und Forstwirtschaft, unser verantwortungsbewusster Dienstgeber, muss sich natürlich Gedanken über die Effizienz machen, und so traf man die Entscheidung, unseren Bertl auf ein anderes Gut in den Ruhestand zu schicken und einen VW-Kombi für die Beförderung der Post anzuschaffen. Leb wohl, Bertl! Wir werden dich nicht vergessen!

Der Direktor gab dem Fahrer ein Zeichen. Der Traktor setzte sich in Bewegung. Weitmann winkte dem Fahrzeug nach, auch die Großmutter hob die Hand, wie peinlich. Sie wusste nichts, gar nichts. Der Ungarnbub wandte sich um, die Hände noch immer in den Taschen, und stapfte davon. Katharina stieß die Großmutter an.

Ich will einen Schneemann bauen, die Sonne bräunt das blasse Kind.

Der Direktor trat endlich zur Großmutter, sein Gesicht war missmutig, als freute er sich gar nicht, sie zu sehen.

Tut mir leid, sagte er und nahm die Hand der Großmutter bis kurz vor seinen Mund. Sie hatte ihre Handschuhe an, trotzdem war es unhöflich. Wollte er zeigen, dass er nicht mehr mit der Großmutter befreundet war? Waren sie beide aus seiner Gnade herausgefallen?

Grüß dich, Onkel Gustl. Darf ich einen Schneemann bauen? Es müsste rasch sein.

Na, kleine Dame, ein fliehendes Pferd soll man nicht aufhalten. Wir werden nicht lange benötigen.

Drüben liegt mehr Schnee, rief Katharina und rannte, ohne die Erlaubnis der Großmutter abzuwarten, in die Richtung, in der der Ungarnbub verschwunden war.

Als sie um die Ecke bog, sah sie ihn und blieb stehen. Er kickte so schnell gegen einen Obstbaum, dass sie meinte, sein Unterschenkel müsse abfallen. Wäre er ihr Bruder, würde sie ihn anschreien. Was fällt dir ein, die Schuhe so zu ruinieren? Er schaute zu ihr herüber.

Hau ab!

Du kannst Gedanken lesen! Wie Onkel Gustav! rief sie.

Warum?

Das müsste ich dir erklären, wenn wir miteinander reden.

Hau ab!

Ihr wurde kalt in den Händen, die Fäustlinge baumelten an der Schnur. Sie schlüpfte hinein und steckte ihre Hände in die Manteltasche, viel zu fest, denn die Schnur drückte sich im Nacken in die Haut. Langsam näherte sie sich ihm, damit er sich nicht in ein fliehendes Pferd verwandle. Man brauchte ein heißes Herz für die sanfte Gewalt, sonst würde man auf der Stelle erfrieren und in den Schnee fallen, als fertige Leiche.

Katharina mein Name, sagte sie feierlich. – Er war nicht weggelaufen. Er hatte sie nicht mit beiden Armen verscheucht.

Und?

Wie heißt du?

László.

Ah. – Das konnte nicht sein. Lass-lo. Lasso.

Was, »ah.« – Sein A klang, als müsste er gleich gähnen.

Ist er sehr ungarisch? fragte sie.

Es ist ein alter ungarischer Name. Lass mich in Ruhe.

Sie gab sich eine erschrockene Miene. Er sollte nicht glauben, sie fürchte ihn nicht. Innerlich fühlte sie den Sommer, den Strand, sich ausstrecken, die Augen schließen. László sagte etwas auf Zornig-Ungarisch.

Ungarisch würde ich gern lernen. Es klingt toll. Sag noch etwas. Bitte.

Pejparipám hánja fejét kényesen.

So muss es sein, wenn man trunken ist.

Betrunken?

Nein. Trunken vor Freude wie die schöne Loreley, die auf einem Felsen sitzt und weint, bis der Kreuzfahrer sein Banner zu ihr hinauf schwenkt.

László zog eine Kappe aus seinem Mantel und setzte sie, am Schirm haltend, mit einem Schwung auf. Der Schirm der Kappe wies kräftig nach oben, verdunkelte seine Stirn nicht. Die Kappe saß fest um den Kopf, vorne war eine Gürtelschnalle. Nicht zu vergleichen mit den Arbeitern hier, den niederen Heerscharen. Wenn ein Engel unter seinem heiligen Schein eine Mütze trüge, würde er eine ungarische wählen.

Du bist wie meine Cousine.

Wie ist die?

Komisch und feig.

Woher willst du wissen, dass ich feig bin?

Ich weiß es. Und jetzt hau ab. Kinder interessieren mich nicht.

Katharina dachte eine Weile nach. László schwieg. Sagte nichts. Noch immer nicht. Noch immer nicht. – Meine Eltern waren in Amerika, brach es aus ihr heraus.

Wieso sind sie nicht dort geblieben?

Weil ich da bin.

Wieso haben sie dich nicht gleich mitgenommen?

Weil ich meine Großeltern trösten musste.

Wieso waren die traurig?

Weil meine Eltern mich zurückgelassen hatten.

Aha! Wieso warst du selbst nicht traurig?

Es war keine Zeit dafür.

Auch nicht abends im Bett, allein?

Ja! schrie sie. Aber mein Schlaf ist mein ganzes Kapital. Das lasse ich mir nicht nehmen!

László schaute sie an, als wisse er nicht, ob er lachen oder zurückschreien solle.

Reden wir letztendlich? fragte Katharina.

Fünf Minuten. Nicht länger. Keine Fragen. Die Fragen stelle ich, sagte László.

Das verstehe ich. – Katharina wurde ernst. – Erstens. Warum du Gedanken lesen kannst Punkt. Als ich um die Ecke kam, hast du dem armen Obstbaum hundert Tritte versetzt. Ich habe zu dir in meinem Kopf gesprochen: Was fällt dir ein, deine Schuhe so zu ruinieren Punkt! In diesem Augenblick hast du aufgehört. Zweitens. Meine Großmutter ist die Frau mit dem toten Fuchs um den Hals. Voriges Jahr, als meine Eltern in Amerika waren, kam ich eines Tages mit meinem Großvater von der Apotheke nach Hause, Kopfwehtabletten, Baldriantee. Wir hörten die Großmutter merkwürdig hinter der Tür reden. Sie öffnete sie nur einen Spalt, wir mussten dünn und schnell durchschlüpfen. Was glaubst du, wer in dem Zimmer war Punkt.

Interessiert mich nicht.

Ein Fuchs. Er ist vom Kreuzberg in den Garten herunter gewandert, unten bei den Holzlagen hat er sich verkrochen und auf meine Großmutter gewartet. Er war sofort freundlich zu ihr. Sie hat ihn in die Wohnung mitgenommen.

Füchse haben Tollwut.

Munker nicht.

Aha. Munker. – László griff nach dem Schirm seiner Mütze und rückte sie zurecht, obwohl sie nicht verrutscht war.

Wir haben es geheimgehalten. Munker wollte nicht viel hinaus, manchmal saßen wir hinter dem Haus auf der Bank, da sieht niemand hin außer den Essignachbarn, aber die schlafen tagsüber. In der Nacht machen sie den Essig. Das war unser Glück.

Noch etwas?

Ja. Jedes Glück hat ein Ende. Meine Großmutter hat mit Munker im Bett geschlafen. Jede Nacht. Er ist auf ihrer Seite gelegen, so konnte der Großvater nichts dagegenhaben.

Aha.

Munker und ich, wir haben viel miteinander gespielt. Wir haben uns unter dem Tisch eine Wohnung hergerichtet. Unter der Eckbank waren seine Zimmer. Eins fürs Schlafen, eins fürs Lesen.

Was hat er gelesen?

Das *Volksblatt*. Er hat die Pfoten über die Zeitung gestreckt und sie zu sich gezogen. Bis er eingeschlafen ist. Kein Wunder.

Ich lese auch das *Volksblatt*. Ich schlafe niemals ein. Du kannst hier herumstehen, solange du willst. Mir ist kalt. – László wischte sich den Rotz am Ärmel seines Mantels ab. – Geh heim. Deine Großmutter wartet.

Wegen Munker! rief sie ihm nach. – László ging weiter, jedoch langsamer, so langsam, dass sie ihn endlich einholen konnte. – Willst du wissen, was mit Munker passiert ist?

László blieb stehen. – Na was. Einer der Essignachbarn hat seinen Freund, den Jäger, angerufen, und am selben Tag noch – peng! Das ist immer so. Den Bertl werden sie auch erschießen. Die zwei anderen Haflinger sind sicher schon lange tot. Mit dem Ladewagen weg in die ewigen Jagdgründe.

Ich bin doch nicht blöd und glaube diese Märchen von einem schöneren Platz, wo sie alt werden können. Der Direktor lügt.

Katharina erschrak. – Er ist zwar Schauspieler, aber den Bertl umbringen?

Er lügt wie die Amerikaner.

Wann haben die gelogen?

Sie haben uns versprochen, unseren Freiheitskampf zu unterstützen, und als es ernst wurde, wer war nicht da, die Amerikaner. Eure Lipizzaner haben sie gerettet, uns nicht. Eure Lipizzaner müssten jetzt im Bolschoitheater in Moskau auftreten, aber denen haben die Amerikaner ja geholfen. Weißt du überhaupt, was Lipizzaner sind?

Äh, diese –. Zwerge. Sie haben schlechte Hüften.

László begann zu lachen, hoch wie eine Frau, als müsste er erbrechen, er hielt sich die Hand an den Hals und hustete. – So ein Schwachsinn. Wenn du wüsstest, was für einen Mist du daherredest. Geh endlich zu deiner Großmutter! Da hinüber!

Der Bertl wird erschossen, dachte Katharina. Peng! Sie kommen mit dem toten Pferd und legen es auf den Hof, damit jeder sehen kann, dass der Direktor gelogen hat. Nie mehr füttern. Nie mehr streicheln. László muss das aushalten. Er darf nicht wieder weglaufen.

Mai 2008

Eine halbe Stunde nach dem Anruf von Kuno Smekal, Kurator der Vogelsammlung im Naturhistorischen Museum, betritt Valentin die Eingangshalle. Kuno erwartet ihn, schlank selbst in der hellgrauen Forscherhose mit den Seitentaschen. Schwarzes Polohemd, eine nie frierende, nie schwitzende Spezies, Grundvoraussetzung für anhaltend jugendliches Erscheinen.

Das war definitiv dein Herr Földesch, sagt Kuno. Wie geht's dir?

Gut. Und dir?

Nicht so gut. Das Ministerium hat unser Budget eingefroren. Das bedeutet unter anderem, dass wir wieder einmal die Ersetzung der Schaukästen durch besser gesicherte Vitrinen verschieben müssen.

Meine auch? Ich kann mir die Knöchelchen nicht anders vorstellen als in den alten Holzschränken.

Keine Sorge. Bevor das geschieht, setzen wir dich davon in Kenntnis, und wir werden uns bemühen, nichts gegen deinen Willen zu unternehmen. – Kuno schaut ihn an, als habe er eine neue Seite an ihm entdeckt. Sentimentalität, die nicht zu dem Bild des Anwalts passt. – Keine Sorge, Valentin.

Diese Versicherung bestärkt seine Zweifel. Er weiß, dass er nur noch ein ideelles Recht auf die Sammlung hat. Wie oft hat er sie in den letzten sechs, sieben Jahren besucht? Ein einziges Mal, als er sie Katharina gezeigt hat. Sie war begeistert, wollte dem Bühnenbildner in Zürich eine Projektion vorschlagen, am besten für Aristophanes, aber der stand die nächsten drei Jahre nicht auf dem Spielplan. So lange wollte sie nicht warten. Die Idee gehörte ihr. Er hatte ihr damit ein großes Geschenk gemacht. Er fragt sich, ob er das mittelfristige Projekt als ihr Freund erleben wird, sieht die Zeile in einem Programmheft von 2011, den Hinweis auf die Vogelohrknöchelchensammlung verdanke ich Valentin Görtz.

Kuno führt ihn durch Gänge, springt Treppen hoch, sperrt Türen auf und hinter ihnen zu. Allein würde Valentin nicht mehr hinausfinden. Sie sind in dem Kabinett angekommen, in dem Kunos Schreibtisch steht. Meter um Meter von hohen schwarzen Buchrücken, die Jahre mit weißer Tinte. Ein halbhoher Schaukasten teilt den Raum. Das einzig Heutige ist der Laptop. Valentin muss achtgeben, dass seine Füße nicht an Kunos Schienbeinen anstoßen, so nahe sitzen sie beieinander. Kunos Gesicht verzieht sich zu einer Vogelmaske. Valentin erinnert das an einen Bildhauer, der für seine grimassierenden Köpfe berühmt war, der Name fällt ihm nicht ein.

Halt dich an, sagt Kuno. Ich kenne László Földesch von früher.

Was? – Wieso hat er davon nichts am Telefon erwähnt?

Ich habe im Wintersemester 1970/71 einen Molkereilaborantenkurs in Wickendorf absolviert. László ist dort aufgewachsen.

Das weiß ich. Wozu brauchtest du einen Molkereilaborantenkurs? Du bist doch Zoologe?

Das wurde ich erst viel später. Angefangen habe ich zuhause mit einer Lehre als Koch im Hotel Gasteinerhof. Danach wurde ich über Umwege Anlernkraft im Zentrallabor des Milchwirtschaftsfonds in Wien. Die schickten mich nach Wickendorf. Ich hatte schon immer etwas für abgelegene Gegenden –

Regenwald, Amazonas –

Wickendorf. Das schlief vor sich hin, und dann tauchte ich auf, ein Langhaariger, mit dem Fahrrad vom Bahnhof hergefahren, Rucksack, an dem kleine bunte Tücher flatterten, mehr hatte ich nicht. Ich glaube, ich war der erste Hippie, den sie draußen zu Gesicht bekamen. Die Glockenhosen! Ich konnte die nicht einmal umstülpen und hatte dauernd Mist dran. Oder Schnee. Ich wurde bald als eine Art Risikoträger betrachtet. Was die Ansichten betrifft, meine ich. Ich habe alle rebellisch gemacht, weil ich erklärte, sie müssten in die Welt hinaus, nicht in die Kuhställe. Da war ich gerade von meiner ersten Reise nach Ecuador zurückgekommen, meine Eltern hatten mir das Geld geliehen.

Was ist das für eine Karriere, Kuno? Ich begreife gar nichts mehr.

Erzähle ich dir gern ein andermal. Zurück zu László. Ich war durch deinen Anruf ja vorbereitet und erkannte ihn sofort. Er zeigte keine Überraschung, keine Wiedersehensfreude. Er bezeichnete sich als Abgesandten des Christlichsozialen Leihgebers der Sammlung, der gekommen sei, die Vogelohrknöchelchen persönlich zu inspizieren. Er brachte das Wort ohne Unterbrechung heraus, als gehöre es zu seinem täglichen Wortschatz. Wie er das zu tun gedenke, fragte ich ihn. Er schlug vor, die Glastüren aufzusperren, so dass er die Exponate aus nächster Nähe anschauen könne. Ich erwiderte, dass ich dazu nicht befugt sei. Und er: »Ah, ich verstehe, man braucht eine parlamentarische Anfrage.«

Sehr gut. Was hast du geantwortet?

»Ja, genau, eine parlamentarische Anfrage. Am besten von den Christlichsozialen selbst.« Darauf er: »Wir könnten zusammen hinübergehen ins Hohe Haus und das erledigen. Du merkst dir die Nummer von dem Kasten, und ich rede.« Und ich wieder: »Die haben jetzt geänderte Öffnungszeiten. Ich glaube, wir sollten es verschieben.«

Du konntest also auch schnell umschalten? Mir ging es ähnlich.

Ich merkte gar nicht, wie ich hineinschlitterte. Eins gab

das andere, alles klang logisch, weil es so ruhig vorgetragen wurde, von uns beiden, bei mir keine Panik, bei ihm – zunächst – keine Aggression. Die ganze Zeit wollte ich sagen, László, draußen in Wickendorf, Winter 1971, der Schlossball, die eingestürzte Decke, was ist los mit dir? Ich hatte etwas intuitiv verstanden, konnte aus mir heraus so reden, das war das Schöne und Unfassbare daran. Als gingst du in ein Dorf im Amazonasgebiet und verstündest auf Anhieb alles.

Kuno steht auf und lehnt sich über seinen Schreibtisch, um das Fenster zu öffnen. Sein straffer Bauch spannt sich vor Valentins Augen. Er stellt sich Kuno in einem Boot stehend vor, wie er das lange Ruder in den Grund stößt und weiterzieht, mit eigener Kraft eine Spur ins gefährliche Wasser zieht, die sich hinter ihm schließt. Ein fremder Span im Fleisch des Flusses.

Plötzlich rief er: »Kuno vom Milchwirtschaftsfonds! Was hat dich hierher verschlagen?« Als habe er mich da erst richtig erkannt. »Eine milde westliche Strömung«, sagte ich. »Dann müsstest du an der Donaumündung sitzen. Da stimmt etwas nicht, Kuno Smekal.« Sofort fühlte ich mich überführt, Valentin. Ich, weil ich in seiner Sprache redete.

Jedenfalls weiß er, was er spricht, er korrigiert einen richtig. Hatte er diese Störung oder diesen Tick damals schon?

Natürlich nicht. Er wurde unruhig und fluchte zu den Vitrinen hin. Ich war froh, dass er das Glas nicht einschlug. Er ballte die Faust, beschimpfte deinen Urgroßvater, »diese perverse Brut«. – Kuno lässt das einwirken. – Vor den unschuldigen Vögeln. – Er kämpft einen Lachanfall nieder, räuspert sich. – Er sagte, dein Vater sei ein würdiger Nachkomme. Der habe Jus studiert wie sein Sohn. Hattet Ihr einmal mit Lászlós Familie zu tun?

Ich weiß es nicht! sagt Valentin. Aus meinem Vater ist nichts herauszukriegen. Ich habe keine Ahnung, was es für eine Verbindung zwischen ihm und Földesch geben könnte. Was weißt du über Földeschs Mutter?

Etelka.

Etelka? Wie Etelka von Stangeler in der »Strudlhofstiege«?

Hast du die gelesen? Mir war dieser Doderer immer zu reaktionär.

Die Etelka von Stangeler hat sich umgebracht.

Kuno schaut ihn an, als habe er soeben die traurige Nachricht über den Freitod einer Unbekannten gehört und wisse noch nicht, was das mit ihm zu tun habe.

Was weißt du über Etelka Földesch? – Erstmals verliert diese Frau das Phantomhafte für Valentin.

Lászlós Mutter war 1971 schon ein paar Jahre tot. Ich glaube, sie war Mitte der sechziger Jahre gestorben.

Wie – wie ist sie gestorben?

Was meinst du mit »wie«? Ich war ja nicht dabei. Gehirnblutung vielleicht oder ein Herzschlag. Sie war noch sehr jung gewesen, Ende dreißig oder so.

Hat nie jemand eine Andeutung gemacht, dass sie sich das Leben genommen hat?

Selbstmord? Lászlós Mutter soll sich umgebracht haben? Mein Gott. Er hat ein einziges Mal über ihren Tod gesprochen. Dann war das also schon damals ganz wörtlich zu nehmen, als er sagte: »Sie hat sich unter die Erde gelegt.« Da spürte ich die kalte Erde über und unter mir.

Kein Gerücht, dass sie ein Verhältnis in Wien gehabt haben soll?

Ich sage dir ja, ihr Tod war mehr oder weniger tabu.

Valentin überlegt, ob er die »kleine Ungarin« erwähnen soll, seinen Verdacht.

Sein Vater war am Aufstand beteiligt. Pischta Földesch. Ein verschlossener Mann. Mir kam vor, László war seine einzige Verbindung zur Welt. Er träumte den gemeinsamen

Traum von Etelka und ihm, dass László eines Tages Direktor der Anstalt werden sollte, mit halber Kraft weiter. Ich hätte gern mit ihm geredet, wenn sein Deutsch nicht so schlecht gewesen wäre. Mit meinen linken Phantasien hätte ich ihn womöglich beleidigt ... László nannte mich einen Gratiskommunisten. Ich hatte großen Respekt vor Pischta und vor László, seiner harten Jugend, der Flucht, wie er sich bis zum Studium durchgeschlagen hatte. Gärungstechnik und Lebensmittelbiotechnologie hieß das damals. Er war im letzten Jahr, hatte von der Uni aus in Wickendorf ein Projekt über Keimzahlen laufen. Als ich einmal besonders arg über den Milchwirtschaftsfonds schimpfte, weil sie der Anstalt mit ihren absurden Vorschriften verboten, Fruchtjoghurt herzustellen, schlug László auf den Tisch, dass die Eprouvetten zitterten. Die Laborantenlehrlinge auch. Der Milchwirtschaftsfonds sei für ihn nichts anderes als eine Planwirtschaft, Art und Menge der Produktion von oben geregelt, es gebe weder einen Wettbewerb noch Absatzprobleme, aus dem Milchüberschuss würde Milchpulver hergestellt, jede Molkerei habe ein streng festgelegtes Einzugs- und Versorgungsgebiet.

Nicht schlecht. Er durfte es sich mit dem Fonds doch nicht verderben?

So war er. Unser László! Die paar Mädchen unter den Laborantenlehrlingen himmelten ihn an.

Kuno ergreift Valentins Arm und lehnt sich vor.

Im Café sprachen wir über die alte Zeit, so gut das eben ging, mit seinen Umleitungen und Abkürzungen. Wir haben viel gelacht, mir war dabei zum Heulen. Irgendetwas hat diesen Menschen aus der Bahn geworfen, wann, weiß ich nicht. Eine große, böse Hand hat ihn durchgebeutelt, die Begriffe in seinem Gehirn von ihren angestammten Plätzen vertrieben, bis fast alles an einem fremden Ort landete. Dabei weiß er Details, die ich längst vergessen hatte. Wir setzten uns abends manchmal ins Archiv, wo seine Mutter gearbeitet hatte, und lasen in der alten Chronik. Während des Kriegs wurde ein Fräulein Dagmar Hellander aus Regensburg eingestellt. Sie war 194 cm groß. In der Molkerei waren Kriegsgefangene aus Belgien und Frankreich interniert. Auf der Flucht vor den Russen übernachteten reiche, ungarische Magnaten im Schloss. Solche Sachen interessierten uns.

Augenblick, Kuno. Etelka Földesch hatte im Archiv gearbeitet?

Es gab eine anständige Fachbibliothek. Sie übersetzte ungarische Fachartikel für Weitmann.

Weitmann? Gustav Weitmann? – *Kein Ruhmesblatt für mich.*

Der Direktor der Anstalt. Woher kanntest du ihn?

Ich kannte ihn nicht. Lebt er noch?

Das weiß ich nicht. László erwähnte ihn nicht. Wie gesagt, mein Kontakt mit Wickendorf riss sehr bald ab. Beim Milchwirtschaftsfonds hielt es mich nicht lange.

Was war das für ein Typ?

Wenn du mich fragst: ein Weiberer.

Einer, der um Frauen herumscharwenzelt?

Könnte man sagen. Herumscharwenzeln, habe ich lange nicht gehört, dieses Wort. Auf dem Schlossball tat sich Weitmann jedenfalls keinen Zwang an.

War er verheiratet?

Du stellst Fragen. Ich hatte den Eindruck, die Frau lebte in Wien, getrennt von ihm.

Wie war das Verhältnis zwischen László und Weitmann? Wie sprach Földesch von ihm?

Kuno überlegt lange. – Ich glaube, er verachtete Weitmann. Ich habe zwar nie eine Situation erlebt, in der László respektlos gewesen wäre, ihn beleidigte oder bloßstellte. Das wäre ja höchst unklug gewesen. Er brauchte Weitmann für sein Projekt, für seine Zukunft. Die Familie hatte ihm viel zu verdanken. Es gab dort einen Förderverein, der László den Besuch der Höheren Landwirtschaftlichen Lehranstalt im Nachbarort bezahlt hatte. Das sagte mir einer der Professoren. Von László wusste ich es nicht.

Aber?

Lászlós Stimmung konnte von einem Augenblick auf den anderen umschlagen, eine Distanz um sich schaffen, durch die ihn niemand erreichte. Man fühlte sich schuldig, ohne zu wissen, warum. Ein Trotz, aus der Kindheit mitgeschleppt. Oder seine Art, sich zu schützen? Das passierte auch, wenn Weitmann anwesend war.

Was für eine Stimme hatte Weitmann?

Eine tiefe, weiche Stimme.

Kannst du sie nachahmen? Versuche dich an einen Satz zu erinnern. Wie begrüßte er euch im Labor?

Kuno schließt die Augen und räuspert sich. – »Guten Morgen, Kinder. Was werden wir heute entdecken? Worauf habt ihr Lust?« Ein schlanker Bass. »Nm?« Das war ... einladend, da konnte man sich alles Mögliche vorstellen. Die Mädchen draußen haben das ohnedies nicht verstanden, die waren sechzehn, siebzehn, frisch von ihren Bauernhöfen, zum ersten Mal von zu Hause weg, mit jungen Burschen noch dazu. Weitmann war viel zu alt und eine Autorität.

Sag doch bitte »die kleine Ungarin«.

»Die kleine Ungarin, nm?«

Wiederholst du es, bitte. – Valentin schirmt seine Augen mit der Hand ab, das Kinderzimmer, die Eiskunstläuferin. Das Türgeräusch unten. Er hebt den Finger zum Einsatz.

Die kleine Ungarin, nm?

Valentin lässt es nachklingen. An das *nm* am Ende kann er sich nicht erinnern. Aber es hat den Ton gemacht. Es passt, wie mit der Pinzette hingesetzt, in seine Erinnerung an jenen Nachmittag. – Danke. Du hast mir sehr geholfen. Ich bin mir jetzt sicher, dass er bei uns war. Im Februar 1964. Es muss um Etelka Földesch gegangen sein. Ich werde das herausfinden.

Gut. Tu das.

Der Schlossball, sagt Valentin. Was war da?

Der Festsaal befand sich im zweiten Stock. Die Decke darunter musste mit einem Piloten pro Quadratmeter im ersten Stock gestützt werden. Das war bereits Tradition. Wir galoppierten eine Polka, und ich bemerkte, wie das Parkett an einer Stelle zum Schwingen begann. Wir drehten eine zweite Runde, und ich dachte andauernd, ich müsste sie alle warnen. Vielleicht spüre nur ich das, dachte ich mir. Zuviel getrunken, man will sich nicht blamieren, dabei die konkrete Unruhe, man müsste »Halt!« rufen. »Aufhören!« Dann schrie Weitmann: »Alle an die Wand!«

In der Mitte riss das Parkett an ein paar Brettern ein, es krachte, der Boden gab nach und wurde auf etwa einem Quadratmeter in die Tiefe gezogen. Die Ziegel krachten hinunter. Die Mädchen kreischten, vorsichtig schlichen wir alle am Rand zu den Türen. Im ersten Stock staubte es, der Raum dort war wegen der Stützpfeiler nicht benützt. Das war ein Glück.

Das kannst du laut sagen. Für Weitmann muss das sehr unangenehme Folgen gehabt haben.

Soviel ich weiß, wurden ab da sämtliche Schlossbälle verboten.

Ich meine rechtliche Folgen. Hatte er einen Gebäudeverwalter, der den Ball genehmigt hatte? Wann war das von einem Statiker zuletzt überprüft worden? Allein die Tatsache, dass jahrelang solche Piloten aufgestellt werden mussten, ist ein Skandal.

Du meinst, dein Vater könnte ihn vertreten haben? Solange ich draußen war, habe ich von keinerlei Vorwürfen wegen Gefährdung der öffentlichen Sicherheit oder Fahrlässigkeit erfahren. Aber –

– was hätte das mit Etelka Földesch zu tun gehabt?

Eben. Spannende Geschichte. – Nach einer Pause sagt Kuno: Gehen wir über die Sammlung zum Café, wenn dir das recht ist.

Wieder die Schleichwege. Zuletzt nimmt Kuno mit weiten Schritten die große Treppe und biegt in die Ornithologische Sammlung ein. Valentin bleibt vor einem Glasschrank stehen, um endlich Luft holen zu können. Die Riesenpapageien werfen wie Schauspieler grimmige Blicke, die Schnäbel halb offen, gleich werden sie zuschnappen. Ihre roten Kehlen ausgetrocknet von der stehenden Luft in der Vitrine.

Das Schopfhuhn. Es kann nur kurze Strecken fliegen, kriecht und schiebt sich lieber durchs Unterholz. – Valentin hat kaum Zeit, das Riesentier näher zu betrachten. Das Nest aus Ästen sieht aus wie das chinesische Olympiastadion.

Kuno führt ihn zu der großen Vitrine an der Wand, die seitlich von zwei kleineren flankiert ist. Er legt seinen Arm um Valentins Schulter und beugt sich mit ihm zu der rechten Vitrine hinunter. Jedes Mal ist Valentin von neuem überwältigt. Zuerst sieht er bloß winzigste Elfenbeinschnitzerei. Wesen, die auf einem Reck aus feinstem Silberdraht turnen. Das Reck – viel zu grobes Wort dafür – ist um ein hohes, schmales Glasviereck gebunden.

Ich erklärte László, dass es knöcherne Labyrinthe sind, die aus dem Felsenbein herauspräpariert wurden. Vom Spender selbst. László las die Inschrift laut vor: Präpariert und dem k. k. naturhistorischen Hofmuseum gewidmet von Carl Ritter Goertz von Hochtross. Zum Andenken an seine Frau Anna Maria. War Anna Maria begeistert von der Knochenarbeit ihres Gatten?

Typisch. – Valentin will jedem der Labyrinthchen gerecht werden, bald überwiegt die Ungeduld. Den alten Hochtross mag er sich gar nicht vorstellen, den Tüftler. In der großen Vitrine in der Mitte sitzen Vogelschädel aller Größen unter gläsernen Halbkugeln, durchgehend verstaubt. Er lässt seinen Blick über sie wandern, von jedem Schädel erhofft er eine Enträtselung des Phänomens, eine Erkenntnis, die über das Wahrnehmen der knochenweißen Gebilde, der scharfen Kanten, an denen man sich schneiden könnte, hinausgeht. Es bleibt nur, was er ohnedies weiß: dass es einmal Behältnisse von kleinen Gehirnen waren, deren Spielraum von der Überwindung der Schwerkraft über Flugrouten und Orientierungsapparate bis hin zur Verbreitung unwiderstehlicher Tonabfolgen reichte.

Zu dem Entenschädel sagte László, er sehe wie ein Holzrohling für einen Gesundheitsschuh aus. Sehr öko-logisch, das sprach er getrennt aus. Ich muss zugeben, mich würde interessieren, wohin einen dieses Reden bringen könnte, was man da erführe, was abseits der normalen Gespräche lauert. – Valentin und Kuno heben beide den Kopf. Beinahe wären sie zusammengestoßen. Sie drehen sich zur zweiten kleinen Vitrine.

Die Zungenbeine gefielen László am besten. »Solch dünne Geweihe! Solch Elfengelenkchen in der Mitte!«

Mensch.

Ich dachte, er zitiere aus einem Theaterstück. Ich gehe nicht ins Theater. Aber das klang, als habe er es auf einer Bühne gehört.

In der Kanzlei findet Valentin einen Brief, das Kuvert mit der Hand geschrieben. Bevor er es umdreht, weiß er, wer der Absender ist.

Nicht in Wien. Im Frühling.
02190-66492

Sehr geehrter Herr Dr. Goertz von Hochtrott.

Den Witz mit Ihrem Namen erspart man sich. Er bleibt auf dem Zungenbein liegen, bis man ihn später braucht. Mein Freund Smekal bewacht ihn.

Ich hatte keinen wissenschaftlichen Auftrag von der Hunnenversität. Ich reiste als Student mit, der der Sprache mächtig, sehr mächtig war. Wie auch in diesen Zeiten.

Ich möchte es hier ausschreiben: Ich habe mich vergangen und bin zu den Produktionsbüchern gekommen.

In Ungarn gab es keine Blähung, weil sie Zusätze nahmen.
Bei Hartkäse wurden Nitrate zugesetzt. Warum? Um mangelnde Hygiene zu verdeutschen.

Wir fuhren zu dritt auf Spionage in meine Heimatstadt. Professor Szabó sorgte sich für mich. Haben Sie es Ihren Eltern gesagt? Sind die einverstanden?

Beim Trödeln in der Molkerei habe ich zwei Blätter herausgerissen. So leise wie ein Nichts. So fröhlich wie ein unbekannter Affe.

Es wäre schön, sich selbst und alle drei zu einem Gespräch zu treffen. Meine Telefonnummer liegt außerhalb Wiens.

An der Unterschrift waren nur das große L und F zu erkennen, alles andere Wellenlinien.

Oktober 1963

Ein Spätherbsttag, morgens die Nebel, spätestens ab neun Uhr hatte die Sonne alles freigelegt für den Tag der Fahne, an dem die Österreicher ihre wiedergewonnene Freiheit feierten. Ein Glück sondergleichen, diese immerwährende Neutralität. Die Ungarn hätten sie viel mehr verdient. Der 26. Oktober war damals ein Freitag gewesen. Heute machte sein Inneres, Seele wie Körper, Überstunden. Sein Bein meldete das Fehlen der Splitter, als wären sie Teil von ihm gewesen (waren sie tatsächlich), seine Wange zuckte. Was war aus den ungarischen Fahnen mit dem großen Loch in der Mitte geworden? Hatten sie das Hammer- und Ähresymbol wieder hinein genäht? Aus der Nähe durfte das keiner prüfen. Diese junge Frau im Fenster hatte mit ihrem Mut auf Widerruf Recht behalten. Die Falten von ihrem Zugriff hatte sie ausbügeln können.

Noch immer kein Wort von Miklós gehört. Etelka war so ängstlich, dass sie sich nicht nach Miklós hatte fragen getraut, als sie neulich mit ihrer Mutter telefonierte. Weitmann schlug vor, ihn per Rotem Kreuz suchen zu lassen, István wollte nichts aufrühren. Man musste abwarten, bis man Näheres über die Generalamnestie erfuhr, die die Ungarn erlassen hatten, falls »keine kriminelle Handlung« vorlag. Natürlich würde es ihn reizen, für ein paar Tage zurückzufahren, als österreichischer Staatsbürger, mit einem österreichischen Pass. Aber warum sollte er ihnen vertrauen? Sie konnten jederzeit beschließen, dass er ein Krimineller gewesen war.

István klopfte an der Tür zur Kanzlei. Weitmann hatte ihn hinbestellt. Er saß beim Schreibtisch, das *Volksblatt* aufgeschlagen vor sich. Etelka stand mit einem seltsamen Gesichtsausdruck neben ihm. Hatten sie ihm etwas vorzuwerfen?

Nehmen Sie Platz, István. – István sah Etelkas besorgten Blick auf seine Arbeitskleidung. – Wir haben gerade etwas Ungeheuerliches erfahren. Etelka –?

Also, István. – (Nicht Pischti.) – Ein Reporter der *Arbeiterzeitung* hat als einziger kein Visum für das Länderspiel bekommen. Wie erwartet protestierte der Fußballverband, der Reporter bekam das Visum und dann –

Wurde es wieder zurückgenommen, weil Maier die Zustände im Ostblock beim Namen genannt hat. Früher einmal.

Als er aus Bulgarien berichtete.

Genau, Etelka.

István wusste noch immer nicht, wann seine Rolle in dieser ungarischen Peinlichkeit beginnen würde.

Das war gestern, fuhr Weitmann fort. Hier, sehen Sie sich das an. – Er drehte die Zeitung zu István und klopfte mit dem Zeigefinger auf ein Foto, das einen Reisepass zeigte. Ein Andreaskreuz aus zwei Stempelungen verdeckte das Visum.Mit diesem Kainsmal im Pass herumreisen, wird sicher höchst angenehm sein, sagte Weitmann. Man schaltete unsererseits Diplomaten ein, die UEFA, alles vergeblich. – István konnte sich den Hohn in den ungarischen Büros vorstellen, die Lust an der Demütigung des kapitalistischen Nachbarlands. – Bei einer Pressekonferenz bezeichnete der Präsident des Österreichischen Fußball-Bunds die Verweigerung des Visums als eine Menschenrechtsverletzung. Alle Mitglieder des Vorstands bis zum Kapitän und den Spielern waren sich einig, das Länderspiel abzusagen. Den Ungarn gab man eine letzte Frist bis 19 Uhr, ihre Haltung zu ändern. Na? – Weitmann lehnte sich zurück, nickte Etelka zu. – Da sehen Sie, wie wir hinter Ihnen stehen. Die Absage eines Länderspiels, auf das sich das ganze Land freut, ist ein bravouröses Signal an die Kommunisten.

Wirklich, sagte István.

Unsere Standfestigkeit hat gesiegt. Gestern Abend um sieben Uhr garantierte das ungarische Außenministerium das Einreisevisum für Maier.

Ah, stöhnte István. Bravo. Hoffentlich auch im Fernsehen.

Etelka verdrehte die Augen.

Das ist bislang nicht geklärt. Ich hoffe, dass sich das Österreichische Fernsehen und der ÖFB einigen können. – Weitmann war verärgert, dass István den Streit um die Übertragung angesprochen hatte. Hätte er bloß den Mund gehalten.

Ja, das war's, István. Ich wollte, dass Sie das wissen.

Vielen Dank, Herr Direktor. Unglaublich die Kommunisten.

Etelka schickte ihn mit einem zornigen Blick zur Tür.

Auf Wiedersehen. – Und ein Nicken zu Etelka hin.

Draußen holte er tief Luft. Er griff nach seiner Brusttasche, nahm die letzte Zigarette aus der Packung. Es war ein Fehler gewesen, den Streit zwischen zwei österreichischen Institutionen anzusprechen. Das durfte für ihn kein Thema sein. Laci hatte davon erzählt und gehofft, er würde die Übertragung sehen können.

Und wer hat dir das ermöglicht? hatte Etelka gefragt. Der Unterstützungsverein, der heuer einen Fernseher für das Internat angeschafft hat.

Sie hatte ja Recht gehabt, aber er verstand, dass Laci nicht dauernd dankbar sein wollte. Im Bett hatte sie ihm zugemurmelt, dass der Fernseher nächstes Jahr wegen der Olympischen Winterspiele in Innsbruck gegen ein größeres Gerät ausgetauscht werden würde. Das war übertrieben. Warum denn? Notwendig sind ganz andere Dinge, Pischti. Im nächsten Jahr geht es mit dem Neubau der Molkerei los. Weitmann sagt, nun wird uns die 45-Stunden-Woche auf den Kopf fallen.

Er schlenderte in Richtung Kesselhaus. Ein neuer Kessel war bereits ersetzt. Ein alter wurde weiterhin verwendet. Er musste lachen über Etelkas moralischen Anfall. Rigoros.

Sie hatte sich erholt, endlich aufgehört, um ihren Vater zu trauern. Er hatte befürchtet, das würde nie ein Ende haben. Solch langes Trauern kannte er in seiner Familie nicht. Sie verteidigte es wie eine Sache der Herkunft, und da musste er den Mund halten, dagegen kam er nicht an. So eine Krise würde er nicht noch einmal durchstehen. Seit zwei Jahren schliefen sie wieder miteinander. Manchmal. Und nicht schlecht.

Blieb die Frage, ob er in Kanada das große Geld gemacht hätte. Die Fotos, die András aus Toronto schickte, zeigten Ilona neben einem Straßenkreuzer an einer Ampel, kein Wort, ob das Auto ihnen gehörte. Ilona und die Kinder in einer Vorortstraße, weiße Häuschen, Vorgärten ohne Zaun, alles weit und offen. Was für schlanke Beine sie hat, hatte Etti bemerkt, als wäre das ein amerikanisches Attribut, das man sich zulegen könnte. Deine Beine sind schlank und wunderschön. Neue Schuhe! Im Frühjahr bekommt sie neue Schuhe. Die roten Schuhe liegen in feines Papier gewickelt in der Schachtel, die trägt sie bei feierlichen Anlässen. Zu ihrem Geburtstag im April bekommt sie neue Schuhe. Rote, grüne oder welche Modefarbe es geben würde. Und wenn das Schuhgeschäft in der Stadt nicht reicht, fahren sie weiter nach Wien.

István trat die Zigarette in den Boden. Seit Juli war er »beim Bund« Vertragsbediensteter Schema II. Aus Etelkas Mund klang es zuverlässiger, als wenn er es sagte: VB II p5. Er wurde für Springerdienste verwendet, das, was er von Beginn an gemacht hatte, jetzt vertraglich abgesichert und gepolstert mit der Erfahrung von sieben Jahren in der Bundesanstalt. In der Landwirtschaft kannte er sich überall aus, in der Molkerei bediente er die Kannenwaschmaschinen, er heizte die Öfen im Internat, räumte die Wege vom Schnee frei, führte Reparaturen durch, half bei der Renovierung der Ställe, er konnte glasern, half dem Tierarzt beim Klauenschneiden, besserte die Steinmauern aus, schnitt die Hecken. Weitmann war hochzufrieden und lobte ihn für seine Vielseitigkeit und seinen Fleiß. Ihm hatte er den Vertrag zu verdanken.

Und Laci? Zwei Jahre bis zur Matura, Bundesheer, danach das Studium an der Hochschule für Bodenkultur. Dann würde er wissen, dass er damals richtig entschieden hatte.

Aus dem Kesselhaus kam Brandgeruch. István rannte zur Tür, riss den aufgerollten Schlauch von der Wand. Einen Meter vom Kessel entfernt brannten die Regale mit den Reifungskisten für den Käse. Sie waren aus Holz, wurden nach dem Waschen in alter Gewohnheit hier zum Trocknen aufgestellt. Das Feuer versuchte, dem Strahl auszuweichen, wollte sich nicht fangen lassen. In Kürze hatte er es niedergeschlagen. Die Regalbretter waren in der Mitte durchgebrannt und hinuntergesunken, die Kisten mit ihnen.

Was ist hier los?

István fuhr herum. – Laci! Es muss eine undichte Stelle im Kessel geben, an der ein Funken Glut herausflog. Das hätte schlimm ausgehen können.

Wie das stinkt! Und die schwarze Suppe. Musst du das selbst putzen?

Du jedenfalls nicht, Laci. Ich muss es Weitmann melden. Gehen wir hinaus.

Weiß man schon, ob es eine Übertragung geben wird?

Nein. – Sie standen im Freien. Keine Frage von Laci, ob

ihm etwas passiert sei in dem Kesselraum. Kein Wort. – Wie war es in der Schule? Wie habt Ihr den Tag der Fahne gefeiert?

Tag der Fahne. Kindischer geht's nicht! Die Mädchen haben tatsächlich Fähnchen mitgebracht, selbstgemalte, mit siebzehn! Sind die noch zu retten? Wie in der Volksschule, brav ein Blatt in drei Streifen geteilt, mit dem Rotstift angefärbelt. Man glaubt nicht, wie viele Arten es gibt, eine rotweiß-rote Fahne zu malen. Wäre als psychologischer Test einsetzbar. Eine hatte die roten Streifen mit der Schrägseite des Stifts gefärbt. Deutet auf praktisches Denken, Sparsamkeit, Effektivität hin. Eine mit engen Schleifen und Ellipsen, typisch zwanghaft. Wirst du dir das Match ansehen?

Vielleicht die zweite Hälfte. Ich weiß gar nicht, ob ich hinein darf? Das ist doch für die Schüler?

Natürlich darfst du! Du mit deinem ewigen Fragen und Kuschen! Wie Mama! – Er steckte die Hände in die Taschen und marschierte weg. Er wusste genau, dass sein Vater ihm nicht nachschreien würde. Unleidlich war Laci, wenn die Österreicher gegen die Ungarn spielten.

Schau nicht so unglücklich.

Katharina schwieg.

Wir können Tante Frieda nicht enttäuschen. Es ist die einzige Aufgabe, die ihr in ihrem Leben geblieben ist.

So etwas Hässliches wie diesen Rock will ich nie-nie-nie wieder haben.

Warte ab, bis er fertig ist.

Ich will keine Pepitaröcke mehr haben. Mir wird schlecht, wenn ich auf das Muster hinsehe. Den anderen geht es genauso. Jeder schaut sofort weg, wenn ich so einen Rock trage.

Sie wollte dir eine Freude machen. Der Stoff ist eins A, das verstehst du nicht.

Der Stoff ist aus dem Krieg.

Blödsinn. Im Krieg bekam man solche Stoffe gar nicht.

Also vor dem Krieg? Wann war das? Vor hundert Jahren, als Tante Frieda eine junge Frau war? Hat irgendjemand Tante Frieda als junge Frau gesehen?

Den nächsten Stoff suchen wir wieder selbst aus.

Warum kannst du eigentlich nicht nähen?

Weil es mich nervös macht. – Die Mutter warf den Kopf zurück. Ihre Dauerwelle war völlig ihrer Meinung. Die Dauerwelle konnte traurig sein, lachen, sich empören, schimpfen. Sie hielt immer zur Mutter. Katharina wünschte sich, sie hätte ihre Zöpfe nicht abschneiden lassen, damals in der zweiten Volksschulklasse, als der Nachtigall ihr die Zöpfe auf den Rücken geschlagen hatte, hopp, hopp, hopp! Sie war stolz gewesen, dass der Nachtigall sie nicht mehr belästigen konnte. Ein paar Mädchen ließen sich auch die Haare abschneiden, und jedes Mal rügte der Religionslehrer sie traurig dafür. Jesus würde heute einen Kurzhaarschnitt haben, tröstete ihn Katharina.

Dein roter Pullover passt gut dazu. – Die Mutter zupfte an Katharinas Haarsträhne vor dem Ohr und legte sie an der Wange in einen Bogen. – Siehst wie Audrey Hepburn aus.

Katharina stach ein Stück von der Nusstorte ab. Eine grüne Marzipandecke lag darüber. Als sie die Gabel zum Mund führte, stand in dem Bogen zum Vorraum ein hochgewachsener junger Mann. László.

Er griff nach ihrem Herzen und hielt es fest. In ihren Ohren pochte es, er bemerkte sie nicht. Eine junge Frau war bei ihm. Er nahm ihr den Staubmantel ab und hängte ihn an der Wand auf. Noch hatte er Katharina das Gesicht nicht zugedreht. Er war groß, die Haare halblang. Er strich sie zurück, elegante Ohren, die Ohrläppchen nicht angewachsen. Er beschützte die junge Frau mit seinem Arm, kamen fremde

Männer angerannt? War sie krank? Konnte die nicht auf sich selbst aufpassen? Endlich! Er drehte sich um, die süßen blauen Augen, die süßen Wimpern! Der Mund, diese Lippen, das Gesicht – sie schloss die Augen, öffnete sie gleich, um keine Sekunde von ihm zu verpassen, ihn anschauen, was sonst, ihr Blick war so klein von diesem Tisch aus. Wie ein Frosch kam sie sich vor. Er führte die Frau in seiner Umarmung ab, jetzt, jetzt, jetzt, jetzt, Katharina senkte den Blick. Er war vorüber. Sessel quietschten beim Herumrücken. Ein männliches Aufatmen direkt hinter ihrem Rücken, die junge Frau stöhnte fröhlich von der Bank.

Hast du etwas? – Die Mutter beugte sich zu ihr. – Ist dir die Steherei auf dem Tisch vorhin zu viel geworden?

Angenehm war es nicht, sagte Katharina betont leise. Hoffentlich begriff ihre Mutter, dass sie nicht so laut reden sollte. – Ich habe bei Tante Frieda das Gefühl, dass Spinnweben in der Luft vorbeiziehen. – Sie trank langsam einen Schluck aus ihrer Kakaotasse.

Er lachte laut. Katharina fuhr zusammen. Getuschel. Hatte sie den Finger über seine Lippen gelegt? Versteckte er ihre Hand in seiner? Ließ er ihre Hand auf dem Tisch liegen und blies aus Liebe darauf? Kaum zu ertragen, ihn wenige Zentimeter entfernt zu wissen.

Fräulein? – Seine Stimme beinahe an ihrem Ohr. Sie drehte sich zur anderen Seite, sie wollte nicht, dass er sie erkannte, nicht mit dieser Frau bei ihm, Frau, Mädchen, sie war jedenfalls alt genug, dass sie allein mit ihm weggehen durfte. In einem Alter, das weit entfernt am Ende des Gymnasiums lag. Sie war erst im zweiten Jahr.

Die Kellnerin begrüßte László wie einen alten Bekannten.

Einen Espresso? fragte sie ihn. Und für die Dame?

Ein Glas Sinalco, bitte. – Ordinäre Stimme.

Katharina riss ihre Mutter am Arm und deutete der Kellnerin, stehenzubleiben. – Darf ich noch einen Kakao haben, murmelte sie.

Wie du willst, mein Schatz. Dann bringen Sie mir einen kleinen Braunen. – Gott sei Dank, sie blieben.

Dass sich in der Monarchie ... und die Lebensmittelausbildung in Ungarn befand. (Was erzählte die?)

Hast du schon eine Vorstellung?

Wie?

Das Kleid! Das Kleid mit den ...

Gesundheitsgefährdung nach 1919, weil die Untersuchungen der Milch in den Zwanzigerjahren mit ungeeigneten Methoden ... (seine Stimme!!! sein Hochdeutsch!)

Die Bündchen an den Ärmeln.

Katastrophale Situation.

Ja, und der Hemdkragen.

Seit Zerfall der Monarchie keine eigene Lebensmittelausbildung in Österreich. Den Hemdkragen überlege ich mir.

Schweigen hinter ihr. Lautes Schweigen. In Katharinas Ohren klopfte es vor Anstrengung, nichts zu überhören.

Ausdrücklich Geschick in der Handhabung –

Psst! (ER!) *Handhabung von was?* – Gekicher. – *Kann ich dir gern helfen.*

Vielen Dank! – Die Mutter schaute die Kellnerin im Sitzen sehr von oben herab an.

Danke, Lydia. – Er nannte sie beim Vornamen! Katharina hatte die kleine Kaffeetasse auf dem Silbertablett gesehen. Pfeifen, Einsaugen, das war sie mit ihrem Strohhalm im Sinalco.

Nicht zu bitter? – Sie. Schweigen. Was antwortete er? Kopfschütteln. Oder die Lippen gespitzt und ein Kuss als Nein. Hinter ihrem Rücken lief ein Film. Nicht Kino. Wirklich! Sie wusste nicht, was schlimmer war, wenn sie redeten oder wenn sie schwiegen.

Katharina nahm einen Bissen von der Torte, summte mmm, dazu ein Augenaufschlag, der die Mutter glücklich nicken ließ. Sie senkte im Genießen die Lider in Zeitlupe und hoffte, ein paar Sekunden gewonnen zu haben, dazu mussten die beiden weiterreden. Wieso sagten sie nichts. Nur Blicke? Die konnte ihm stumm in die Augen sehen, solange sie wollte, und Katharina musste dabei zuhören. Schluss mit diesem Warten.

Haben wir das Rezept zuhause?

Von der Torte? Nicht ganz dieselbe.

Du beherrschst grünes Marzipan?

Nein. Vielleicht kann man es fertig kaufen.

Von einer Rolle? Ich hätte gern einen halben Meter Marzipan, Frau Stiernicka.

Nicht in der Papierhandlung, du Huhn. Hier in der Konditorei. Als Marzipanmasse, die man über die Torte legt. Glaube ich. – Die Mutter kümmerte ihre eigene Unwissenheit überhaupt nicht, das gefiel Katharina. Gut, weiß sie eben nicht, wie das mit dem Marzipan geht. Manche Probleme gab es für die Mutter gar nicht.

Der Schwiegersohn von Chriaschtschow hat einen Zeitungsartikel –

Sag das noch einmal!

Was?

Chriascht-schow. Du sagst das so ... Kichern ...

So russisch, meinst du. Chriaschtschow. – Sie hatte Recht. Es klang, wie wenn ein Hund etwas herauswürgte.

Schmeckt sie dir?

Katharina nickte.

Mussten wir ja lernen. Er hat Maier einen »Mörder der Völkerfreundschaft« –

Ich überlege, ob wir heuer in den Weihnachtsferien ein paar Tage nach Tirol fahren sollen. Nur wir beide.

Schifahren? Wir haben hier doch alles.

Nicht Schifahren, das wäre zu umständlich mit dem Gepäck im Zug. Die Welt anschauen! Du musst etwas von der Welt kennenlernen.

Warum fahren wir dann nicht nach Wien?

In Wien haben wir niemanden, bei dem wir wohnen können.

Wien wäre mir das allerliebste.

Da müssten wir am Abend wieder zurück. Ich weiß gar nicht, wie lange die Fahrt dauert.

Ade Welt, ade Mutter. – Wie? Seine Mutter war gestorben? – *Dieses theatralische Hinsinken wie aufs Sterbebett.* – Sie spürte, wie László sich zur Seite lehnte. Machte er sich lustig über den Tod seiner Mutter? Und die junge Frau lachte! Beide lachten sie.

Erheben sich wie von schwerem Siechtum erwacht, sprach László weiter. *Es sind verwöhnte, überbezahlte Spieler, die nicht professionell leben und trainieren.*

Professionell leben? fragte die Frauenstimme.

Kein Alkohol, keine langen Nächte. – Seine Stimme bei »keine langen Nächte«!

Ich werde das jedenfalls herausfinden. Lust hätte ich.

Ja, ich auch.

Die Ungarn fallen viel leichter, rollen sich ein, als bereite ihnen der Purzelbaum Freude, stehen leichter auf. Er hielt inne, alles geschah gleichzeitig, Katharina redete über die Wienfahrt, während ihre Stirn vom scharfen Zuhören zu schmerzen begann.

... vom Trainer aus dem Kader geschmissen. So geht das bei den Ungarn. Kein dolce vita –

Kein was?

Das süße Leben, du Kuh, murmelte Katharina im Kopf.

Das ... mm ... sü – Kussgeräusch! – *ße Leben ...*

Die Mutter beugte sich vor. – Das muss ja die große Liebe sein, flüsterte sie.

Die findet man mehr im Theater, wo ihre Flirts engagiert sind, als auf dem Spielplatz.

... mein Flirt ... (Sie.) Stille.

Ka–, begann ihre Mutter, da hatte Katharina bereits Karamba gesagt. Bloß nicht ihren Namen erwähnen.

Kannst du dir einen jungen, gut aussehenden Bundeskanzler für unser Land vorstellen? fragte die Mutter versonnen. Wie Kennedy? – Sie lächelte traurig, als leide sie. Amerika steckte der Mutter wie ein Spleen im Kopf. Der Tiergarten in Schönbrunn hatte mit der Bronx zu tun (du mit deiner Bronxitis, sagte der Vater), der Germteig mit elektrischen Küchenmaschinen in Brooklyn, ihre Sonnenbrillen mit denen von Jackie Kennedy. Zu dem Treffen der schicken Amerikaner mit dem altväterischen russischen Ehepaar war sie nach Wien gefahren, um einen Hauch von Amerika zu erhaschen. Kennedy hatte sie aus der Ferne fotografieren können, einen gebeugten, kranken Mann, dessen Gesicht man auf den Fotos nicht erkannte.

Ja, sagte Katharina. Aber er müsste aus dem Ausland kommen.

September 1964

Die Frau … er sieht nur einen Streifen ihrer Haut. Und die Haare, dunkle Haare, ein paar Locken, nicht zu erkennen an welcher Stelle des Kopfes, kein Gesicht. Die Frau ist fast verschwunden unter dem kräftigen Arm, der Schulter des Mannes, des Raubvogels, das Gesicht der Frau verborgen an der Brust des Mannes, wo die Luft heiß und stickig ist. Ein Riesenvogel, ein Mann mit Federn die Brust hinunter, und die zarte Nase der Frau muss sich hineinbohren, findet keinen Ausweg. Der Schweiß auf ihrem Gesicht vermischt sich mit dem Schweiß, der aus der Federnbrust des Mannes kommt. Macht er einen Vogel aus ihr? Er packt sie am Genick und fliegt mit ihr zu seinem Riesennest hinter den Voralpen. Dort muss sie bleiben und ihm kleine Vögel zur Welt bringen. Mit dem Leben, das sie vorher geführt hat, ist es für immer vorbei, ihre Familie wird sie nie wiedersehen, die Kinder werden jeden Tag am Hof in den Himmel schauen, wo die Mutter denn ist. Irgendwo am Fuß des Reidlingbergs gibt es einen weinenden Vater. Bitter weinend, es schüttelt ihn. Er bereut, dass er seine Frau nicht beschützt hat. Die verwandelte Frau im großen Nest aus unbequemen Zweigen richtet sich auf. Ihr Körper ist der eines Vogels, ihr Kopf … anstelle des Schnabels und der Raubvogelaugen blickt László in das Gesicht einer Frau, die er kennt, ist das wirklich –?

Er schnappte nach der ersten Luft im Erwachen. *Ist das wirklich* … das Gesicht einer Frau … im Raubvogelnest … es ist nicht das Gesicht seiner Mutter. Nach dem ersten Mal hatte er geglaubt, sie müsse es sein, hatte die Mutter an den folgenden Tagen beobachtet, ob sie ein Erkennungszeichen gab, ob sie zugab, dass sie es war. Das war gleich im Februar gewesen. Seither hatte sich dieser Traum zweimal in seinen Schlaf gestohlen.

László riss die Bettdecke weg, packte seine Unterwäsche, warf seinen beim Frühstück sitzenden Eltern einen Laut zu, riss den Schlüssel vom Bord und verschwand. Im winzigen Badezimmer, das der Vater vor ein paar Jahren herrichten hatte dürfen, stand das Fenster offen. Noch waren die Nächte trocken. Er schrie leise beim Duschen, it's been a hard day's night, weiter konnte er nur die Melodie, nicht den Text. Es ärgerte ihn, dass er zu bequem war, die Texte mitzulesen und im Gedächtnis zu behalten. Der Kopf summte ihm, höher und höher.

Kaum hatte er am Tisch Platz genommen, hob der Vater sein Kaffeehäferl hoch. – Auf deine Prüfung am Montag!

Laci wird das schaffen, sagte die Mutter. Zuerst die Wiederholungsprüfung, damit ist der erste Schritt getan. Dann die Schularbeiten, eins nach dem anderen, bis zur Matura.

László aß sein Marmeladebrot. It's been a hard day's night. Ihre Stirn zeigte tatsächlich schon Falten. Dass sie das geschehen hatte lassen mit sich ... und in den Augenwinkeln, wenn sie lachte. László konnte ihr beim Lachen nicht zusehen, weil auch das gekennzeichnet war von der ganzen Scheiße.

Hast du gar nichts bemerkt? hämmerte es in ihm, wenn er in das Gesicht seines Vaters blickte. Damals hast du etwas riskiert, bist gegen die Russen marschiert, hast eine Granate überlebt, hast flüchten müssen mit uns. Einmal hast du dich aufgebäumt, und wofür? Um deine Ehre an einen Weiberer im Trachtenanzug zu verschenken?

Und wo war ich mit meinem Kopf, bin ich tatsächlich so blind durch die Welt gegangen? Die Mutter in einer Liebesaffäre, keine hundert Meter von der Kasernenwohnung. Hatte sie da oben in der Kanzlei in einer fremden Welt geschwebt, in der der Vater und er keine Rolle mehr spielten? Er wäre nie auf die Idee gekommen, in seiner immer auf Anstand bedachten Mutter eine erotische Frau zu vermuten, die ihre Familie betrog. Mit dem Direktor! Hier, im Nest dieser Anstalt, wo das am nächsten Tag hätte auffliegen können, jeden Tag antreten in der Kanzlei zum Liebesdienst oder was sonst, das war so unwürdig. Danach die noch größere Erniedrigung.

Ich bin so erleichtert, dass ihr mit einem wirklich guten Schüler noch einmal alles wiederholt, ihr beiden Helden. Dein Freund und du.

Am Abend sagte László, er sei zu einer Geburtstagsfeier eingeladen, und fuhr mit dem Moped seines Vaters davon, vorbei an Weitmann, der am Beginn der Allee mit einem der Lehrer in einem Gespräch feststeckte. Es war das größte Glück gewesen, das László passieren hatte können, dass im Jahr davor das Praktikum der IV. Jahrgänge entfallen war. Es war üblich, dass die Schüler der Landwirtschaftlichen Lehranstalt eine Woche auf den Feldern in Wickendorf herumstapften und Steine klaubten. Die Peinlichkeit, vor seinen Schulkollegen als Sohn des Landarbeiters aufzutreten, war ihm erspart geblieben.

Samstags um sieben Uhr abends gab es im Blauen Fisch eine Tanzbar. Der Blaue Fisch war ein Geburtstagsgeschenk der Hoteliers Seeger an ihren Sohn Josef, der sich bereits an zwei Lokalgründungen übernommen hatte und nun im eigenen Haus experimentieren durfte. Joe Seeger war in London gewesen und hatte einen Koffer voller Singles mitgebracht. Er sprach geheimnisvoll von seinen Kontakten und dass er die musikalische Revolution in die Kleinstadt bringen wolle, »no mistake about that«. Natürlich ist das kein Fehler, dachte László. Joe ließ niemanden an seinen Plattenspieler heran. Wehe, jemand wagte es, die Nadel aufzusetzen.

Als er den Blauen Fisch betrat, verschlug es ihm den Atem von all dem Rauch. In einer Ecke bei der Tür stand der Sohn des Apothekers mit Burschen in seinem Alter beisammen. Sie verzogen die Gesichter, wenn sie einen Zug nahmen. Er hätte selbst gern die Hand mit einer Zigarette zwischen Daumen und Zeigefinger lässig in die Höhe gehalten. Von solch einer Hand ging eine Veränderung des ganzen Körpers aus. Man entspannte sich und glitt in Gesten und Bewegungen, die nur darauf gewartet hatten. Es war gratis, eins der wenigen Dinge, die man schnell beherrschte. Man sah sich einen amerikanischen Film an. Wenn er bloß nicht tränende Augen von dem Rauch bekäme. Er griff nach dem Taschentuch in seiner Hose, frisch gebügelt, von Etelka zugesteckt. Sie verkaufte László die Sauberkeit als etwas, das einem einen Startvorteil verschaffe, »nicht bloß bei Frauen«, letzteres mit einem Lachen, das sie sofort bereute. So viel war zweideutig geworden.

War das Julika? Über die Ferienmonate hatte sie ihre Haare schneiden lassen. Die Friseurin, die den langen Pferdeschwanz abgeschnitten hatte, sollte man umbringen. Es war Gott sei Dank nicht mehr seine Enttäuschung. Der Typ, mit dem sie bei der Klassenfeier im vorigen Schuljahr geschmust hatte, musste jetzt beim Bundesheer sein. Sie unterhielt sich mit einem Mädchen, das er nicht kannte. Die gleiche Frisur.

Laci!

Grüß dich.

Komm doch her. Sei nicht so schüchtern. Das ist Laci, unser Ungar. Meine Freundin Johanna aus Wien.

Julika drehte ihren neuen Bubikopf wie ein Fotomodell nach links und rechts, die Linie ihres Kinns weich und schön. Die Stelle unter dem Ohr, an die seine Mutter das Parfüm tupfte, ehe sie in die Kanzlei ging. Das Weihnachtsgeschenk der Direktion. Weil der Hurensohn gegen bestimmte Gerüche allergisch war und dieses sein Lieblingsparfüm war. Seins! Wie viele Frauen waren damit von ihm markiert worden? Schade, dass ihm das im Februar nicht eingefallen war. Bis die bauchige Flasche – *flacon* – durch keine neue ersetzt wurde und sie vom Vater eine kleine mit dem unmöglichen Namen 4711 geschenkt bekam.

Ob du in Begleitung hier bist!

Bin ich nicht, Juliane. – Julikas Gesicht verfiel. *Nenn mich nicht Juliane, das klingt so alt. Soll ich Julia sagen wie die anderen?* Ihr Blick an jenem Tag. Sie hatte auf etwas gewartet. Einen besonderen Namen für sie, den niemand außer ihm verwenden durfte. *Julika,* total zärtlich. Augen zu. *Julika.*

Er nahm Julikas neues Kostüm unter seiner Augenhöhe wahr. Die weiße Bluse. Er konnte nichts erkennen, weil die Kostümjacke ihren Oberkörper verdeckte. *Oberweite.*

Ich habe deinen Lenau gelesen.

Sehr freundlich. Hättest du nicht müssen.

In Lacis Heimatort steht ein Denkmal für Lenau im Hof der Burg.

Aha, sagte die Freundin.

Und wart ihr im Sommer drüben? Sie haben seit dem Vorjahr die österreichische Staatsbürgerschaft.

Nein. Schönen Abend wünsche ich euch.

Heißt das, ihr könnt wieder nach Ungarn reisen? Sein Herz hatte geblockt bei ihren Worten damals. Wieder nach Ungarn, heimfahren, wo ihr hergekommen seid? In ihrem Gesicht keine Spur von Angst, ihn zu verlieren. Er schaute in den Saal. Ein Mädchen stand mit einem Glas Orangensaft bei der nächsten Fensternische. Sie sah zu ihm her. Lange brünette Haare. Die meinte ihn.

Was, fragte sie anstatt eines Grußes und hob herausfordernd den Kopf, als er sich neben sie stellte. Er stützte sich mit dem Ellbogen hoch an der Wand ab und steckte die andere Hand in die Hosentasche.

Nichts, sagte er und lächelte.

Interessant.

Bist du allein hier?

Mhm, nickte sie mit solchem Nachdruck, dass er lachen musste. Sie wirkte kindlich und erwachsen zugleich.

Wie heißt du?

Jeannette.

Nett. – Am liebsten hätte er sich auf den Mund geschlagen.

Und du?

László.

László. – Sie ließ seinen Namen auf ihrer Zunge tanzen. Fragte nicht weiter, wo er herkam. So, wie er das wollte. Ließ sie ihn zappeln?

Wie alt bist du?

Einundzwanzig, sagte sie. Und du?

Auch bald so alt, log er.

Wann? In zwei Jahren, in drei?

Du hast mich erwischt. Genau genommen in circa zweieinhalb Jahren. Ich mache heuer die Matura in der Landwirtschaftlichen Lehranstalt. So Gott will.

Der will manchmal nicht.

Wem sagst du das. Arbeitest du hier?

Sie überlegte kurz. – Warum nicht?

Heißt das, du bist dabei, dir eine Arbeit zu suchen?

Nein? – Aus ihrem Ton hörte er heraus, dass er solange fragen sollte, bis er das Rätsel gelöst haben würde.

Du hast bereits einen Arbeitsplatz?

Im weitesten Sinne ja.

Du arbeitest hier warum nicht, du hast im weitesten Sinne einen Arbeitsplatz, du bist zweiundzwanzig. Gärtnerin?

László bekam einen Stoß von hinten, der dicke Ritchie zwängte sich vorbei, mit einem Zigarillo zwischen den Lippen. – Hey, Jeannette! – Sie hielt sich die Nase zu und drehte den Kopf weg.

Möchtest du tanzen?

Statt einer Antwort hakte sie einen Finger in seinen Zeigefinger und führte ihn. Das Licht rollte aus einer Kugel an der Decke durch den Raum, streifte über die Gesichter und Körper der Tanzenden. Rasch tauchten sie ein. Come on come on, come on come on, please please me, oh yeah. Mehr verstand er nicht vom Text. Wenn die Beatles die Tonart wechselten, wurde ihm so wohl, so unheimlich und wohl, please please me oh yeah. Jeannette sang den Text mit, hob die Schultern, ihre Finger schnippten, bei der linken Hand schnalzte es, sie bewegte ihren Oberkörper ohne Scheu. Ein BH beginnt an den Schultern, dachte er, als sie für eine Sekunde in einem violetten Lichtkegel erstrahlte. Kaum hatte er seinen Rhythmus einem Song angepasst, kam eine neue Nummer. Er kannte sie nicht, verschwimmende Instrumente, sofort verlangsamte sich das Tempo rundum, und die Paare sanken aufeinander zu. Jeannette legte ihre Hände an seinen Nacken, ihr Kopf, die Wangen, der Duft. Er verschränkte die Arme tief über ihrem Kreuz, schläfriges Schwingen, minimale Verschiebungen der Körper. Der Stoff ihres Kleides schützte seine Hände vor der Berührung, die er nicht gewagt hätte. Seine Handflächen konnten wellenartig ihren Po betasten, be*tonen*, sollte er ihr das erzählen? Stärker und schwächer betonen. Besser nicht.

Jeannette, flüsterte er. Er musste sich ein paar ihrer Haare von den Lippen zupfen. Er konnte gar nicht genug davon kriegen, ihren Namen in ihr Ohr zu flüstern. Ihre Haare sanft umzuleiten.

Aus. Ein enttäuschtes Jaulen von allen Seiten, als hätten

sie das geprobt. Joe, das ist gemein. Dann eine schrille Sängerin. Liebeskummer lohnt sich nicht, my darling! Ungläubig schaute er Jeannette an, rümpfte die Nase. Sie sollte sehen, dass er einen guten Geschmack hatte. Sie sang begeistert mit! Schade um die Tränen in der Nacht. Hob sogar den Zeigefinger, sie meinte es ernst. Weil schon morgen dein Herz darüber lacht.

Siw Malmkvist, stieß sie hervor. Siw!

Singt sie »my darling« oder »mein darling«? fragte er, aber das interessierte Jeannette nicht.

Im Hof da spielte sie mit Joe von vis-á-vis. – Gejohle und Gekreisch. Joe drehte die Lautstärke hinauf. Gebrülle im Chor: Liebeskummer lohnt sich nicht, mein darling. Als das Lied zu Ende war, nahm er Jeannette am Handgelenk und deutete mit dem Kopf zur Tür. Vorbei an den Mooshofer-Brüdern, die ihn so blöde anstarrten, als hätten sie mit sich selbst getanzt. Bei der Tür staute es sich. László spürte die warme Fläche von Jeannettes Hand auf seinem Rücken. Einmal draußen, verliefen sich alle rasch. László sah ein Mädchen, das er zu kennen glaubte, mit einem Burschen im Auto verschwinden. Nirgendwo fuhr ein Wagen weg. Der große Parkplatz des Hotels war schwach beleuchtet, an der linken Seite zum Bach hin überhaupt nicht. Dort standen die meisten Autos.

Nicht sehr klug, sagte László. Wenn alle dort parken, können sie einander ja zusehen. – Das hätte er nicht sagen sollen. Zusehen, beim Knutschen. Er mochte solche Begriffe nicht. Es gab kaum angemessene Worte dafür. Schmusen. *Petting*. Er legte den Arm um Jeannettes Schulter und führte sie ab. Das gemeinsame Gehen, die stumme Vereinbarung füllten ihn mit Hochspannung, alle Moleküle seines Körpers vibrierten von dieser Mission. Sie steuerten einen dunklen Platz hinter einem Lieferwagen an. Niemand dort. Jeannette lehnte sich an das Holzgeländer und wippte mit ihren langen Beinen, links, rechts. Ihr Kleid fächerte sich im Rhythmus dazu auf. László jagte Bildern nach, den Rock hochschieben, die langen Beine an den Knöcheln festhalten, Jeannette um die Taille packen und sich mit ihr auf das Geländer setzen, am Platz entführen in seinen Schoß. Wenn sie Ruhe gäbe! Er setzte sich neben sie, da hörte sie auf.

Du weißt noch immer nicht, was ich mache.

Ahm, du studierst, sagte László. Ich hätte es gleich wissen können.

Es war schöner so.

Welches Fach?

Anglistik und Geografie.

Allerhand. – Er wusste nicht weiter. Anglistik und Geografie, alles klar. Sie wird Professorin werden.

Reist du viel – wenn du Geografie studierst?

In den Ferien. Meistens per Autostopp.

Erlauben deine Eltern das? Ich würde dir das nicht erlauben.

Sie lachte leise. Einige Meter entfernt drehte sich eine schemenhaft in die Breite gezerrte Figur zu ihnen, ein Pärchen in einer anderen Welt. Sie sprang vom Geländer und stellte sich dicht vor ihn hin, musterte ihn mit großen folgsamen Augen. – Nein? Du würdest mir das nicht erlauben?

Nur wenn jemand Vertrauenswürdiger mit dir käme.

Da fällt mir im Moment niemand ein

Er müsste … lass mich nachdenken … er müsste am besten ein richtiger Gentleman sein …

Die sind zu fein für die Straße.

Lass mich ausreden. Ein richtiger Gentleman mit einer Ausbildung in Präriewissenschaft …

Aha?

Präriewissenschaft und einer seltenen Fremdsprache, die

er als Zaubersprache einsetzen würde, wenn Gefahr droht für seine Begleiterin –

– von einem fabulierenden Landwirtschaftsschüler, der sie langsam überfallen will, weil er sich nicht sicher ist, ob er alles richtig –

– ERINNERN wird von seinen früheren Überfällen, die alle eine Ewigkeit zurückliegen, aber eine Ewigkeit ist rein gar nichts angesichts einer so ... so ...

László stand auf und drückte sie an sich. Er senkte seinen Kopf zu ihrer Schläfe, besprach ihre Wange mit Worten wie »so hübsch wie du«, »süß wie du«. Die Haut an ihrer Schläfe war dünner als auf den Wangen, er fürchtete, sie zu zerreißen. Er umfing sie mit dem ganzen Arm und steckte die Nasenspitze in ihr Haar, in ihre Locken, nein, sie hatte keine Locken, die er hin und her legen konnte wie Gregory Peck es neulich bei ... Jeannettes lange Haare ließen das nicht zu, dafür konnte man sie vom Nacken nach vorn schöpfen ... in diesem Augenblick fiel ihm ein, dass Gregory Peck 191 Zentimeter groß war. Er wollte, dass die Zahl verschwinde, doch etwas fragte in ihm, wie groß Jeannette sei, einen Meter siebzig ...

Du bist so ernst, flüsterte sie.

Oktober 1964

Die Mutter beharrte darauf, dass Katharina den wärmeren Mantel anzog. Jetzt schien die Herbstsonne, nach der Vorführung konnte es deutlich kälter sein. Es war zwanzig vor vier, der erste Tag, an dem sie »Die Flucht der weißen Hengste« spielten. Vielleicht sollte man allmählich aufbrechen?

Die laufen uns nicht davon, rief die Mutter aus dem Badezimmer.

Katharina nahm ihre Sonnenbrille. Den Mantel hängte sie über die Schultern. – Ich warte unten!

Mit verschränkten Armen, das Gesicht mit der Brille zur Sonne gestreckt, stand sie vor dem Haus auf einem Dampfer, der durch den Golf von Aden fuhr. Onkel Ernst hatte sein Versprechen eingelöst und ihr von seiner Reise nach Südafrika eine Ansichtskarte geschickt. Der Ozean im Golf von Aden blitzte hellblau, hinter dem weißen Schiff streckte sich ein Ufer mit Palmen und Strohhütten. Katharina war die einzige Frau an Bord. Der Kapitän hatte ihr seit dem ersten Abendessen schöne Augen gemacht. Waren seine Augen größer als sein Magen? Und sie ihm kein Dorn im Auge?

Wo bleibt sie? sagte Katharina laut. – Endlich, ihre Schritte die Treppe herunter. Stöckelschuhe. Die Mutter trat vor die Tür, fröhlich und gehetzt. Sie kramte in ihrer Handtasche.

Ich habe kein Taschentuch mit.

Ich gebe dir meins.

Okay.

Katharina liebte das amerikanische »Okay« ihrer Mutter, den ansteigenden Tonfall. Wenn man Josef glaubte, mit dem sie einmal darüber geredet hatte, bedeutete es: Heben wir den Arsch und machen uns an die Arbeit. Josef ging in die Parallelklasse und galt als sprachbegabt. Der Lateinlehrer freue sich schon auf Josef, hieß es.

Als sie bei der Filmbühne ankamen, zeigte die Uhr zehn Minuten vor vier. Nur wenige Leute stellten sich an.

Wir nehmen Karten ganz hinten, ist dir das recht? fragte die Mutter. Da sind wir ungestört.

Katharina vermutete, dass sie wegen der traurigen Szenen vorsorgte. Lieber saß sie weiter vorne. Sie mochte es, überwältigt zu werden und den Rand des Films nicht zu sehen, die Falten des schwarzen Vorhangs und oben und unten die schwarze Einrahmung der Leinwand.

Genug Zeit, sagte die Mutter, zwei orangefarbene Kinokarten und das Filmprogramm in der Hand. – Lass uns hinausgehen und so tun, als ob wir eine Zigarette rauchen. Unseren Platz nimmt uns keiner mehr.

Das Filmprogramm war leider dunkelblau. Im Vordergrund befanden sich zwei Schauspieler und eine Frau. Der alte Mann in Uniform links schaute in die Ferne, daneben blickte ein etwas weniger alter Mann mit teuflischen Augenbrauen und schmalen Lippen zu einer Frau um die fünfzig. Ihre Stirn schlug eine Schneise dorthin, wo die Haare beginnen sollten, eine Geheimratsecke wie bei manchen Männern. Sie sah unglücklich und verloren aus. Schade, gar keine jungen Schauspieler.

Das ist Lilli Palmer, sagte die Mutter.

Lilli Palmer. Lilli Palmer. Klingt schön. Und wer sind die beiden Männer? Der Alte?

Alt? Der ist nicht alt. Das ist Curd Jürgens. Der in der Mitte heißt Robert Taylor, den kenne ich nicht so gut. Die beiden anderen sind sehr berühmt, das kannst du mir glauben.

Katharina blätterte das Programm auf. – Curd? Wieso nicht Kurt?

Curd ist sein Künstlername.

Viel ist ihm nicht eingefallen.

Zwischen der Liste mit den Namen und der Geschichte des Films blickte Lilli Palmer hervor, diesmal ohne den besorgten Ausdruck im Gesicht. Wunderschön war sie. Das kurze dunkle Haar, hier natürlich dunkelblau, die Lippen (kein Lächeln), die geschminkten Augen, sehr lange Wimpern – Katharina schaute ihre Mutter an, nein, nicht geschminkt, abgesehen vom Lippenstift. Das gleiche Bild zu dritt, aber hier war zu erkennen, dass Robert Taylor sie fest am Oberarm packte, ihr Ärmel schlug Falten, wo er zugriff. Der Ehering an seiner Hand. Lebte er von der Hand in den Mund? Würde er die Hände lieber in den Schoß legen? Hatte er die Hand im Spiel?

Das Licht im Vorführraum brannte noch, als sie ihre Plätze einnahmen. Auf den Randsitzen zwei Frauen, die aufstehen mussten, um sie hineinzulassen. Gegen die Wand zu blieb die Reihe frei. Katharina legte ihren Mantel einen Sitz weiter. Der Saal versank langsam in Dunkelheit.

– Zusammenbruch der Monarchie flüchtete das ganze Gestüt aus Slowenien. Sie waren bei uns im Schloss untergebracht.

Katharina fuhr hoch. Ging *er* da den Mittelgang hinunter, wirklich er? Neben ihm ein Mädchen. Diese Lydia? Ihre Silhouetten verloren sich nach ein paar Reihen, rechts vom Mittelgang, hinter dem blöden Saukopf eines Mannes, der schräg vor Katharina saß und die Sicht verstellte.

Können wir tauschen? fragte sie die Mutter.

Hier siehst du doch viel besser.

Nur probieren. – Tatsächlich. Ein Stück vom Hinterkopf. Wenn sie sich über den Schoß ihrer Nachbarin beugte, bekäme sie einen Streifen seines Gesichts zu sehen. Er könnte es sein. Vor ihr hatte sie ein Mädchen mit einem langen Hals und toupierten Haaren, während die kleine Scheibe vom

Kinderkopf, die Katharina jetzt erst bemerkte, den Blick der Mutter nicht im geringsten störte.

Lebte er noch in Wickendorf? Er musste die Matura bereits hinter sich haben. Oder er wiederholte ein Jahr. In ihrem Gymnasium hatte sie ihn nie getroffen. Gut möglich, dass er diese Landwirtschaftliche besuchte. Josefs Bruder wollte nach der Vierten weggehen, weil er es zuhause nicht aushielt. Das wussten seine Eltern noch nicht. Jedenfalls lernte man dort, ein Bauer zu werden. Früher hatten es alle von selbst gelernt, jetzt brauchten sie fünf Jahre dazu. Ein Jahr länger in der Schule, freiwillig. Schöner Wahnsinn. Seit der Konditorei hatte sie ihn nicht mehr gesehen.

Die Wochenschau begann. Leider in schwarzweiß. Von der Blumenschau im Frühjahr hatten sie einen Farbbericht gezeigt. Moskau. Ein kleiner dicker Mann im hellgrauen Anzug blickte sehr traurig drein. Man hatte ihn abgesetzt. War das nicht –

»Chruschtschow galt als Sendbote eines aufgelockerten, beinahe liberalistischen Kommunismus.« Er war es. Falsch ausgesprochen! Im Saal murrten ein paar Leute, László gewiss darunter. Vor diesem Sendboten war László geflohen – im nächsten Augenblick saß der Sendbote mit Kennedy auf einem Sofa, das träumte er wohl, Kennedy war schon erschossen. Ach so, der Besuch in Wien damals. Die Mutter zog hörbar die Luft ein, hoffentlich musste sie nicht heulen. Schön sah Kennedy aus. Daneben der Sendbote wie ein armer Onkel, dem man einen Anzug geschenkt hatte. Sein Nachfolger – um Gottes Willen. Ein Sohn von Iwan dem Schrecklichen aus ihrem Herrscher-der-Welt-Quartett! Die bösen Augen, und die Augenbrauen! Hatte er keine Ehefrau, die ihm diese widerlichen Büschel wegschnitt? Da war etwas im Busch. Armer László, was bedeutete der Schreckliche für ihn? Sie lehnte sich zu der alten Frau nach rechts, versuchte, nicht in den Strahl ihrer scharfen Augen zu geraten. Lászlós Kopf nur ein Buckel, vermutlich hatte er beide Hände vors Gesicht geschlagen vor Trauer und Entsetzen. Die Nachbarin gähnte, Katharina schnellte zurück. Mein Gott, was für ein Geruch aus ihrem Mund kam. Vielleicht war sie auf den Mund gefallen.

Der Name Walt Disney erschien in der Handschrift der Micky Maus. Das wulstige W, alle Buchstaben rund und schlampig.

»Von 1680 bis zum Ende der Monarchie dienten die weißen Pferde ausschließlich der Krone.« *Monarchie.* Und dann? Wieso verschwieg der Sprecher ihren Aufenthalt in Wickendorf? Katharina fühlte sich mit ihrem Wissen auserwählt, das hatte sie *ihm* zu verdanken, als habe er geahnt, dass der Film darüber schweigen würde. Nur drei Menschen im Saal, diese Lydia mitgezählt vier, wussten davon.

Eine Ortschaft in der Steiermark. Ein Mann mit Hut kniete bei einem schwarzen Fohlen im Stall. Ein Tierarzt. Lászlós Hinterkopf, ein wenig Licht strahlte von der Leinwand über sein Haar, jetzt verschwand er, weil es im Stall dunkler wurde. Gott sei Dank, das Fohlen richtete sich auf und trank bei seiner Mutter. Alles, bloß keine Todesfälle von Tieren. Wenn das käme, müsste sie sofort hinaus.

Schön, die Weiden, die vielen Pferde, alle fröhlich, sie spielten, bissen sich zum Spaß. Katharina kniff die Augen zusammen, die Landschaft wurde undeutlich, dort ritt László auf einem Hengst in die Freiheit, ohne Sattel, und sie selbst folgte ihm mit einem eigenen Pferd. Sie ritten um die Wette, ihr Pferd holte auf, sie konnte ihm bereits einen Blick zuwerfen, er lachte und zog wieder voran, sie fiel zurück und – sie riss die Augen auf. Ihr Pferd drehte nach rechts ab, gehorchte ihr nicht mehr, während László nach links aus dem Film verschwand. Dort unten, fünf Reihen vor ihr, saß er.

Abgestiegen von seinem Pferd, und die dumme Trulle neben ihm wusste es nicht einmal.

»Gegen Ende des Zweiten Weltkriegs, im Frühjahr 1945, drohte die größte Gefahr für die Pferde.« – Ähh, die Fahne mit der Spinne. Die Fahne hatte sie in den Fotoalben des nicht so lieben Großvaters gesehen. Sie hatte nicht gewusst, dass die rot war. Und so groß. Der Stefansdom dahinter sah wie ein Spielzeug aus. Auf den Fotografien hingen die Fahnen den Fenstern aus dem Mund. Girlanden aus Adventkränzen verbanden die Fenster. Die Pferde ritten in Wien eine Straße entlang.

Die Hofburg, flüsterte die Mutter. Dort hat der Kaiser gewohnt.

Die Lipizzaner tänzelten in einer großen Halle, im Schloss drinnen. Unter einer Burg stellte sie sich etwas anderes vor. Dafür machte alles einen viel zu sauberen Eindruck, die hohen Wände geweißt, schöne hohe Fenster.

Ist das Robert Taylor? flüsterte Katharina. – Ein Mann in grauer Uniform, unverkennbar der Anführer, drehte sein Pferd elegant zum Stehen und stieg ab.

Ja. Major Podhajsky. Und da ist Curd Jürgens.

Der schien gutmütig, aber der Soldat neben ihm –

»Gruppenführer Streiker.«

Der hatte hässliche Augen, dem sollte man nicht trauen, und unangenehme Lippen. – »Hier ist es ja ganz leer! Ich vermisse das Bild von Kaiser Karl!«

Hatte Robert Taylor die Einrichtung gestohlen? Der widerliche Gruppenführer wollte, dass die Pferde in Wien blieben. Robert Taylor setzte ihn unter Druck, die Pferde mussten weg, sie waren zu kostbar.

»Major Podhajsky, das Leben hat hier normal weitergeführt zu werden! Da wir siegen müssen, darf kein Opfer zu groß sein. Heilitler!«

Katharina rutschte unbehaglich in ihrem Sessel herum. Auf der Flucht wurde László von dem Gruppenführer angehalten. Streiker zielte mit seinem Gewehr auf den wehrlosen Ungarnbuben.

Lilli Palmer! Auf einem Teppich kniend. Wie ein spielendes Kind. Wahnsinnig rote Lippen. Der Major warf ihr seine Peitsche hin. War er verrückt?

»Luis!« – O Gott, Luis hieß er? Wie Luis Trenker, den die Großmutter verehrte?

»Immer die Nazis.«

»Willst du einen Kaffee?« – Sie schenkte ihm kniend eine Tasse ein. Endlich erhob sie sich in ihrem dunkelgrün karierten Kleid, mit einem Kragen ohne Knöpfe rund um ihren Hals. Hoffentlich drehte er ihr nicht den Kragen um.

Komm herüber, du verrenkst dir dauernd den Hals. – Die Mutter klappte ihre Beine nach links. Katharina gehorchte ihr. Schlimmer konnte es ohnedies nicht werden. Von ihrem neuen Platz aus war der Saukopf zwar zur Seite gerutscht, die Frau mit ihrem kleinen Hut neben ihm genügte jedoch, dass wieder nur ein Spalt in Katharinas Blickfeld rutschte. László beugte sich vor! War ihm etwas hinuntergefallen? Oder ihr? Aber da hätte er sich nach der anderen Seite gewandt, zu ihren Knien.

Auf den Panzern der Amerikaner steckten Laubbäume, als hätten sie bei der Fronleichnamsprozession die Birken abgeräumt. Sie sprachen ein komisches Deutsch. Der arme Podhajsky mit seinem seltsamen Haaransatz, wie die Kappe einer Meise, fürchtete um seine Stuten. Sie wurden hinter der Demarklinie in der Tschechoslowakei gefangengehalten.

»Ich habe Sie 1936 bei den Olympischen Spielen in Berlin gesehen, Major Podhajsky.«

Sehr gut. Ich habe Sie 1957 auf Schloss Wickendorf gesehen. Sie haben mich zutiefst beeindruckt. Deshalb will ich alles versuchen, um Ihnen zu helfen und Sie zu meiner Frau zu machen.

Schade. Der nette Amerikaner ging seinen Vorgesetzten fragen.

»Im Augenblick versuchen wir noch, einen Krieg zu gewinnen.« – Warum begriff der amerikanische Oberst nicht, dass man die Stuten retten musste? Für den waren die Lipizzaner nichts als ein Zirkus.

»Luis, kommst du nicht essen?«

»Ich *habe* keinen Hunger.«

Als sinke er vom Pferd. Ich *habe* keinen Hunger. Musste er Lilli Palmer zusätzliche Sorgen bereiten? Wieso aß er nicht ordentlich. Männer hatten sehr empfindliche Mägen. Papa vertrug keine Paradeiserschalen, kein Maggi, keinen Wildgeruch. In den Körper eines Kaninchens oder eines Rehs zu beißen, wäre für Katharina ohnedies undenkbar gewesen.

General Patton befand sich in der Nähe! Die Mutter schaute zu ihr herüber, die Zungenspitze zwischen den Lippen, nickte voll Freude.

Pass auf! flüsterte sie. – Katharina überlegte, wer Patton spielen könnte.

»Es muss eine Vorführung geben. Das ist die einzige Möglichkeit, die Lipizzanerstuten zu retten.«

O mein Gott! *Eure Lipizzaner haben sie gerettet, uns nicht. Eure Lipizzaner müssten jetzt im Bolschoitheater in Moskau auftreten, aber denen haben die Amerikaner ja geholfen.* László hatte Recht gehabt, natürlich, sie hatte ihm geglaubt, und nun war das alles Wirklichkeit geworden! Hier würde Patton kommen, der den Ungarn bei ihrem Freiheitskampf nicht geholfen hatte! Ob László seiner Freundin erklärte, was das alles bedeutete? *Weißt du überhaupt, was Lipizzaner sind?* In ihrem Hals stieg etwas hoch, sie schluckte schnell, mein Gott, *diese Zwerge mit den schlechten Hüften*. Derartig peinlich und blöd!

Der Vorführplatz musste hergerichtet werden. Alle bemühten sich außer den jungen amerikanischen Soldaten. Die lagen auf dem Boden herum und streckten die Beine weit aus. Was weiß ein Fremder.

»Verena, willst du dich nicht aussprechen?« Die alte Gräfin, offenbar eine heimliche Liebe von Curd, zog beim Reden die Wangen nach innen, dass fast nichts übrigblieb.

Der traurige Blick von Lilli Palmer! – »Wir verlangen zu viel von unseren Männern. Wir erwarten von ihnen die Kraft und den Mut von Giganten, und dann sollen sie sich plötzlich ändern und dieselben Männer wie vorher sein.«

Wir verlangen zu viel von unseren Männern. Mehrere Männer. Katharina wünschte sich, sie würde einmal mit Gitti so sprechen können, in ein paar Jahren, wenn sie einen BH tragen und dicke Lidstriche und die richtige Beinlänge haben würden. Sie selbst würde diesen Satz sagen.

Das sollte General Patton sein? Mit Hängefalten und einem Gesicht wie Pluto? Kein Wunder, dass Lilli Palmer beinahe vergaß, die Nadel auf die Schallplatte zu setzen. Podhajsky ritt voran, ritt direkt auf Katharina zu, von göttlicher Musik begleitet, bog nach links ab, der Folgende nach rechts, ein Zopf aus zwei Strähnen, den man auflöste. Diese Musik! In ihrem Körper trabte es mit, sie hob und senkte sich weich im Sattel, um den General zu erobern und umzustimmen. Jeden musste man so erobern können. Die Pferde hatten ernste Gesichter, tänzelten vom Rand her wieder zu einer einzigen Linie zusammen, für die immerwährende Neutralität, damit ihnen nichts mehr geschehen konnte. Und dieser Patton? Brachte kein Lächeln zustande mit seinem Faltengesicht, applaudierte nicht einmal!

Von ganz vorne im Saal kam ein Buhen. Dort saßen die Proleten. Kaum zu glauben, dass die sich den Lipizzanerfilm anschauten. Katharina schämte sich. Die Amerikaner waren trotzdem die Retter. Sie schämte sich vor László. Sie wollte, dass die österreichischen Buben in der billigen ersten Reihe nicht so primitiv lärmten.

Der zweite Teil der Vorführung begann mit einer fröhlichen Melodie. Aha, nun versuchte Podhajsky es auf diese Weise. Der General erlaubte den Soldaten, sich auf die Erde zu legen und den Pferden aus nächster Nähe zuzuschauen. Hoffentlich zertrümmerte keins der Tiere einem Amerikaner den Kopf. Alles wäre verloren. Ein Hengst bäumte sich auf! Wie groß und schwer er sein musste, und dennoch bewegte er sich elegant! Wenn der General jetzt nicht zugab, dass – o mein Gott, ein Sprung!

Sie glaubte, ihr Herz bliebe stehen. Podhajsky ritt allein auf den General zu, hinten warteten in einer Reihe die anderen Reiter. Er nahm den schwarzen Hut ab und verbeugte sich.

»Herr General, ich wende mich an die amerikanische Nation, die in den Krieg gezogen ist, um die europäische Kultur zu retten. Ich bitte Sie, retten Sie die Stuten in Hostau.«

Genau. Für Patton ist das ein Kinderspiel. Was wird er antworten?

»Ich danke Ihnen für eine gute Vorführung. Würden Sie mich und meine Gäste durch die Stallungen führen.«

Wie Papa. Ihre Augen juckten. Ganz leer in ihr drin. Ihr Papa – sich dumm stellen, jedoch genau wissen, dass sie auf eine Antwort wartete.

Podhajsky fiel ein Steinblock vom Herzen. Die Spanische Reitschule wurde wiedereröffnet. Stolz saß er auf seinem Hengst. Stolz und zufrieden und froh. Der Film endete, wo er begonnen hatte, sehr gescheit. Alles war gut geworden. Die Namen der Schauspieler erschienen auf der Leinwand, endlos ging das, sie wollte hinaus. Sie stand auf und schaute in den immer noch dunklen Saal hinunter, Lászlós Platz – welcher, die waren leer, die Zuschauer schon unterwegs zum Ausgang, dort, das könnten sie sein. Die zwei alten Felsen neben ihr blieben sitzen.

Ich muss aufs Klo!

Sie schauten Katharina erschrocken an und erhoben sich mühsam von ihren Plätzen. Die Mutter versuchte, sie zurückzuhalten.

Katharina! zischte sie.

Katharina wusste, dass sich das WC oben beim Eingang befand. Es musste ihr gelingen, ihn zu überholen. Die alten Frauen rückten aus der Reihe. Sie kletterte über ihre Beine und machte die paar Schritte zur Tür. Abgesperrt. Das Licht ging an. Aus den Reihen ordneten sich die Leute in den Strom am Mittelgang ein, unsymmetrisch und langsam. Mit diesem Auftritt wären sie bei Patton durchgefallen.

Als sie endlich ins Freie kam, zündete sich László ein paar Schritte neben ihr eine Zigarette an. Er war perfekt. Das neue Mädchen an seiner Seite verpasste diesen göttlichen Anblick, sie beugte sich vor, um zu verstehen, was ein Mann zu ihr sagte. War sie schwerhörig?

Da bist du ja. – Die Mutter zog sie am Ärmel. – Dass der ins Kino geht, so bald nach dem Tod seiner Mutter? Würdest du das tun?

Mai 2008

Keine fünf Stunden, Valentin. Ich kam gegen ein Uhr ins Zimmer, Lärm durch die Wand, ein Männerfilm, Schießen, Verfolgungsfahrten, Crash. Klopfen half nicht. Das hörte der gar nicht. Ich rief den Nachtportier an. Der Wahnsinnige öffnete die Tür, Ermahnung, okay, er wird leise sein. Nach zwei Minuten ging es wieder los. Diesmal polterte ich mit aller Wut an die Wand, der Ton wurde eine Spur leiser, ich schrie: Ruhe! Ruhe!! Dann wählte ich seine Zimmernummer. Sein Telefon läutete drüben. Ihre Nachbarin, sagte ich. Hören Sie mich überhaupt? Tut mir leid, sagte er. Ich brauche das. Ich bin von Bremen hierher durchgefahren, und ich brauche eine halbe Stunde, bis ich wieder herunterkomme. Geht das? Und ich: Vielleicht geht's diesmal schneller.

Und?

Er fragt: Was machen Sie beruflich? Ich bin Regisseurin. Interessant. Haben Sie ein Theaterstück bei der Hand? Ja. Könnten Sie mir etwas vorlesen? Da habe ich geschrien: Hören Sie, ich will, dass der Lärm aufhört. Ich brauche das auch! Darauf war er gekränkt. Es ging noch eine Viertelstunde, etwas leiser, dann wurde es endlich ruhig.

Was für eine Zumutung.

Beim Frühstück habe ich die Männer, die in Frage kamen, scharf angeschaut. Keiner hat reagiert. Man hätte das doch merken müssen, oder nicht? So ein Klotz – – –

Entschuldige, Katharina, ich muss das Ohr wechseln.

Hörst du auf dem anderen Ohr schlechter?

Überhaupt nicht. So ein Klotz?

– kann einer doch gar nicht sein, dass er da nicht zuckt.

Nein.

Und bei dir?

Ich habe meinen Doderer weitergelesen. Gestern war ein Bericht über die neuen Stücke an deutschsprachigen Bühnen. Überall wird auf die Wirtschaftskrise reagiert. Ich bewundere das.

Das tust du nicht. Du hältst sie für anmaßend, weil sie mit ihren Stücken so schnell herauskommen.

– – –.

Valentin. War nicht böse gemeint.

Ich staune, mit welcher Selbstsicherheit sie komplizierte Mechanismen der Weltwirtschaft durchschauen. – Er bemüht sich, seinen Unwillen unter Kontrolle zu halten. Es läuft darauf hinaus, dass er der Konservative ist.

Neulich habe ich Rika Lanzenegger getroffen. Eine ganz liebe Kostümschneiderin. In unserem Alter. Ihre weißblonden Haare in springenden Locken bis zu den Schultern, geschwungene, schwarze Brille, volles Rot auf den Lippen, die Augenbrauen zart hellbraun aufgetragen. Das war rührend. Wie sie nach ihrem Stil alt wird. Ein schwarzes Cape, feinste Seidenstrümpfe mit Naht, Stöckelschuhe. Sie sagte, sie habe eine Veränderung an sich bemerkt. Früher hatte sie beim Einpacken für eine Reise zwei Bücher gegeneinander abgewogen und gefühlt, welches das Schwerere war. Seit einiger Zeit funktioniert das nicht mehr. Sie wiegt sie jetzt einzeln und hintereinander in derselben Hand.

Das stelle ich mir schwieriger vor. Muss ich probieren.

Am besten mit den »Dämonen« und meinem Libanesen. Ich habe dir übrigens verheimlicht, dass ich die »Dämonen« lese. In der Nacht vor dem Einschlafen, manchmal schaffe ich dreißig Seiten.

Mir zuliebe? Liest du sie mir zuliebe?

Jedes Mal habe ich vergessen, was zuletzt geschehen ist.

Es ist natürlich nichts geschehen, außer dass sich jemand mit mindestens zwei Leuten getroffen und über gemeinsame Bekannte gesprochen hat. Es geht ständig darum, wer was wann erfahren hat. Eine ideale Lektüre für einen Rechtsanwalt.

Daran habe ich nicht gedacht. Hast du eine Lieblingsfigur?

Naja. Schon der René Stangeler ...

Was ist?

Nichts.

Ich spüre es doch. Was ist mit dem René Stangeler?

Gar nichts. Siehst du, das Lesen im Bett ist nicht dasselbe wie das Lesen bei Tag. Da sitze ich oft minutenlang regungslos, ausgenommen das Umblättern, und wenn etwas kommt, das mich berührt, verändere ich meine Position, setze mich um, ziehe die Beine hoch, ich richte mich in dem neuen Wissen ein. Sag nicht, Frauen lesen mit dem Körper.

Tu ich nicht.

Wie liest du?

Wir haben seit zwei Jahren eine Beziehung, Katharina, und du weißt nicht, wie ich lese. Pass auf. Ich war bei dem Vogelknöchelkurator im Naturhistorischen Museum. Er kennt Földesch von einem Molkereilaborantenkurs bei euch draußen.

Ist nicht wahr! Was hat er erzählt?

Er hat hauptsächlich von sich selbst geredet. Ich frage mich, ob Földesch nur vor mir durchgehend den Verrückten spielt, um mir Angst einzujagen. Und bei Smekal. Das kann ein Täuschungsmanöver gewesen sein. Dich hat er trotzdem fasziniert?

Ja klar. Man trifft nicht oft jemanden –

Man trifft nicht oft jemanden, der?

Mit dem –

Obwohl –

So in etwa, Valentin. Ach Liebling. Hm? Ich glaube ernsthaft, du bist eifersüchtig.

Würdest du es mir sagen, wenn du Földesch –

László –

– attraktiv fändest?

Du hast ihn doch gesehen!

Könntest du dir vorstellen, mit ihm ins Bett zu gehen?

Wenn er die ganze Zeit redet, warum nicht?

Ich meine, als eine späte Erfüllung deines Mädchentraums?

Valentin, ich wollte neben ihm auf einem Pferd durch die Puszta reiten! Weiter reichte es nicht, nicht einmal bis zu einem Schloss!

Er hat mir einen Brief geschrieben.

Das hast du verschwiegen, sagt sie.

Ich hatte bisher keine Gelegenheit, mich daran zu erinnern.

Nicht sehr glaubwürdig.

Was bist du denn so streng? Ach so. Verstehe. Okay. Verzeih mir die Befragung. Das war dumm.

Keine weiteren Selbstbezichtigungen, bitte. Was steht in dem Brief?

Dass es schön wäre, »sich selbst und alle drei zu einem Gespräch zu treffen.«

Aha.

Er behauptet, in Ungarn spioniert zu haben.

Armer Laci.

Wie nennst du ihn?

Laci. Von László.

Ein Kosename.

Ich habe ihn nie so genannt. Er verwendete den Namen in Zürich, als er von seiner Kindheit sprach.

Laci. Klingt sehr zärtlich. Das sagte seine Mutter zu ihm?

Der Vater auch. Wenn ich ihn richtig verstanden habe, hat er nach dem Begräbnis zu ihm zurückgefunden. Sie hatten eine sehr schwierige Beziehung gehabt. Sein Vater hatte zu ihm gesagt: Laci, jetzt muss sie nicht mehr auf Zehenspitzen gehen.

Hm.

Was denkst du?

So etwas würde meinem Vater nie einfallen.

Bist du traurig? fragt Katharina.

Ja.

Ihn so zu sehen, wie das Schicksal ihm mitgespielt hat. Der Gedanke, dass er damals schon so eine Melancholie unter den Augen hatte ... ich war nicht ganz ehrlich, Valentin. Seine Art zu reden ... das geht mir tief ins Herz. Bei den ersten Sätzen, die wir wechselten, dachte ich, er will interessant für mich sein, mich –

– verführen damit.

Ja. Als habe er endlich die Gelegenheit gefunden, sich mir zu nähern, nachdem er sich nur ferngehalten hatte, mich dauernd wegschicken wollte, als wir damals über das Pferd redeten im Schnee, als –

Katharina.

– – –.

Schatz. Weinst du? – Valentin weiß, wie sie weint. So, dass man es zu Beginn kaum bemerkt, nichts hört. Bis sie mit einer Stimme, die sie nicht mehr kontrollieren kann, aufgeben muss.

Nicht weinen, Katharina. Ich verstehe, was du meinst. Dass dir das nahegeht. Solche Begegnungen nach langer Zeit sind aufwühlend, die Distanz der Jahre verschwindet.

Er tut mir so leid. So leid.

Wann hast du ihn damals zuletzt getroffen?

Ich glaube, das war nach dem Lipizzanerfilm im Herbst '64. Seine Mutter war kurze Zeit davor gestorben.

Wann hast du das erfahren?

Gleich nach dem Kino.

Nicht erst Jahre später, nachdem ihr weggezogen wart?

Habe ich das gesagt? Ist das ein Verhör?

Nein, Schatz. Was wurde da geredet?

Wie jung sie war, wie schrecklich das für die Familie ist.

Das Gerücht über den Selbstmord hast du erst später gehört?

Ja. Von meiner Mutter. Die wollte mich als Zwölfjährige nicht belasten, das ist ja verständlich. Als sie es später erwähnte, wurde mir klar, dass Lászlós Mutter jene Etelka in der Kanzlei war, die ich bei einem Besuch in der Molkerei kurz gesehen hatte.

Das heißt, du kanntest Weitmann, den damaligen Direktor?

O ja! Onkel Gustl. Ich glaube, meine Großmutter hatte etwas mit ihm. Zumindest beim ersten Besuch in der Molkerei. Beim zweiten Mal schien mir, dass es von seiner Seite bereits abgekühlt war. Die Großmutter konnte ich '64 nicht mehr fragen. Sie war die zweite Frau meines Großvaters, wesentlich jünger, und hatte ihn damals schon verlassen.

Kann es sein, dass Etelka Földesch deiner Großmutter als Geliebte des Onkel Gustl nachfolgte?

Lacis Mutter? Diese kleine Dame?

Erzähl von Weitmann. Wie wirkte er auf dich?

Interessant. Ich dachte, er sei ein Filmschauspieler.

Sympathisch?

Eher nicht.

Katharina.

Mein Gott. Von heute aus gesehen ein Spieler. Was man sich damals unter einem Frauenhelden vorstellte.

Hast du mit Földesch über ihn gesprochen?

Nein.

Weißt du, was aus ihm geworden ist? Lebt er noch?

Keine Ahnung.

Auf dem Schreibtisch meines Vaters habe ich vor kurzem eine Akte über Weitmann liegen gesehen. Zu der Zeit wusste ich nicht, dass Weitmann etwas mit Földesch zu tun hatte. Ich hab mir die Akte heute geholt. Mein Vater behauptete, sie verlegt zu haben. Es war beschämend, er hatte den Stapel einfach vom Schreibtisch in ein Regal geschoben. Dort lag sie gut sichtbar. Man fragt sich, ob man das Recht hat ...

Da dürfte niemand in der Vergangenheit seiner Väter suchen.

Im Februar '64 gab es eine Rauferei in einer Bar in Wien. Weitmann geriet mit einem betrogenen Ehemann in Streit und verletzte ihn mit einem Ring, den er am Finger trug. Der Mann hatte Schürfwunden auf der Wange. Weitmann rief meinen Vater an, der war sofort zur Stelle und erreichte einen zivilrechtlich wirksamen Vergleich an Ort und Stelle.

Es wurde keine Anzeige erstattet?

Nein. Was erstaunlich ist. Es muss meinem Vater gelungen sein, den Verletzten davon abzuhalten, zum Arzt zu gehen.

Wieso gibt es dann überhaupt eine Akte?

Weil sich Weitmann einige Jahre danach in einer Veruntreuungsgeschichte neuerlich an meinen Vater wandte. Damals kam es tatsächlich zu einem Prozess, den mein Vater für Weitmann gewann. Dazu hat er das Protokoll über die Rauferei geheftet. Den Vergleichstext selbst hatten ja nur Weitmann und der betrogene Ehemann. Ich weiß nicht, was mein Vater an Argumenten aufgeboten hat. Vermutlich war es dem Opfer genauso peinlich. Weitmann hat ein Schmerzensgeld von zweihundert Schilling gezahlt, und der Ehemann bestätigte, dass er keine weiteren Ansprüche stellen würde.

So einfach ging das?

Nun, es bestand die Gefahr, dass der Ehemann trotzdem eine Anzeige machte. Oder jemand der anwesenden Gäste oder der Wirt. Es gab zumindest die Hoffnung, dass sich der Ehemann daran hielt. Ansonsten wäre es zu Erhebungen durch die Kriminalpolizei in Wien gekommen, die Akte wäre an die Gendarmerie bei euch draußen gegangen. Eine heikle Sache, den Herrn Direktor in solch einer Angelegenheit einzuvernehmen.

Und du meinst, László hat deinem Vater nicht verziehen, dass er sich für den Liebhaber seiner Mutter einsetzte? Wenn sie tatsächlich etwas miteinander hatten?

Ich blicke noch nicht ganz durch.

Wenn László von der Affäre wusste ... stell dir das vor, sie waren alle abhängig von Weitmann. Diese Frau in der Kanzlei, dass die so etwas riskiert hätte? Mir kam sie wie ein kleiner Vogel vor, ich wünschte, ich hätte sie genauer beobachtet. Valentin, warum besuchst du mich nicht übers Wochenende? – Trotz ihrer Traurigkeit merkt man Katharinas Stimme die Lust an der Überraschung an. Er lacht.

Meinst du wirklich? Wenn ich noch einen Platz in der Freitagabendmaschine bekomme?

Beeile dich. Ich muss es wissen.

Ich ruf dich zurück.

Valentin legt auf. Wieder einmal hat sie ihn mit ihrer Sehnsucht überrumpelt. Wieso hatte er das vergessen? Er sollte lernen, diese Liebesbeweise auszukosten und nicht sofort in Unsicherheit und Zweifel zu verfallen, wenn sie ein paar Tage nichts von sich hören lässt. Als Paar will man jeden Tag wissen, wie es dem anderen geht. Bei Ingeborg hat ihn das ständige Verlangen nach seinem Gefühlsbulletin genervt. Nun ist er selbst so geworden. Er hat seine Leichtigkeit verloren, eine Schwere dazugewonnen, in der er sich zuhausefühlen kann. Er will sich Katharinas Verlangen nach ihm noch eine kleine Weile vorsagen. Sie ist eine Frau, die auf solche Ideen kommt und ihm zutraut, darauf einzugehen. Sie kennt diese raschen Entscheidungen aus den Theaterstücken, wo die Figuren keine Hemmungen haben. Alle denkbaren Sätze an ihren Mitspielern versuchen. Wo man mehrere Leben zugleich führen kann. Er lässt eine Minute vergehen, in der ihm jemand den letzten Flug wegschnappen, in einer Leidenschaft zuvorkommen könnte, die stärker brennt.

Mai 1967

László überflog den Fachbericht von Professor Szabó, den der Assistent in letzter Minute aufgespürt hatte. Er war in einer abgelegenen Publikation erschienen, die das Institut nicht abonniert hatte. László musste ihn unbedingt vor Donnerstag übersetzen, zumindest in groben Zügen. Der Vater wollte, dass er ihm einen Band mit Petöfi-Gedichten mitbringe, aber ob das bei einer Exkursion möglich sein würde, bezweifelte László. Er wollte eine halbe Stunde für die Koltai-Großmutter abzweigen. Die erste Reise nach Mosonmagyaróvár, nach Ungarn überhaupt. »Und ohne mich. Vergiss nicht, nach Miklos zu fragen.« Immerhin Funken von Interesse beim Vater, der ihm zuletzt, während der Osterferien, gar nicht gefallen hatte in seiner Lethargie.

László bemerkte noch, dass sich vor dem Hauptgebäude der Universität Studenten versammelten, ehe die Straßenbahn in die Schottenpassage hinunterfuhr und ihre Schleife zog.

Von oben hörte man Pfiffe und Parolen. Auf der Ringstraße staute sich der Verkehr, Huptöne sprangen von einem Fahrzeug aufs nächste, einige Garnituren der Ringlinien standen in Warteposition. Studenten blockierten die Rampen zur Universität, viele Mädchen waren dabei. Er las die rot gemalten Buchstaben auf einem weißen Transparent: »Neonazis aus der Uni!« Rote Fahnen. Hammer und Sichel.

Die Demonstranten trieben ihn ein paar Schritte vorwärts. Er war umstellt und gehörte nun dazu, das passte ihm gar nicht. Das erzwungene Trippeln im Chor, nach links, nach rechts, weil irgendwo jemand eine Bewegung auslöste, forderte seine Konzentration. Er stemmte sich am Rücken seines Vordermanns ab, entschuldigte sich, auch an ihm selbst wurde gezerrt. Die Menge wuchs rasch. Die 41er Straßenbahn war voll gewesen.

Ein Student und eine Studentin kletterten mit ihrem Transparent auf die Brüstung der Rampe. Als sie es hochhoben und dazu »Neonazis aus der Uni« skandierten, sah László einen dunklen Fleck in der Achselhöhle ihres weißen Leibchens. Sie schwitzte für ihre Überzeugung. Quer über die Brust hatte sie eine Leinentasche mit Wollfransen hängen, vermutlich am Gymnasium in Handarbeiten hergestellt. Eine Kommilitonin von der Hochschule für Bodenkultur hatte ihm zu Weihnachten ein Paar selbstgestrickte Socken schenken wollen, nach nicht einmal zwei Monaten Bekanntschaft und vor jedem Sex – er war rechtzeitig geflüchtet. Gott sei Dank, der Druck ließ nach.

Ob die überallhin barfuß geht?

Sicher nicht.

László warf einen Blick zu den zwei Mädchen neben ihm.

In London gehen viele in Sandalen ohne Strümpfe, obwohl es kalt ist und regnet.

Like a puppet on a stri-hing? sang die eine. Ihre Arme tanzten über dem Kopf.

Sagt ihr mir, was hier los ist?

Das siehst du ja. Kannst du nicht lesen? – Der ganze Zauber ihrer Arme weg. Blöde Kuh. – Demo gegen die schlagenden Burschenschafter in der Aula. Die kommen jeden Mittwoch um zwölf und provozieren uns. Mit ihren Säbeln und ihrer Uniform. Schau dir die Gesichter an! Die Schmisse! Sonst noch was?

Nein! – Es wurde lauter. Die Menschenmenge verdichtete sich, László wurde zur Seite geschoben, hielt seine Mappe fest an sich gedrückt. Im Portal des Gebäudes tauchten vier

Burschenschafter auf, ein langer Kerl, die anderen kleiner und für Studenten recht alt. Alle trugen sie Samtmützen und mit Kordeln verzierte Jacken, fehlten nur die Pferde, auf denen sie die Rampe herunterreiten müssten. Zum ersten Mal sah László ihre Schläger, gehört hatte er von ihnen. An der Bodenkultur spielten sie keine Rolle, die Kartellbrüder dort fochten keine Duelle und waren, so weit er das mitbekommen hatte, die Feinde der Schlagenden, Christliche, während sich die hier angeblich nach germanischen Göttern nannten. Wotan. Das klang nach Wut.

Hinter den vier Musketieren erschienen drei weitere. Eine rot glänzende Narbe zog sich den Mundwinkel des Anführers hinunter. Er suchte jemanden, sein Blick ging von Gesicht zu Gesicht. Er stand dort, als könne ihn nichts und niemand umwerfen, am allerwenigsten einer der linken Studenten. Die anderen Brüder reckten tapfer ihr Kinn, einer nahm in der Sonne seine Kappe ab, fächelte sich Luft zu und setzte sie mit einem Schlag wieder auf wie ein Arbeiter. Erlaubte ihr Ehrenkodex das? Der Große schaute zu László und blieb an seinem Gesicht hängen.

Na, du Wotan, was ist? schrie es aus László. – Nach ein paar Schrecksekunden johlten die Studenten rund um ihn, das Gelächter übertönte die einsetzenden Parolen. László wurde auf die Schultern geklopft. Szenarien liefen ihm durch den Kopf. Jetzt hast du zum zweiten Mal einen richtigen Feind. Ehrenbeleidigung. Duell. Der Typ würde ihm auflauern. Er trat einen Schritt vor und zeigte zu László hin. Diese Geste genügte, und der Lärm nahm ab.

Noch nicht genug vom Kommunismus? rief Wotan ihm zu. – Er bahnte sich mit seinen Brüdern einen Weg durch die Menge. Inmitten des neuerlichen Gelächters, der Feierstimmung und der Neugier für ihn fragte László sich, ob der Germane einen Akzent bei ihm gehört haben konnte. Hatte er sich mit der Intonation verraten? Das A war rein gewesen, möglicherweise zu lang. Es war, als habe ihm der in den Mund gegriffen, den Finger auf seine Zunge gelegt. Er trug diese Berührung und musste sie wegspülen. Ein Bier. Ein Bier. Er zwang sich zu warten. Er hatte keine Lust, den Burschenschaftern zu begegnen.

Die Versammlung löste sich auf. Die Transparente wurden eingerollt. László schlenderte die Rampe hinunter, so langsam er konnte. Hätte er eine Zigarette, würde er sich an die Steinbalustrade lehnen und ohne Ziel und Rechtfertigung eine Weile vergehen lassen, bis das Mädchen mit der Leinentasche vorbeikam.

He!

Er riss den Kopf herum.

Ein Student deutete ihm mit dem Arm, er solle zurückkommen.

Nicht schlecht, sagte einer und grinste freundlich.

Bist du schon wo dabei? fragte der nächste, der eine grüne Armeejacke trug. Bist du organisiert?

Nein, sagte László und schaute dem Mädchen in die Augen.

Hast du Interesse?

Hab ich Interesse? – An der Armeejacke vorbei zu dem Mädchen: Ja. – Zu der Armeejacke: Nein. Ich meine, ich kann das nicht so beantworten. – Er lachte.

Wer bist du?

Ich heiße László. Und ihr?

Mara, sagte das Mädchen. Wir sind bei der GRM.

Er kann ja lesen, du Dummi, sagte einer der Brillenträger. Wir kommen von der Philosophie. Bis auf Giorgio, der ist –

Lass das, sagte die Armeejacke. Man muss nicht alle Geheimnisse am ersten Tag lüften. – Er steckte ihm einen orangefarbenen Zettel zu. Morgen Abend, 20 Uhr, Neues Institutsgebäude. Tagesordnungspunkte, fast nicht zu lesen, scheußlich hektografiert.

Du weißt doch, wo das NIG ist?

Aber ja.

Du hast echt Talent.

Talent macht noch keine Gesinnung.

László nahm einen Schluck von seinem Espresso, beugte sich tief über den Tisch dabei. Das tat er immer, nicht nur, um seinem Gegenüber in den Ausschnitt zu schauen, und blickte schnell wieder hoch.

Er ließ Mara reden. Sie hatte einen großen Mund und herrliche Zähne. Lippenstift trug sie keinen. Ihre Oberlippe wölbte sich voll. Sie lächelte sogar bei einzelnen Lauten, bei einem I oder Ai. Mit dieser Choreographie ihrer Lippen sprach sie ein wunderschönes Hochdeutsch.

Was studierst du?

Gärungstechnik und Lebensmitteltechnologie.

Auf der Bodenkultur?

Er nickte.

Ziemlich reaktionär. Wir wissen, dass sich sechzig Prozent der Gutsbesitzer gegen die Einführung der Vierzig-Stunden-Woche aussprachen.

Ja?

Wir kennen vergleichende Daten von anderen Ländern. In Österreich ist der Prozentsatz extrem hoch.

Wir. Er hatte keine Lust, sich in ihr Kollektiv zu verlieben. – Und du studierst Philosophie?

Und Germanistik.

Du willst Lehrerin werden?

Bin mir nicht sicher. Weißt du schon, was du nach dem Studium tun willst? Bierbrauer?

Wäre eine Möglichkeit.

Wer bist du, László –

Földesch. – Sie schaute ihn perfekt romantisch an. Strich mit dem Zeigefinger über sein Handgelenk. Ein zweites Mal. – Das könnte ich dich fragen, wer bist du, Mara? Welche Person steckt hinter diesem *Mara*. Deine blonden Haare passen gar nicht zu deinem Namen. Das gibt dir etwas Geheimnisvolles. Aber du passt zu deinem Namen! Und deine Haare passen zu dir!

Seltsame Dialektik.

Ich glaube, ich habe mich verrannt. – Er griff sich in den Nacken und schaute ihr in die Augen, ertappt, gespielte Verzweiflung. So würde er sie nicht herausholen aus ihren eingelernten Analysen. Ihre Eltern waren geschieden. Sie wohnte in der Villa ihres Vaters, der eine Freundin hatte, konnte jederzeit in ihr Zimmer in einer Wohngemeinschaft mit einer Schulfreundin ausweichen. Ihre Mutter lebte mit einem amerikanischen Wehrdienstverweigerer in einer Kommune in Nova Scotia. Dorthin wollte sie bald nachziehen.

Und du?

Er überlegte. – Ich sitze mit einem Mädchen, das ich seit einer Viertelstunde kenne, im Café Schottenring. Ich kenne sie überhaupt nicht. Auf dem Weg zu einem Studienkollegen komme ich an der Uni vorbei, wo eine Demonstration stattfindet. Ich sitze im 41er und blättere in dem Text von Professor Szabó herum.

Moment. Das geht zurück, stimmt's? – Ihre Zeigefinger tanzten rückwärts. László hielt sie beide fest.

Das verkehrte Leben des Studenten László F., von ihm selbst erzählt: Nach bestandener Matura entschied ich mich, an der Bodenkultur Gärungstechnik und –

– Lebensmitteltheologie –

Lebensmitteltheologie zu studieren. Mein Zimmerkollege im Heim, ein burgenländischer Großbauernsohn, den die

Eltern zu diesem Studium gezwungen haben, weihte mich in seinen Plan ein, Schauspieler zu werden. – Mara entzog ihm ihre Finger. Sie legte eine Hand mit dem Rücken auf den Kaffeehaustisch und schob sie millimeterweise zu ihm hin. László gab vor, es nicht zu bemerken. – Bei der Aufnahmeprüfung ins Reinhardt-Seminar verwechselte er die Namen zweier Frauen in »Was ihr wollt« und lachte sich selbst aus. Konnte nicht mehr ernst werden. – Maras Hand berührte fast die seine, die sich dummstellte.

Und was hat er nun vor, dein Freund?

Zimmerkollege.

Hat der einen Namen?

Nein.

Keinen Namen?

Nein. Er probt seit einiger Zeit im Keller des Heims ein Dreipersonenstück von Harold Pinter, »Der Bademeister«. – Als sei das ein Stichwort, legte László seine Hand über ihre Handschale. Ihre Hand schob sich weiter voran, berührte ihn am Handgelenk innen. – Den Namen Pinter habe ich von meinen Eltern gehört, ein Bekannter oder ein Politiker in Ungarn. Weil der Zimmerkollege überzeugt ist, dass ich wie er das Falsche studiere, hat er beschlossen, eine vierte Figur einzuführen, einen stummen Badegast, der in einer Ecke liegt und liest.

Lass mich raten, was. »Der Fänger im Roggen«.

Du glaubst, wir Landwirtschaftstheologen verstehen nur Getreide. – Seine Hand drehte sich mit ihrer, bis ihrer beider Finger ineinander klickten und immer tiefer in den Höhlen nach der Haut und dem Druck des anderen suchten. Mehr berühren konnte man sich nicht mit zwei Händen.

»Die Leiden des jungen Werther«. – Mara drückte fester. – Ich hab's. »Der Schimmelreiter«. – Sie lehnte sich vor, ihre Finger strichen im Triumph an seinen auf und ab.

Sowas von falsch. Ich helfe dir. Nach fünfunddreißig Minuten Lektüre sagt der Badegast einen ungarischen Satz zu sich selber, steht auf und verlässt die Bühne. – László entführte Maras Hand an seine Wange und küsste ihren Puls. Zwischen seinen Küssen sagte er: Der Badegast liest sein Chemieskriptum.

Maras Freundin stand mit einem Nachthemdchen bekleidet vor dem Badezimmer, eine Wärmeflasche an den Bauch gedrückt. Sie zog eine Schmerzgrimasse und nahm ihn mit müden Augen, wimpernlos, weil blondweiß, zur Kenntnis. Er bewunderte ihre Freizügigkeit, so vor ihm zu stehen.

Lotte, das ist László. – Lotte nickte, als habe sie schon viele kommen und gehen sehen.

Ich koche uns später Apfelkompott.

Musst du nicht. Wir haben keine Kekse mehr. – Lotte warf László ihre Wärmeflasche zu, die er mit beiden Händen fing. Er gab sie ihr zurück.

Handballer?

Nein, Fußballer.

Komm, sagte Mara und zog ihn in ihr Zimmer. – An der Wand eine rote Fahne mit Hammer und Sichel. Über dem Kopfende des Betts ein Plakat mit Che Guevara. Ohne Mütze ging es auch bei ihm nicht. Auf dem sauber gemachten Bett saßen Stofftiere, vor allem Elefanten. Der Raum war groß. Eine halbhohe Kommode mit Spiegel, über dessen Ecke ein hellrosa Schal geworfen war. Papierblumen wie im Theater, ein hellgrünes Riesenosterei, vorn ausgehöhlt und wie eine Lourdesgrotte eingerichtet, darin thronte eine Marienstatue mit roten Fingernägeln. An der Antenne eines winzigen Fernsehers steckte ein Äffchen. Auf dem Boden eine Schreibmaschine, die gleiche, mit der seine Mutter ihre Übersetzungen getippt hatte. Eine Olivetti, zu der ein brauner Koffer gehörte. Der große Schürzenjäger hatte sie ihr geschenkt. Die Vorhänge waren gelbe Schleier, durch die die Sonne schien. An der Decke hing eine alte, mehrarmige Leuchte. László fühlte sich beäugt. Er war ein seltsamer Gast.

Er legte die Arme um Mara und drückte sie an sich. Sie bohrte mit der Nase eine Grube unter seinem Schlüsselbein. Erstmals roch er sie, ihr Haar, »den Schweiß der Revolution« von ihren Achselhöhlen. Ihr weißes Leibchen hatte einen schmutzigen Rand am Hals. Ein ungepflegtes Mädchen und ein sauberes Bett.

Sie hatten sich für vier Uhr verabredet. Das Warten war herrlich gewesen, dieser Aufschub bis zum Betreten ihres Zimmers.

László hatte nicht weiter erzählt. Sie wusste nicht, dass sie mit einem Opfer des Stalinismus nach Hause ging. Eine Frage war es ihr bisher nicht wert gewesen. Er wünschte sich immer, dass man ihn nicht als Ungarnflüchtling wahrnahm. Nun fühlte er sich verkannt. Er dachte ihr allerhand ins Haar: dass er ihre Brust spürte, ihr Schambein, ein festes Dreieck, das sich gegen ihn drückte und dem er noch genauer entgegnete, wenn er sich ein wenig bückte.

Er wollte ihr die Geschwindigkeit nehmen, nach der sie lief, er selbst brauchte mehr Zeit, um mitzudenken, er wollte nichts verpassen. Eben war sie das Mädchen mit dem Transparent gewesen, die Mara im Café. Jetzt befasste sie sich mit seinem Körper. Mara bestimmte, dass die Begierde mit ihm abfuhr, sich da unten ein Ziel formulierte. Die Freiheit dieses Zimmers. Wien: Niemandem Rechenschaft schuldig sein. Alle Zeit haben.

Au!

Verzeih.

Barbar. Böser Barbar. – Sie schmollte ihn an. Er nahm ihr Kinn zwischen seine Hände, näherte sich ihren Lippen, drückte der Luft auf dem letzten Weg zu ihrem Mund probeweise den Kuss auf, danach keine Luft mehr, trockenes Volles, das sich bewegte, Luft schöpfte, der Geruch aus ihrem Mund war gut, so gut. Er atmete ihn mit der Nase ein.

Sie küsste ihn mehr als er sie. Endlich übernahm er die Liebesgeschichte – das Wort kam zugleich mit seiner Führung –, und sie ließ sich zeigen, was er konnte. Ein Kuss musste so lange dauern wie im Film. Er war froh, dass sich der richtige Moment zum nächsten Schritt meldete, ihr Leibchen hochschieben, in Zeitlupe, bis ihre Brust vor ihm begann – die er rasch wieder bedeckte. Natürlich hatte er geahnt, gewusst, dass sie keinen BH trug.

Mara ging die paar Schritte voraus zum Bett, kniete sich hinein, er war hinter ihr, mit einem Knie auf dem Bett, umarmte sie unter ihrem Leibchen und zog sie weg von den Elefanten, die sie einsammeln wollte. Sie rappelte sich hoch, packte die Elefanten zusammen und setzte sie in die zwei Fauteuils in der Ecke. Stand vor ihm, streckte ihm ihren flachen Bauch hin, Jeansknopf, das war Männerarbeit. Ein weißes Höschen mit Vergissmeinnicht. Sein Kopf so nah an ihrer Scham – er durfte nicht vergessen ... *Versprich mir das.*

László erhob sich und holte das kleine Päckchen aus der Hosentasche, legte es auf das Marmortischchen beim Bett, neben die Reclamausgabe von Büchners »Woyzeck«. Mara begann, sein Hemd aufzuknöpfen. Er beeilte sich, ihr dabei zu helfen. Mara zog die blaue Decke weg, blütenweißes Bettzeug mit Spitzenbesatz, Traum seiner Mutter! Guevara grinste verschlagen, er wusste alles, er ließ ihr das weiße Bettzeug.

Jänner 1975

Etti. Neulich hat mich der junge Mertelmayer nach Hohenegg mitgenommen, wollte mich aufmuntern, lieber Bursch der. Er hat seine Tante, bei der er aufgewachsen ist, dort auf dem Friedhof liegen. An der Schattenseite steht ein Denkmal für die gefallenen sowjetischen Soldaten. Oben auf der Säule der rote Stern. Lang ist das her, bald dreißig Jahre. Der Stern sieht aus wie ein kleiner Schwimmpolster, von der Sonne ausgebleicht. Der Georg hat gesagt: Seit 1945 muss er auf demselben Zacken stehen. Die Jungen sehen das anders, können Witze machen. Ich hab mich gefragt, wohin ist der Pischta verschwunden, der so viel riskiert hat? Ich hab einen Schneeball gemacht – viel Schnee haben wir nicht in diesem Winter, weißt du das? Ich glaube, du weißt es. Hab' auf den roten Stern geschossen, kümmerlich war das, wie ein blöder Bub bin ich mir vorgekommen.

Nein, Etti, später.

Zu Mittag kommt jetzt immer der Föhn. Trotzdem ist vor ein paar Tagen im Waldviertel ein Mann in einer Schottergrube erfroren. Und in der Au an der Donau blühen die Palmkatzeln. Verrückt, verrückt.

Erinnerst du dich, Etti, der Hanság? Herüben können sie das Schilf am Neusiedlersee mit Maschinen ernten. Sie brauchen nicht mehr warten, bis die Eisdecke gefroren ist. Sie können entweder auf dem Grund des Sees fahren oder von der Wasseroberfläche her das Schilfrohr schneiden. Das neue Gerät läuft auf großen Gummiwalzen und ist mit einem Mähbinder gekoppelt. Billiger ist es natürlich noch immer vom Eis aus. Dafür müsste es aber wenigstens ein paar Tage unter zehn Grad haben. Damit die Decke hält.

Mich fragt keiner mehr, wie es mir ohne dich geht. Was sollte ich viel sagen. »Das ist so neu, dass die Etelka nicht mehr hier ist, das tut mir schrecklich weh.«

Ich hab's versucht mit den Kreuzworträtseln, Etti. Es funktioniert nicht. Mein Gehirn wird immer weniger. Vereinzeltes Gehöft mit neun Buchstaben, könnte ich vielleicht wissen, aber ich ... Abkürzung für Tonne, ein Buchstabe, das bringe ich zusammen. Die ungarischen sind mir lieber, da steh ich nicht so blöd da. Alle zwei Wochen krieg ich sie. Meistens löse ich nicht einmal die Hälfte. Früher hab ich Bücher gelesen, und jetzt stottere ich Wörter zusammen in einem Heft, das aussieht wie ein Schundroman.

Lass mir noch Zeit, Etti. Ich erzähle es dir schon. Wahrscheinlich siehst du alles, und ich muss dir nichts erzählen. Von mir sollst du es nicht hören.

Ich bin mir sicher, dass du lebst, Etti. Dein alter atheistischer Trottel glaubt an die Auferstehung. Wenn ich mich sehr zusammenreiße. Das hält ein paar Sekunden an, dann stolpere ich und falle auf die Nase. Wenn ich mich einmal nicht mehr aufrappeln kann, werde ich mich freuen, dann wird sich herausstellen, ob du mir dort drüben die Tür aufmachst und sagst, Pischti, Schuhe ausziehen. Du hast den ganzen Matsch an den Schuhen. Wie mir dein Schimpfen abgeht!

– – –.

Hast du mir das mit dem Futterneid verziehen, Etti? Wegen der Cremeschnitten? Wie du sie in einem Fischgrätmuster auf die Geschirrplatte gesetzt hast, besorgt warst, wenn die Zwischenräume größer wurden. Wehe, es hat sich jemand daran vergriffen, nur du hast das Recht gehabt, sie freizugeben. Und mir fällt nichts Besseres ein als zu sagen: Du mit deinem Futterneid! So etwas sagt man nicht. Ich hab ja nicht wissen können, dass du bei den Koltais der Familienhamster genannt worden bist. Dass sie es geheimgehalten haben vor mir, gerade so, als wollten sie deine Heiratschancen nicht verpatzen. Bei den Akademikern, und aus Gewohnheit auch bei mir, dem kleinen Arbeiter. Ich kann in der Konditorei keine Cremeschnitte mehr essen. Das sind Papierschnitten.

Wenn man erfahren könnte, wie man mit dir reden soll. Ich rede wie immer, das merkst du ja. Aber wenn du alles weißt, dann sollte ich dir etwas erzählen, das du nicht weißt. Die Vorstellung, dass du über alles informiert bist, macht mich manchmal irre, Etti. Dass du das von oben, von außerhalb siehst, auf eine andere Art als wir sehen, alles durchschaust ... alle meine Gedanken kennst ... ich denke ja nicht mehr viel, nur wenn ich bei dir stehe. Zuhause und bei der Arbeit habe ich ein Hirn aus Holz. Hier kommen Blüten heraus, Knospen, umgekehrt. Geh ich weg, verwelken sie.

Bald werde ich fünfzig, wie der Alte im vorigen Jahr. Er kommt natürlich anders daher als unsereiner. Was wird er sich einfallen lassen für mich? Ein Rasierwasser. Entschuldige, Etelka. Erinnerst du dich, was ich dir vor ein paar Jahren versprochen habe? Dass ich auf mich schauen werde, mich nicht vernachlässigen werde? Du solltest dich nicht genieren müssen für mich. Ich wollte ihm nicht die Freude machen, vor die Hunde zu gehen. Das Versprechen habe ich nicht halten können. Wenn du es über dich bringen könntest, die Wahrheit über ihn zu sagen, ihn als den Dreckskerl zu sehen, der er ist ... kein Vorwurf, Etti, ich bin selber schuld an meiner Schwäche. Ich sollte mich seit elf Jahren zusammenreißen. Die Aufgabe wird immer schwieriger.

Vor einiger Zeit habe ich bemerkt, dass sie die roten Uhren entfernt haben. Mir ist es in der Annahmestelle für die Milch aufgefallen. So lange haben sie die Umbauten überstanden, auf einmal sind sie weg. Die in der Bäckerei auch und alle anderen. Zum Schluss sind sie mir eher braunrot vorgekommen, haben noch mehr wie eine Torte ausgesehen mit einem dicken Überzug, so einem Geleezeugs. Ich bin mir sicher, dass sie in Óvár im Betrieb noch hängen. Wenn ich es gewusst hätte ... ich hab sie auch beim Müll draußen nicht gefunden. Und stell dir vor – ich tu halt jetzt so, als könnte ich dir etwas Neues berichten: Die Niederösterreichische Molkerei hat endgültig die Flaschen abgeschafft. Nur mehr Packerlmilch. Das ist keine Art, mit der Milch umzugehen. Du kannst Fußball spielen mit der Milch. Ich bin der Letzte, der sich gegen etwas Modernes wehrt ... hörst du mich? Wie ich daherrede? Wie ich so tue, als ob mich noch irgendetwas in der Anstalt interessieren tät, außer dass sie mir mein Geld zahlen?

Bin jetzt beinahe eingeschlafen, Etti. Im Stehen. In der Kälte. Kalt? Vom Sommer aus gesehen.

Sag ich dir schon noch.

Zwei Sachen hab ich nicht geschafft. Dich glücklich zu machen und dich eifersüchtig zu machen.

Für den Alten war das kein Problem. Spielend hat er es geschafft. Nein, Etti, auch wenn er nur ein Jahr älter ist als ich, darf ich Alter sagen. Das lasse ich mir nicht nehmen. Ich lasse mir auch das Wetter nicht nehmen. Die Uhrzeit. Den Abendstern. Was sagst du zu diesem Kampfgeist, Etelka? Tu mir den Gefallen, und schick mir ... ja, ich fang wieder damit an, ich gebe keine Ruhe damit, schick mir, dass du »dieser Dreckskerl« über ihn sagst. Dieser Dreckskerl.

Dass es mich schüttelt, Etelka.

Oder mein Herzschlag stolpert.

Bringst das nicht über dich. Bist stumm. Lässt mich hier stehen wie einen Schulbuben. Sei nicht so weit weg!

– – –.

Der Alte hat angeblich finanzielle Probleme. Und er

schleicht einer Molkereischülerin nach. Die lachen ihn nur aus, die jungen Dinger. Nein, das erfinde ich nicht. Du musst ihn nicht verteidigen. Zu deiner Zeit – – –. Man hat einmal eine Zeit, und dann ist sie vorbei. Meine war, wie ich dich bekommen hab. Ich könnte hinüberfahren, mit einem Bus von Wien aus. Man müsste ein bisschen sparen. Im Hanság herumspazieren, Plätze suchen, alles gleich schlimm: Wenn es nicht mehr so ist, wenn es gleichgeblieben ist. Wenn die blaugestrichene Bank noch dort steht, auf der ich dich geküsst hab, ich weiß nicht mehr, ob es das erste Mal war. Du hast dir einen Faden an deinem Rock gezogen.

Was rede ich die ganze Zeit. Nie käme dir so etwas über die Lippen. So unfein hast du mich nicht betrogen.

Verzeih mir, Etti. Ich gehe jetzt. Wie? Du musst gar nichts sagen, Etti, und es sagt sich in mir. Ich bin dir noch etwas schuldig. Laci geht's hervorragend. Du kannst stolz auf ihn sein. Er wird bald – Direktor beim – Milchwirt – wirtschaftsfonds werden. Sagt er. Er hat eine fi-hixe Freundin. Er macht noch immer diese Sprüche. Wie. Er sagt auf Deu-heu-heu »Geld-syl-vania«. Geldsylvania, Etti. Verstehst du? Ist mir nie aufge – dass unser Wort *pénz* Geld hei –. Viel – viel – geht er dort – hin und – reich.

Auf den Russenbaum war István beim Holzmachen gestoßen. Niemand hatte dem Ungarnflüchtling davon erzählt. Die Stelle lag abseits der ohnedies selten begangenen Wanderroute, die auf dem Kamm der langen Rücken fünf Stunden oder auch nur zwei dauern konnte, je nachdem, wo man sie begann oder abbrach. Die meiste Zeit führte sie durch den Wald, mit der weiß-roten Markierung, die etwas zu versprechen schien, das sich nicht erfüllte. Keine spektakulären Ausblicke, nur einmal die Möglichkeit, zu einem Flecken Wiese abzusteigen, über einen vergessenen Stacheldrahtzaun, der sich in die Erde gefressen hatte und mit seinen Schlingen auf jemanden wartete, der sich darin verfing.

Ein Stück die Wiese hinunter, am linken Waldrand, standen ein paar Buchen. Angeflogenes Treibgut, das Fuß gefasst hatte. An der Südseite eines dieser Bäume befanden sich eingeschnittene Striche, die in cyrillischer Schrift sagten: *wtoraja rodina*. Zweite Heimat. Für István war nur eine Erklärung denkbar: Ein russischer Besatzungssoldat hatte vor seinem Marschbefehl zurück in die große, siegreiche Sowjetunion diesem Baum das Geständnis anvertraut. Es war nicht lange her gewesen in jenem Winter 1957, als er die Entdeckung machte. Die Buchstaben hielten noch zusammen. Einen Russen aus Hohenegg musste es hierher verschlagen haben. Ein Soldat mit Heimweh nach diesem Platz, dieser Wiese, der möglicherweise seinen Dienst in Ungarn versehen musste.

Von Arbeitern, die in Hohenegg beschäftigt gewesen waren, wusste er, dass man noch Jahre später vergessene Bretter fand, mit dem Gesicht zur Wand gelehnt, auf denen eine Straße oder eine Verkehrsregelung zweisprachig angeschrieben war. Nicht einmal als Brennholz hatte man sie verwendet, nur stehen gelassen, damit sich jemand an das Wunder der abgezogenen Besatzungstruppen erinnere.

István kam bald in den Wanderatem. Die Herausforderung für sein Herz tat ihm gut nach dem langen Stehen beim Grab. Der Ring um seinen Kopf lockerte sich, Etelka hörte nicht mehr mit, war in die Entfernung gerückt. Sein Drang, ihr Auskunft zu geben, obwohl sie ihn nie fragte, ließ nach. Das Lauschen nach ihrer Stimme war endlich abgestellt. Die Stille des Waldes übernahm ihn. Manche Abschnitte des Wegs brachte er ohne Bewusstsein seines Gehens hinter sich, wurde von Wahrnehmungen überrascht, die ihn schon oft überrascht hatten, einer lang gereckten Buche, die nur in der Krone Blätter hatte und leise stöhnte, in einem einsiedlerischen Monolog. Die Spechtbäume. Die zwei Eichelhäher, die ihre jähen Schreie hin und her trugen. Angestammte Reviere mussten das sein, in der Familie weitergegeben.

Auf dem Weg liefen ihm Stiefelspuren und Abdrücke von Hundepfoten voraus.

Sein Körper tat sich leicht mit dem Anstieg. Er hatte sich weiter ins Hagere entwickelt, ohne sein Zutun. Der Körper brauchte ihn nicht dafür, es war die Anlage. Nie ein großer Esser gewesen, auch nicht nach der schwersten Arbeit. Sein Körper wurde nicht so bald müde, der nicht. Manchmal spottete er über István, weil er keinen Willen mehr hatte. Mit mir musst du noch lange rechnen. Den Gefallen tu ich dir nicht, dass ich uns stolpern oder ein Blutgefäß reißen lasse. Das du-weißt-schon hast du mir abgestellt. Das verzeihe ich dir nie. Das Sagen habe ich, das Denken hast du.

István wischte die Vorstellung einer nackten Frau weg. Das galt nicht mehr für ihn. Die Frauen hatten Besseres zu tun, als sich für einen Witwer mit schlechtem Deutsch, wenig Geld und keinen Aussichten zu erwärmen. Die Frauen fingen bei den Molkereilaborantinnen an und hörten bei den alten Weibern auf. Dazwischen gab es die verheirateten Frauen, die nette Miatzl, der die Tränen kamen, wenn sie ihn sah, die Rosa, die ihm alle paar Tage ein Stück Strudel oder Kuchen brachte und an die Tür gelehnt zuschaute, wie er Kaffee machte, die Lisbeth mit ihrem versoffenen Mann, die Hanni mit dem verpfuschten Fuß. Alle untergebracht.

Ein Schuss fiel. Ein zweiter. Er wartete auf einen dritten Schuss. Stille.

Nach einem Jagdgewehr hatte es sich nicht angehört.

Die Jagdzeit war vorüber. Er beeilte sich den Weg hinauf. Wohl war ihm nicht dabei, es konnte nur etwas Schlimmes werden. Stimmen hatte er keine gehört. Rufen sollte er jetzt, aber er hielt den Mund.

Weitmann und die Senta? Der würde nie seinen Hund erschießen, selbst wenn er krank wäre. Andere Jäger taten das. Aus Liebe. Weitmann hätte den Tierarzt geholt. Wenn er zweimal auf seinen Hund zielen müsste, wäre das eine Katastrophe. Die Dachsbracke mit ihren baumelnden Ohren, eine ganz liebe.

Sich selbst erschießen? Der? Zuerst die Dachsbracke, dann sich selbst? Über die finanziellen Geschichten wurde unter den Molkereiarbeitern nur mit gesenkten Blicken geredet. Niemand wusste etwas, oder traute sich, etwas zu wissen. Bei den Professoren war das wohl anders. Wenn Etelka noch in der Kanzlei säße, würde sie vor Scham vergehen. Nein!

Genieren würde sie sich. Wegen Weitmann.

Gut möglich, dass er demnächst um die Ecke bog, die Dachsbracke voran, haben Sie das auch gehört? Muss auf der anderen Seite gewesen sein. Nein, Herr Direktor, es war schon dort, wo Sie herkommen. Entweder Sie haben sich getäuscht, oder Sie haben jemanden umgebracht, oder Sie sind Ihr eigener Geist, und den Hund machen Sie auch zu einem Geist. Das hat er nicht verdient. Wieso muss jemand mit Ihnen sterben, wenn Sie Mist gebaut haben?

An der Stelle, wo der Weg weiterlief, bogen die Spuren nach links ab, den Hang hinunter Richtung Russenbaum.

István sah sie beide dort liegen, schön aneinander im Schnee, nichts verrenkt, Weitmanns Beine nur leicht geknickt, der Kopf halb im Schnee, als schlafe er in sein Bett vergraben, die letzte Viertelstunde, ehe er aufstehen musste, der Schlaf, den man noch festhält, obwohl man spürt, wie einem die Macht darüber entschwindet, die Macht, die man gar nicht hat, weil der Schlaf selbst über sich bestimmt.

Hallo? rief István.

Warum ist Katharina nicht mitgekommen?

Das habe ich Ihnen bereits gesagt. Sie kann erst nach der Premiere in Wien sein. In drei Wochen. – Valentin hofft, Földesch werde nicht wieder wie am Telefon an diese drei Wochen mit einer halben Drohung anknüpfen: »Das wäre ein sehr später Zeitpunkt in meinem Leben.« Er will sich nicht in Geiselhaft nehmen lassen. Földesch – Laci – spreizt beide Hände auf die Platte des Marmortischchens. Er sitzt auf der Bank. In dem großen, leicht gekippten Spiegel kann Valentin Földeschs Kopfhaar sehen, keine gelichteten Stellen. Der Mann ist ideal besetzt für das Interieur des alten Cafés, mit seiner Verweigerung eines Haarschnitts. Er ist eine Existenz.

In Zürich hatte sie eine große Handtasche.

Ich weiß. Sie trägt gern große Handtaschen.

Und drinnen waren ein paar Epiphanien.

Valentin mag nicht, wenn László von ihr schwärmt.

Von Epiphanias, Herr Görtz.

Genau. – Soll er nun auch etwas Tolles über Katharina sagen, um Földesch zu beweisen, dass er Katharinas würdig ist?

Wissen Sie, wenn Katharina in ein Lokal kommt, drehen sich die Leute nach ihr um. Sie kann sie zu etwas überreden, zu einer Neugier und zur Erwartung schöner Sterne. Glaubt sie an das Horoskop?

Ich denke, nein.

Alle Künstler sind abergläubisch. In dem Augenblick, wo ich ein Künstler wäre, würde ich sofort abergläubisch werden.

Valentin bestellt einen Großen Braunen, Földesch einen Cappuccino.

Ich werde heute ausprobieren, mich sehr genau zu halten, sagt Földesch und zieht einen Zettel aus seinem Portemonnaie. – Zu diesem Zweck habe ich eine Liste angelegt, die Punkte sind senkrecht aufgefädelt. Fangen wir beim Mittelpunkt an. – Er klopft mit dem Zeigefinger auf die dritte Frage hin. – Haben Sie Ihren Vater zum Reden gebracht?

Ja. Das heißt: Nein, aber ich weiß, was vorgefallen ist.

Er hat Ihnen nicht direkt erzählt, welche erkleckliche Rolle er im Gefüge dieser Anstalt gespielt hat?

Es muss genügen, dass ich über die Handlungen meines Vaters hinsichtlich des Herrn Weitmann Bescheid weiß und Sie darüber informiere. Ich müsste das nicht tun. Ich will, dass Sie Ihren Frieden finden, und habe mich aus diesem Grund erkundigt. – Valentin hütet sich, Katharina zu erwähnen, deretwillen er sich dieser lächerlichen Situation aussetzt. – Mein Vater vertrat Herrn Weitmann im Februar 1964 in einer privaten Angelegenheit nach einem Vorfall in einer Bar in Wien.

Was für eine Bar?

Den Namen habe ich mir nicht gemerkt.

Ein Etablissement? – Földesch wirft ihm das Wort hin, als müsste Valentin etwas zugeben.

Eine Bar.

Gibt es diese Bar noch?

Das entzieht sich meiner Kenntnis. Weitmann war dort in ein Handgemenge geraten und rief meinen Vater um Beistand an. Dieser fuhr zu dem angegebenen Ort und vermittelte zwischen den beiden Parteien. – Valentin wartet auf Földeschs Frage, welche Parlamentspartei denn.

Glauben Sie, ich weiß nicht, dass man die Gegner in einem Prozess Parteien nennt? Und die Mieter in einem

Wohnhaus. – Földesch hat das Ende des Satzes an den Kellner gerichtet, der die kleinen Tabletts mit ihrem Kaffee abstellt.

Meinem Vater gelang es, den Kontrahenten davon zu überzeugen, dass eine Anzeige nicht nur nicht in Weitmanns Sinne, sondern auch nicht in seinem, des Kontrahenten, Sinne sei.

Nicht nur nicht. Was lag vor? Hatte Weitmann den anderen verletzt? Sie merken, es bereitet mir Ekel, den Namen dieses Herrn auszusprechen.

Weitmann hatte ihn ins Gesicht geschlagen.

Selbst ist ihm nichts passiert? Körperlich, meine ich? Er hat nicht sein Gesicht verloren?

Leider nein.

Sehen Sie, das ist das erste Mal, dass Sie mir Sympathie erzeigen. Als Anwalt dürften Sie das nicht sagen.

Soviel mir bekannt ist, nahm er sich gewisse Freiheiten heraus, hatte Frauengeschichten. – Valentin überlegt, ob er László, Katharina zuliebe László, von dem Besuch Weitmanns in der elterlichen Wohnung erzählen soll. Ihm zeigen soll, dass er schon damals auf seiner Seite war und den unbekannten Besucher als Störung erlebte. – Man kennt diese Typen ja. Die gibt es zu allen Zeiten. Was keine Entschuldigung darstellt.

Ich war selbst einmal so. So ähnlich, sagt László. Die Mädchen hatten mich zu ihrem Helden erkoren, eine Mode, die genau einige Jahre andauerte. Bei den Sängerinnen war es immer so, dass sie mich in die Tasche stecken konnten.

Tja.

Werden wir nicht versöhnlich. Erzählen Sie, was Sie wissen. Ihr Vater kommt in die Bar, vermittelt zwischen dem da und einem Verletzten. Was war der Grund für die Rauferei?

Ich weiß es nicht genau. Ich vermute, der andere war ein

betrogener Ehemann. Deshalb meinte ich ja, der Besagte hat es mit der Moral nicht so ernst genommen.

Er hatte eine Affäre laufen im Februar 1964? Aber nicht mehr mit meiner Mutter. Das bestätigt meine leisesten Vermutungen. Sie haben damals gut hörbar gestritten in der Kanzlei.

Wer? In welcher Kanzlei?

Besagter und meine Mutter. Sie war sehr aufgeregt. Sie hatte zufällig das Ende eines Telefonats mit dem Rechtsanwalt Görtz mitbekommen. Jetzt sei ihr alles klar. Sie schimpfte ihn auf Ungarisch einen Verräter und Betrüger. Ich hätte gern übersetzt, glauben Sie mir. Aber ich war draußen, nicht drinnen. Ich war erst drinnen, als man nichts mehr hörte. Da stand meine Mutter, an die Brust des Besagten gelehnt, der seine Arme um sie gelegt hatte und ihr etwas ins Haar fallen ließ, falsche Worte, und es schüttelte sie so heftig, dass sich der Besagte nicht zu helfen wusste, seine Arme versuchten an mehreren Stellen ihres Rückens, sie zu beruhigen. Sie weinte. Ohne Laut. – Lászlós Hand zittert, als er nach der Kaffeetasse greift. Der Vater hat also sehr wohl von Etelka Földesch gewusst. Weitmann musste ihm erzählt haben, dass sie von seiner Untreue erfahren und László die beiden überrascht hatte.

Er hätte Achtung vor Ihrer Mutter haben sollen, bei ihrem Schicksal. Er hätte wissen müssen, dass er sie nicht aus der Bahn werfen durfte, dass sie Rücksicht auf ihre Familie nehmen musste.

Er hat meine Mutter veruntreut.

Ja. Besser kann man es nicht beschreiben.

Mein Vater konnte sehr schlecht Deutsch. Ich kann es zu gut.

Ja … nein. Gerade richtig. Und danach?

Bin ich hinausgerannt.

Wie alt waren Sie damals, wenn ich fragen darf? – Er weiß ja Lászlós Geburtsjahr aus seinem Führerschein. Jahrgang 1946.

Im Februar 1964 war ich … – Er denkt nach. Valentin liegt die Antwort auf der Zunge.

Schwache achtzehn. Ich habe meine Mutter auf dem Gelände der Anstalt zur Rede gestellt. Das werde ich nie wieder erleben, so etwas. Das habe ich mir geschworen.

Neben ihrem Tisch stellt eine junge Mutter ihren Buggy ab. Sie hebt das Kind aus dem Wagen und setzt es auf die Bank. Es beginnt sofort zu László zu robben. László streckt ihm den Zeigefinger hin, den der Kleine ergreift.

Au, singt László leise. Der Kleine jauchzt. – Au. Au. – László hebt und senkt den Arm mit, als werfe der Kleine ihn auf und ab. – Du bist ja ein starkes Gespenst. Ein starkes Gespenst. Du kleines Wüstensöhnchen.

Der Ober biegt um die Ecke. – Haben die Herren noch einen Wunsch?

Ein Achtel Blaufränkischer.

Für mich auch. Man kann jetzt eine Mekong-Patenschaft übernehmen, wenn man nichts mehr mit Kindern zu tun haben will.

Das ist nett. Ich habe nichts gegen Kinder, sagt Valentin. Ich habe zwei erwachsene Töchter. Die wären nicht so begeistert, wenn sie plötzlich einen Bruder in Vietnam bekämen.

Nicht einen ganzen Bruder. Nur einen Abschnitt des Mekong. – Das Gespräch nimmt die falsche Richtung. László streicht seinen Zettel glatt.

Das steht nicht hier, ist aber wichtig. Ich habe den Besagten am nächsten Tag in seiner Kanzlei aufgesucht. Meine Mutter war heimgegangen. Er saß am Schreibtisch und schirmte sich die Augen ab, als ich das große Licht andrehte.

Er schaute mich mit riesigen Pupillen an. Er sagte, er habe Belladonna im Auge. Das hat er zugegeben. Er war krankhaft auf Frauen versessen.

Das war sehr mutig von Ihnen. Ah. Danke. – Valentin nimmt sein Glas und hält es László hin. – Stoßen wir an. Auf –?

Rehe und Gerechtigkeit. – László lässt sein Glas elegant klingen.

Rehe ... und Gerechtigkeit.

Sie schauen einander in die Augen bei diesem Schluck.

Kakadu?

Bitte?

Hieß die Bar etwa Kakadu?

Keine Ahnung.

Was wissen Sie noch über den Besagten?

Valentin überlegt, ob er László von dem Schmerzensgeld erzählen soll. Besser nicht. – Einige Jahre später brauchte er meinen Vater ein weiteres Mal. Er hatte beim Niederösterreichischen Jagdverband, dessen Kassier er Anfang der siebziger Jahre war, eine größere Summe entwendet. Wenn man seinen Aussagen Glauben schenkte, war es ein kurzfristiges Darlehen, das er in absehbarer Zeit zurückgezahlt hätte. Mein Vater hat ihn in der Angelegenheit erfolgreich vertreten, aber die Geschichte drohte öffentlich zu werden. Ich weiß nicht, wie das ausgegangen ist. Mein Vater hatte danach offenbar keinen Kontakt mehr mit ihm. Was ist? – László wischt sich mit dem Ärmel über die Augen. Seine Unterlippe zittert. Trotzdem sieht er nicht lächerlich aus. Die blauen Augen unter den langen Wimpern schauen Valentin voll an. So ein Blick wird nicht alt. So muss er früher ausgesehen haben.

Wegen des Geldes hat er sich umgebracht! Nicht, weil er meine Mutter veruntreut hat!

Wegen des öffentlichen Ansehens, korrigiert Valentin ihn, um den Schmerz zu lindern.

Um kein Jota besser!

Ja. Sie haben Recht. Eine durch und durch widerliche Figur.

Mein Vater hat ihn beim Russenbaum gefunden. Sie lagen seitlich im Schnee.

Wer?

Er und Senta. Die Dachsbracke.

Aha. Die Ehre der Jäger. Erschossen, oder?

Zwei klare Schüsse. – László krümmt seinen Zeigefinger zweimal.

Peng, peng, sagt Valentin leise. Damit habe ich nicht gerechnet. – Das war dein letztes Geheimnis in dieser Angelegenheit, Vater, denkt er. – Haben Sie bei diesem Selbstmord Genugtuung verspürt? Dass er endlich in eine ausweglose Situation geraten war? Dass er nach seinem Tod als Feigling dastand und als Krimineller?

Ja. Es wurden trotzdem schöne Ausreden gehalten. Bei seiner Beerdigung sagte der Landwirtschaftsminister, aus der Bundesanstalt sind nicht nur sensible Milchprodukte hervorgegangen, sondern auch wesentliche Persönlichkeiten.

Bei solchen Anlässen wird immer gelogen.

Zwei Monate später wurde König Faisal von seinem Halbneffen angeschossen und starb. Ich möchte wissen, was auf seinem Begräbnis alles geredet wurde. Ich kannte ihn. Er war in der Anstalt zu Besuch.

Tatsächlich?

Glauben Sie mir nicht? Die gesamte Saud-Mischpoche kam nach Wien zu den Ärzten. Einmal gab es diesen Abstecher zu uns. – László schnupft. – Ich nehme an, der Krankenakt des Ermordeten wurde wegdigitalisiert.

Haben Sie noch Kontakt zu der Anstalt?

Auf Grund des veränderten Umfelds und des steigenden europäischen Konkurrenzdrucks war die Anstalt angeblich dem Tode geweiht. Es gab ein Jubiläum, es gab ein Büffet, eine Gesangstruppe im Blasanzug, jedoch keine Zukunft. Der politische Wille im Land hat bereits zur Jahrtausendwende die Vernichtung geplant. Das Archiv, an dem meine Mutter gearbeitet hat, ist zum Sondermüll befördert worden.

Ah – schrecklich. Konnten Sie etwas retten? Durften Sie ins Archiv?

Ja.

Wie – wie wurden Sie draußen aufgenommen? – In diesem Moment ertönt quälendes Kindergeschrei aus dem anderen Teil des Raums.

Der nächste, bemerkt László. – Das Schreien hält an. László legt sich beide Hände an die Ohren. An einigen Tischen gehen Köpfe in die Höhe, eine Frau steht auf, schiebt den Stuhl zurück, dass es quietscht. – Was ist denn mit dem Kind? Wieso können Sie es nicht beruhigen?

Brabbeln, nanana, kleines Jammern.

László gibt die Hände weg und atmet tief ein. Einige Sekunden lang bleibt er stumm, sitzt mit geschlossenen Augen da und schluckt ein paar Mal. Ehe er die Augen aufschlägt, entspannt sich sein Gesicht, und er zieht die Lippen zu einem Lächeln auseinander.

Möchten Sie, dass ich einmal mit Ihnen zum Grab Ihrer Eltern hinausfahre? – Valentin hört sich selbst zu, wie er etwas sagt, das er nicht meint, nicht meinen kann, wenn er bei Sinnen ist. Er will Katharinas Laci loswerden, ihn nicht aus Mitleid für einen Nachmittag in eine falsche Freundschaft hineinadoptieren. László schweigt. Überlegt er das Angebot? Spürt er das Unechte daran? Etwas hat schon gestimmt, hat gegen sein besseres Wissen aus Valentin gesprochen.

Ich habe manchmal Kontakt zu den Gräbern, jaja. Die Kaserne wurde vor fünfzehn Jahren aufgelassen. Mein Vater wurde in eine kleine Wohnung im Ort verlegt. Die gesamte alte Kompanie wurde verlegt. Viele waren nicht mehr da.

Ich verstehe.

Einmal ist eine Freundin mit mir nach Mosonmagyaróvár gefahren. Wir haben blöderweise einen Umweg über Bratislava gemacht, weil sie kurz vor ihrer Scheidung stand. Die Burg von Bratislava war mit einer weißen Werbeplane eingehüllt. Ein Kaiser im Nachthemd, in einem neuen Nachthemd, eingekreist von Möbelfirmen.

Valentin wartet, dass er weitererzählt.

Ich würde das als geknickte Karriere bezeichnen, fährt László fort. Hoch hinaus! Unten im Sumpf.

Und bei Ihnen zuhause? In Mosch–

Golfplätze. Weiße Wanderer mit weißen Kappen ziehen Wägelchen. Trotzige Auswanderer aus Ehen und anderen sinnstiftenden Gemeinschaften. Ich möchte nicht so erwischt werden. – Er blickt auf seinen Zettel. – Es gab eine Zeit, da wollte man einen panonnischen Sumpfreiher wie Földesch István zum Kassier des lokalen Alpenvereins ernennen. Der tote Weitmann steckte dahinter. Als er noch lebendig war. Zur Gutmachung seiner wiederholten Untaten. Da ist er kräftig abgeblitzt bei meinem Vater. Zum einzigen Mal in allen Jahren.

Lebt Ihr Vater noch?

Nein. Er ist tot wie die anderen. Wie der Major. Und Dudas.

Welcher Major?

Puskás.

Ach genau. Major haben sie ihn genannt. Dudas? War das auch ein Fußballer?

Er gab den Schießbefehl.

Den Schießbefehl. – In welchem Match, will Valentin fragen. Dann hebt sich die Frage von selbst auf. Er befindet sich in Lászlós Geschichte, genauer: dort, wo etwas ein Ende hatte und einen Anfang nahm.